Les amoureux de l'Empress

Guy Saint-Jean Éditeur

3440, boul. Industriel Laval (Québec) Canada H7L 4R9

450 663-1777 • info@saint-jeane>diteur.com • www.saint-jeanediteur.com

....

Catalogage avant publication de Bibliothèque et Archives nationales du Québec et Bibliothèque et Archives Canada

Pignat, Caroline

[Unspeakable. Français]

Les amoureux de l'Empress

(Collection Charleston)

Traduction de : Unspeakable.

ISBN 978-2-89455-948-2

1. Empress of Ireland (Bateau à vapeur) - Romans, nouvelles, etc I. Martinez, Rachel, 1961- .
II. Titre. III. Titre : Unspeakable. Français. IV. Collection : Collection Charleston.

PS8631.I477U5714 2015   C813'.6   C2015-941827-5
PS9631.I477U5714 2015

....

Nous reconnaissons l'aide financière du gouvernement du Canada par l'entremise du Fonds du livre du Canada (FLC) ainsi que celle de la SODEC pour nos activités d'édition.

Financé par le gouvernement du Canada
Funded by the Government of Canada | **Canadä**

SODEC
Québec

Gouvernement du Québec – Programme de crédit d'impôt pour l'édition de – Gestion SODEC

Nous remercions le Conseil des arts du Canada de l'aide accordée à notre programme de publication. Nous reconnaissons par ailleurs l'aide financière du gouvernement du Canada par l'entremise du Programme national de traduction pour l'édition du livre, une initiative de la *Feuille de route pour les langues officielles du Canada 2013-2018 : éducation, immigration, communautés*, pour nos activités de traduction.

Conseil des Arts   Canada Council
du Canada   for the Arts

Titre original : *Unspeakable*

Publié initialement en langue anglaise par Penguin Canada Books Inc., Toronto, en 2014.

© Caroline Pignat, 2014

© Charleston, une marque des Éditions Leduc.s, 2015, pour l'édition française.

© Guy Saint-Jean Éditeur inc., 2015, pour l'édition en langue française publiée en Amérique du Nord.

Traduction : Rachel Martinez

Révision : Fanny Fennec

Correction : Lyne Roy

Conception graphique de la couverture et mise en page : Olivier Lasser+ Folio&Garetti

Photo de la page couverture : iStock/mit4711+ Rafinade

Dépôt légal – Bibliothèque et Archives nationales du Québec, Bibliothèque et Archives Canada, 2015

ISBN : 978-2-89455-948-2

ISBN ePub : 978-2-89455-968-0

ISBN PDF : 978-2-89455-988-8

Imprimé au Canada

1re impression, octobre 2015

 Guy Saint-Jean Éditeur est membre de l'Association nationale des éditeurs de livres (ANEL).

CAROLINE PIGNAT

Les amoureux de l'Empress

ROMAN

Traduit de l'anglais (Canada)
par Rachel Martinez

Guy Saint-Jean
ÉDITEUR

DANS LA MÊME COLLECTION

Des livres qui rendent heureuse !

Pour grand-maman

Mes fautes sont plus grandes que moi
Elles pèsent trop
comme une charge trop lourde

Psaume 38 : 5,6

QUELQUES HEURES PLUS TARD, AU PETIT MATIN

Le 29 mai 1914
Rimouski, Québec

Chapitre 1

— *P*ar ici ! nous pressa le matelot.

Nous étions des centaines blottis les uns contre les autres pour nous protéger du froid. Des centaines sur le pont du petit bateau à vapeur. Nous descendîmes la passerelle en trébuchant dans la pâle lueur de l'aube.

Ce n'est pas vrai. C'est un cauchemar. C'est forcément un cauchemar.

J'eus beau essayer de me réveiller, je n'y parvins pas. Je ne pouvais pas oublier. Et je ne pouvais pas arrêter de grelotter.

J'avais cru que cette longue nuit ne prendrait jamais fin. Que je ne verrais jamais plus le soleil, que je ne sentirais plus jamais ses chauds rayons sur mon visage ni la terre ferme sous mes pieds nus. J'avançai d'un pas chancelant et je dus m'arrêter quelques instants pour retrouver mon équilibre. Mais rien n'était stable. Et ni le soleil sur ma tête ni la chemise d'un étranger qui couvrait mes cuisses dénudées ne parvenaient à me réchauffer.

J'avais franchi la moitié du quai lorsque des centaines de survivants désorientés, ramenés par l'autre navire qui venait de s'amarrer derrière le nôtre, descendirent la passerelle en traînant les pieds. La plupart étaient blessés, beaucoup presque nus, et tous avaient l'air engourdis. Engourdis par leur séjour dans l'eau glaciale et par le vent mordant, bien sûr, mais surtout par le choc. C'était trop. Leurs yeux hagards ne me voyaient pas, même lorsque je me tenais devant eux. Ils étaient certes rescapés, mais encore perdus en mer. Leurs corps avaient survécu à cette longue nuit d'horreur, mais l'esprit et le cœur de bon nombre d'entre eux s'y trouvaient toujours, là où ils avaient vu des êtres chers mourir au bout de leur sang et de leur énergie, avalés par les froides profondeurs.

Meg.

Je fermai les yeux pour essayer de ne pas la voir dans ses derniers instants, puis je les ouvris en le cherchant, lui, du regard.

Il est ici, quelque part. Il est forcément ici.

Je scrutai chaque front meurtri et blessé, mais je ne trouvai pas son visage. Ils passèrent devant moi, attirés par la gentillesse des étrangers qui leur tendaient des couvertures de laine et des tasses de thé. Même à cette heure matinale, les Rimouskois s'étaient rassemblés sur le quai, avec leurs charrettes de cultivateurs remplies de tous les vêtements et de toute la nourriture qu'ils pouvaient leur donner.

— Thomas ! Thomas ! hurla une jeune femme vêtue d'une robe de nuit en lambeaux en passant devant moi.

Un homme débarquant de l'autre bateau leva son visage, les yeux pleins d'espoir, lorsqu'il entendit son nom. Une étincelle ramena son âme à la vie en voyant la jeune femme se diriger vers lui. Elle fendit la foule pour se jeter dans ses bras. Ils tombèrent à genoux.

— Je pensais que je t'avais perdue... Dieu merci. Je pensais que je t'avais perdue...

Il toucha son visage comme pour se convaincre qu'il s'agissait bien d'elle. Il l'embrassa sauvagement en l'attirant vers lui.

La foule se dispersa et il ne restait que quelques traînards. Certains se précipitèrent pour soutenir les blessés et transporter ceux qui étaient trop faibles pour marcher. Je scrutai tous les visages un à un, mais aucun n'était le sien. Lorsque je parvins à la passerelle déserte de l'autre navire, mes jambes, mes mains et mon propre cœur tremblaient et je dus m'agripper au câble du garde-corps.

Il fallait qu'il y soit. Je l'avais déjà cherché en vain à bord du *Lady Evelyn* et la seule chose qui m'encourageait à continuer, c'était l'espoir qu'il se trouvait sur le bateau juste derrière le nôtre. L'espoir que j'allais le revoir. Que je m'élancerais vers lui. Qu'il me prendrait dans ses bras, encore, et que cette fois, il ne me laisserait jamais partir.

Je me retournai pour jeter un regard à la foule qui se dispersait vers les résidences de Rimouski ou l'hôpital de fortune aménagé dans la gare. Les amoureux qui s'étaient retrouvés s'éloignèrent en se soutenant, étroitement enlacés. Leurs prières avaient été exaucées. Pourquoi pas la mienne?

Un type chauve héla le marin sur le pont:

— Le hangar est prêt à recevoir les autres.

Les autres. Je frissonnai.

— Claude! le gronda une femme de l'endroit en me désignant.

Elle déposa une couverture sur mes épaules puis m'attira avec fermeté vers le bas de la passerelle pendant que Claude et d'autres hommes la gravissaient.

— Viens-t'en avec moi, viens-t'en avec Monique, ça va être correct.

Elle me tapota le bras et murmura de vagues formules de sympathie, mais il était hors de question qu'elle me permît de rester sur la passerelle ou d'embarquer sur ce navire.

Je la laissai me ramener sur le quai, m'aider à enfiler une robe par-dessus la tête, à me débarrasser de la vieille chemise crasseuse. Je ne parvenais pas à le chasser de mon esprit.

Des centaines avaient survécu. Lui aussi. Il le fallait.

Monique ouvrit une flasque, elle versa du liquide fumant dans une tasse et me la mit dans les mains. Elle me brûlait les doigts, mais je la tenais bien serrée, cherchant à éprouver une sensation quelquonque. Parce que je craignais de ne plus jamais ressentir quoi que ce soit.

Je me rendis en premier lieu à l'hôpital, puis je fis la tournée du quartier. Tout l'après-midi, je courus de maison en maison en criant leurs noms jusqu'à ce que j'aie la voix enrouée. Monique m'accompagnait. Elle parlait en français à toute vitesse aux voisins qui me regardaient avec tristesse en secouant la tête. Après avoir arpenté toutes les rues, l'une après l'autre, après avoir frappé à toutes les résidences jusqu'au hangar en grosses planches près du quai, je sus que j'avais cherché partout. Partout, sauf là.

Mais je ne pouvais pas entrer. Non, pas là.

Deux hommes en sortirent. Le plus grand, un jeune dans la vingtaine à la chevelure lisse, jeta un rapide coup d'œil à Monique avant de poser son regard noir sur moi. Il n'était pas d'ici. Je l'avais deviné avant même qu'il ouvrît la bouche, avant d'entendre son accent américain. Ses vêtements étaient trop raffinés, trop bien coupés. Mais plus encore, il n'exprimait aucune pitié. Ce n'était pas un cultivateur ni une victime. Il n'était pas là pour offrir son aide ni pour en réclamer. Il me sourit. J'aurais pu le trouver élégant, j'aurais pu quémander son attention n'importe où ailleurs, n'importe quand, sauf ce jour-là. Son regard pénétrant me troublait.

— Étiez-vous une des passagères, Mademoiselle ? s'enquit le plus petit des deux.

— Femme de chambre, répondis-je en bafouillant, craignant qu'il ne s'agisse de représentants du Canadien Pacifique.

— Avez-vous une objection à ce que je vous photographie? C'est pour la *Gazette* de Montréal, me demanda-t-il en soulevant son appareil.

Je levai la main pour masquer sa lentille:

— En fait, ça me dérange.

L'Américain me tendit la main. Je l'ignorai.

— Wyatt Steele, *New York Times*. Le monde entier aimerait connaître votre histoire, Mademoiselle…

Encore une fois, je refusai de lui donner mon nom. Mais il ne se découragea pas. Il ouvrit son calepin.

— Puis-je vous poser quelques questions?

Je regardai la porte, songeant à ce qui se trouvait derrière. Je leur demandai:

— Dites-moi, qu'est-ce que vous faisiez là-dedans?

— C'est pour une carte postale commémorative, expliqua le petit.

Je le dévisageai, incrédule. La rage monta du plus profond de mon être:

— Quoi? Vous avez osé prendre une photographie des morts pour fabriquer un souvenir? Leur avez-vous demandé à eux s'ils y voyaient une objection?

— Je fais seulement mon travail, répondit-il en haussant les épaules. Le public a le droit de savoir.

— Et les victimes, elles, elles n'en ont pas, des droits? rétorquai-je en pointant le hangar du doigt. À la dignité? À l'intimité? Au respect?

Steele posa sa main sur mon bras:

— Elles méritent qu'une personne qui était là, qui a survécu, raconte leur histoire. Ne croyez-vous pas que vous leur devez ce privilège?

— Partez, espèces de vautours! criai-je en me recroquevillant.

Monique s'avança vers les hommes et les remit à leur place en termes crus. J'ignore si Steele parlait français, mais il comprit le message. Monique m'emmena chez elle en me murmurant des paroles de réconfort, en me prenant sous son aile. Je la laissai me dorloter. Elle alluma une énorme braise et m'emmaillota dans une épaisse courtepointe. Elle me prépara une tasse de thé que je ne bus pas et des sandwiches au bacon de dos que je ne mangeai pas.

Au moins, une de nous deux avait l'impression *de faire quelque chose.*

J'étais allongée dans la chambre d'amis. Ils me croyaient endormie, comme s'il était possible que je retrouve un jour le sommeil. J'entendais Monique préparer le thé de Claude, la cuillère qui tintait sur sa tasse, le couteau qui coupait son sandwich en deux. Et la voix haletante du vieux cultivateur endurci qui pleurait en expliquant à sa femme ce qu'il avait fait ce jour-là. Ce qu'il avait transporté des navires jusqu'au hangar. Je ne comprenais pas un mot de français, mais je savais exactement ce qu'il disait.

Parce que nous parlions tous le langage de la douleur.

QUATRE MOIS AUPARAVANT

Janvier 1914
Manoir Strandview, Liverpool, Angleterre

Chapitre 2

La douleur ne m'était pas étrangère. J'avais eu mon lot de souffrances pendant ma courte vie. Ma mère. L'amour de mon père. Mon innocence. Mes espoirs. Tout cela m'avait été dérobé. J'étais une victime depuis longtemps, bien avant la tragédie de l'*Empress of Ireland*. J'étais arrivée au pied de l'escalier de la maison de ma grand-tante à Liverpool deux mois plus tôt, à dix-huit ans, les mains vides et le cœur alourdi par mes deuils. Je n'avais ni la volonté ni la force de faire autre chose que de demeurer prostrée. Que de m'ensevelir sous les couvertures et n'en jamais sortir.

De toute évidence, tante Géraldine caressait d'autres projets pour moi. Par un matin humide de décembre, réfugiée sous la couette à laquelle je m'agrippais comme à une bouée, je lui criai :

— Vous ne pouvez pas m'obliger ! Je n'irai pas !

Tante Géraldine arracha le couvre-lit et le jeta au sol avec une force étonnante. Son humeur aussi me surprit, non pas parce qu'elle était très âgée avec ses allures de poupée à tête de pomme séchée – elle avait au moins quatre-vingts ans —, mais parce qu'elle sortait rarement de son cabinet de travail. Je l'avais ignorée au cours des longues semaines qui avaient précédé. Pourquoi ne me rendait-elle pas cette courtoisie? N'avait-elle pas agi ainsi durant la plus grande partie de sa vie?

Elle me pointa du doigt pendant que je grelottais dans ma chemise de nuit:

— Tu iras sur ce paquebot, Ellen Hardy, et tu vas trimer fort, diablement fort. Monsieur Gaade te rend service en t'acceptant.

— Tout un service, dis-je en boudant.

— Tu apprendras à avoir de la reconnaissance pour tout ce que tu as et peut-être, peut-être apprendras-tu un jour à refaire ta vie, me dit-elle comme s'il y avait vraiment matière à être reconnaissante pour quoi que ce soit.

— Comme femme de chambre?

Je n'en croyais pas mes oreilles. Quel genre de vie était-ce? Indignée, je bondis hors du lit et je me plantai devant elle. Quoique de la même taille que moi, ma tante semblait me dominer. Elle éteignait, comme on mouche une chandelle, toutes les étincelles que mes paroles auraient pu allumer.

Sa jeune bonne, qui répondait à mes moindres besoins depuis mon arrivée (elle me servait le thé, me montait mes repas, réchauffait les bouillottes...), s'agenouilla pour ramasser les couvertures.

— Laisse ça là, ordonna tante Géraldine, elle s'en chargera.

Meg se releva, fit une révérence et sortit sans dire un mot.

Je croisai les bras:

— Vous ne pouvez pas écrire ma vie. Vous ne pouvez pas me donner des ordres. Je ne suis pas une petite servante imbécile que vous pouvez...

Je ne vis pas arriver la gifle de ma tante, mais je me souviens encore de la douleur. Des larmes qui nous montèrent aux yeux à toutes les deux. Je posai ma main sur ma joue cuisante en tremblant. Jamais personne ne m'avait frappée, même pas mon père alors qu'il y avait certainement songé après ce que j'avais fait. Les souvenirs, la honte, brûlaient comme des tisons en moi, victime impuissante condamnée à se consumer. Lorsque ma tante se tourna vers la porte pour sortir, je lui adressai un ultime argument :

— Pourquoi ne m'avez-vous pas simplement laissée là où j'étais ? Vous m'avez libérée d'une geôle pour me jeter dans une autre prison.

La main ridée posée sur la poignée de la porte, elle me regarda par-dessus son épaule. Voûtée, les yeux las, les joues creuses, tante Géraldine me paraissait pour la première fois aussi vieille qu'elle l'était vraiment.

— J'ai promis à ta mère de veiller sur toi.

Je jubilai légèrement en lui lançant ces paroles au pouvoir limité :

— Alors, elle doit être cruellement déçue, n'est-ce pas ?

— Oui, je le pense, me répondit tante Géraldine doucement en me regardant dans les yeux.

Elle se tut, puis reprit :

— Tu sais, Ellen, j'ai toujours cru que tu ressemblais davantage à ta mère. Je devais me tromper.

Tante Géraldine mit sa menace à exécution et, en une semaine, elle m'avait fait engager, puis m'avait habillée et envoyée travailler comme femme de chambre sur le paquebot *Empress of Ireland*. Et sa bonne m'accompagnait. C'est tout ce que Meg représentait pour moi à l'époque : la femme engagée par ma tante. Ses «yeux» sur le bateau. Je ne pouvais pas m'imaginer alors que Meg deviendrait beaucoup plus pour moi. Que je serais victime d'un naufrage à cause de ma tante, mais que j'y survivrais grâce à Meg.

Oh, Meg, elle qui avait perpétuellement les yeux écarquillés d'émerveillement. Facile de croire qu'un navire aussi grandiose que l'*Empress of Ireland* l'ait littéralement laissée sans voix. Dès que nous avions embarqué, nos sacs à la main, la surveillante, madame Jones, nous avait escortées dans sa robe empesée sur ce qui m'avait paru comme des milles et des milles de coursives et d'escaliers reliant une longue pièce à une autre. Meg emboîtait le pas, fascinée par les majestueuses salles à manger, la bibliothèque luxueuse, les tapis épais et les lambris de bois exotiques. Même les satanées poignées étaient dignes d'admiration. Partout où elle posait son regard, Meg semblait émerveillée. Moi, je me sentais enfermée. Meg voyait de la splendeur, alors que j'imaginais les tâches à faire dans l'enfilade interminable d'endroits à nettoyer sans jamais trouver mon chemin. Meg essayait de s'orienter :

— Est-ce que c'est l'avant du bateau ?

— La proue, oui, corrigea la surveillante.

Le bruit de son trousseau de clés frappant sa ceinture évoquait celui d'un geôlier. Ses jupes foncées bruissaient pendant qu'elle marchait.

— Les cabines des femmes de chambre sont sur le pont-abri.

Meg sourit à belles dents. C'était peut-être le fait de s'entendre désigner comme une « femme de chambre », ou bien de dormir dans une « cabine » sur le « pont-abri ». Mais je savais que rien de tout cela ne serait, et de loin, aussi magnifique que Meg l'imaginait. Pas en ce qui me concernait, en tout cas. La surveillante s'arrêta finalement devant une porte. Elle frappa sèchement avant d'entrer. Je crus qu'il y avait une erreur dès que je vis l'intérieur. Ce n'était pas une chambre, c'était un placard envahi de lits superposés.

— C'est les nouvelles filles ?

Celle qui nous avait parlé, une femme d'une trentaine d'années aux cheveux brun-roux, se tenait devant le minuscule lavabo coincé entre les couchettes. Petite et rougeaude, elle me fit penser à une pomme de terre.

La surveillante lui répondit d'un ton sec :

— Kate, je te présente Ellen Ryan et Meg Bates.

Elle se tourna vers nous et dit :

— Changez-vous et rendez-vous dans la coquerie dans cinq minutes.

Elle partit aussi brusquement qu'elle s'adressait à nous.

Je n'aimais pas recevoir des ordres de cette vieille bique, et je détestais encore plus ma nouvelle existence qui commençait.

Kate ouvrit les bras pour nous désigner la minuscule chambre et les deux lits superposés derrière les rideaux verts retenus par un cordon :

— Je vais vous faire la visite guidée : couchette, couchette, couchette, couchette, lavabo, placard.

De toute évidence, Meg était ravie :

— Comme c'est mignon ! Et regardez, il y a des petits tiroirs à côté de notre lit. On a chacune le nôtre.

La colère bouillonnait en moi. Ce n'était pas mon propre tiroir que je voulais avoir, c'était ma propre chambre, sapristi ! J'en avais besoin. Je ne voulais pas être rangée à l'écart comme les livres de ma tante :

— C'est notre cabine ? À toutes les trois ?

Je me sentis rassurée en entendant Kate pouffer de rire devant le ridicule de la chose. De toute évidence, il y avait une erreur.

— En fait, on est quatre. Gwen est partie donner un dernier coup de torchon aux toilettes en haut. Je ne sais pas pourquoi elle fait tout ce chichi. Mais vous savez, il y a des passagers très tatillons. Tout doit étinceler, même les cuvettes pour leur merde.

Les murs se resserrèrent encore plus autour de moi. C'était impossible. Comment tante Géraldine pouvait-elle me faire une telle chose ?

— Ne t'inquiète pas. On ne passe presque pas de temps ici, seulement pour dormir et s'habiller. Les passagers nous tiennent occupées.

Les paroles de Kate ne me rassurèrent pas. Elle ajouta :

— Vous travaillez en deuxième classe ?

Voyant le regard interrogateur de Meg, Kate reprit :

— Probablement. C'est drôle, d'habitude ils ne les engagent pas aussi jeunes. Ni aussi jolies. On est presque toutes des veuves ou des vieilles filles ici. Quel âge vous avez ? Dix-huit ans ?

Meg serra son sac en hochant la tête avec enthousiasme :

— Lady Hardy connaît le steward en chef, monsieur Gaade, et elle a…

Elle s'interrompit en surprenant mon regard accusateur. Elle n'avait pas à bavasser sur nos affaires. Sur mes affaires. Elle rougit en donnant une piètre explication :

— … dit un bon mot pour nous.

La pauvre fille avait-elle perdu la tête ? Je l'avais prévenue de ne pas en parler.

— En tout cas, dit Kate, je ne pense pas que Gaade va laisser deux filles qui n'ont pas le nombril sec travailler en première. La dernière chose dont le steward en chef a besoin, c'est bien qu'une de vous deux fasse chier une dame de la haute.

Elle prit un tablier blanc sur sa couchette, le mit par-dessus son uniforme noir et le noua dans son dos. Puis elle ajusta ses poignets et son col blancs.

— Qu'est-ce que tu connais de la haute société, Kate ?

Je n'aimais ni son ton ni l'insinuation que je ne serais pas apte à les servir. S'il y avait une personne qui comprenait les désirs d'un membre de l'aristocratie, c'était bien moi. J'en *faisais partie* ou du moins, j'en avais déjà fait partie.

Elle éclata de rire en fixant son bonnet au moyen de quatre épingles à cheveux :

— Je ne t'accuse pas, Ellen, mais tu ne connais pas la différence entre la coquerie et la cambuse. Et il y a une chose que les riches veulent : c'est une domestique qui connaît la place. Qui connaît *sa* place. Elle, Meg, elle comprend. Regarde-la, elle est toute contente de servir les gens. Tu as déjà travaillé en première classe, *love,* hein ? J'ai raison ou pas ?

Meg me jeta un coup d'œil hésitant et répondit :

— Euh… J'ai seulement travaillé comme servante. Pour lady Hardy.

— Moi aussi, dis-je. Comme bonne. Je suis bonne moi aussi.

Kate s'amusa de mon empressement à répondre.

— Oh ? Vous aviez une seule patronne, alors ?

— Et sa jeune petite-nièce, ajouta Meg, son regard passant de Kate à moi, terrifiée à l'idée d'avoir trop parlé.

— Laissez-moi deviner, poursuivit Kate en lissant son tablier et en se frottant les mains. Une petite chipie gâtée pourrie qui parle seulement de ses toilettes, de ses cheveux et de sa robe de bal ?

Meg fixa le plancher sans ouvrir la bouche, mais le rouge de ses joues amusa Kate. Je lui demandai :

— Connais-tu les Hardy ?

Je n'avais pas imaginé que quelqu'un d'autre que le steward en chef Gaade connaisse ma famille. Et même lui ne savait pas toute l'histoire.

Kate secoua la tête :

— Non, mais ils sont tous pareils, hein ?

Je pensai à mes anciennes amies. À nos visites de l'été précédent, avant que tout change. Et nous bavardions de toilettes, de coiffures et de robes de bal, du moins jusqu'à l'arrivée de Declan Moore. Après, je ne parlais que de lui. Voyez où tout ça m'a menée.

Kate s'avança vers la porte et dit :

— Dépêchez-vous de mettre vos uniformes, sinon Jones va nous égorger. Je vous attends à l'escalier au bout du couloir. Faudrait pas vous perdre dès la première journée.

Elle sourit et ferma la porte derrière elle.

— Elle a l'air gentille, dit Meg.

— Elle a l'air d'une Madame-je-sais-tout qui mène tout le monde par le bout du nez. En plein ce qu'il me faut.

Meg ouvrit son sac et rangea ses quelques effets dans son nouveau tiroir.

— Tout à fait. Je veux dire, qui de mieux pour nous apprendre que quelqu'un qui connaît tout?

Je me suis écrasée sur mon lit. Le voyage serait interminable.

LE LENDEMAIN APRÈS-MIDI

Le 30 mai 1914
Rimouski, Québec

Chapitre 3

*L*e sifflet émit un bruit aigu à l'arrivée du train en gare, annoncée par son panache de fumée s'élevant dans le ciel. Le temps était frais pour la fin mai, mais c'était peut-être seulement mon impression. Je grelottais sans interruption depuis mon arrivée dans la petite ville la veille et ni le thé, ni les courtepointes, ni les flambées dans la cheminée ne parvenaient à me réchauffer. Je craignais de ne plus jamais avoir chaud de ma vie.

— Tiens, me dit Monique en enlevant son châle pour le poser sur mes épaules, comme si elle voulait forcer sa chaleur à pénétrer en moi.

Nous étions environ trois cents debout sur le quai de la gare, habillés grâce à la générosité de ces étrangers laborieux qui s'étaient littéralement dévêtus pour nous donner leurs vêtements tissés à la main. Même les plus riches d'entre nous, les hommes qui avaient arboré smoking et nœud papillon la veille sur le bateau, portaient des pantalons de cultivateur et des mackinaws et leurs épouses, des robes en calicot et des bonnets élimés. Il n'y avait plus ni première classe ni troisième. Ni passagers ni membres d'équipage. Plus maintenant. Nous étions tous des victimes, que des victimes.

Je scrutai leurs visages à nouveau – dépensant un peu plus de mes espérances, mais pas trop. J'avais toujours cru en posséder des réserves inépuisables, mais j'avais appris que ce n'était pas le cas. L'espoir était comme une poignée de sous noirs. Avec chaque prière, je lançais une pièce de plus dans l'abîme. Chaque souhait me coûtait quelque chose. Je savais que je n'allais pas tarder à manquer d'espoir et une partie de moi craignait de le gaspiller. Mais je ne vis ni l'un ni l'autre.

Les portes des wagons s'ouvrirent et, engourdie, je suivis la foule dans le train. Nous ne voulions pas penser. Dites-nous seulement quoi faire, où aller. *Enfilez cette robe. Buvez ce thé. Prenez ce train jusqu'à Québec. Embarquez dans le paquebot en partance pour Liverpool.* Monter sur un bateau était la dernière chose que nous souhaitions faire, mais cela importait peu. *Et puis ensuite ?* Je m'imaginais le vieux Bates dans sa livrée de majordome nous attendant sur le quai de Liverpool, appuyé contre la voiture. Je le revoyais s'enthousiasmer en découvrant les petites babioles que Meg lui avait achetées de l'autre côté de l'océan. Mais cette fois, tout ce que je lui rapportais, c'était la nouvelle que Meg, son unique petite-fille, ne rentrerait jamais à la maison.

Asseyez-vous ici. Pour le moment, je ne pouvais rien faire de plus.

J'appuyai mon front contre la fenêtre fraîche et je fermai les paupières.

Jim était là, comme toujours. Son visage devant le mien. Ses bras autour de moi. Et ses yeux – quels yeux ! – me transperçaient. Même à ce moment, je pouvais presque sentir sa chaleur, je pouvais presque humer son odeur tandis qu'il m'enveloppait dans son caban. Sa voix forte et assurée.

— *C'est toi,* mon espoir… et je ne te perdrai pas, Ellie, je ne te perdrai pas.

Ce fut la dernière fois que je le vis. Autant que je sache, il…

J'ouvris les yeux.

Non.

Ne pense pas à ça.

Il ne me restait qu'une poignée de souvenirs. Des instants volés, passés appuyés au bastingage du navire. Des vœux. L'espoir qu'il éprouvait quelque chose pour moi. Je le voulais lui plus que tout. Mais je n'avais jamais eu l'assurance qu'il partageait mes sentiments.

Je ne lui avais jamais révélé mes secrets. Je n'avais jamais demandé à connaître les siens.

Le train démarra brusquement. Par la fenêtre, j'aperçus Monique qui me saluait de la main.

Je ne l'avais pas remerciée. Je ne lui avais pas dit adieu. Je n'avais pas souvent ouvert la bouche au cours des derniers jours.

Et il était trop tard.

— Ellen !

La petite fille se hissa avec difficulté sur le siège à côté de moi, l'azur de ses yeux écarquillés contrastant avec ses cernes. Elle portait une robe de marin lisérée de blanc et de bleu, sans doute un cadeau d'une famille de Rimouski.

Je réussis à sourire en l'apercevant :

— Gracie !

L'homme qui l'accompagnait n'était pas son père. Je le reconnus – c'était l'un des salutistes —, mais je ne vis pas le chef de fanfare Hanagan ni sa femme Edith. Il croisa mon regard et secoua la tête, un mouvement discret, lourd de sens. Il me tendit la main et s'assit face à la fillette :

— Ernie Pugmire.

Un homme s'immisça entre nous, s'assit face à moi et s'adressa à la petite :

— Oh ! Tu dois être Gracie Hanagan ?

C'était Wyatt Steele, le reporter du hangar. Comment était-il arrivé ici? Instinctivement, je mis ma main sur la jambe de Gracie et je lui dis d'un ton brusque:

— Pourriez-vous nous laisser tranquilles? C'est une enfant, Monsieur Steele. *Une victime!*

— Ce n'est pas une victime, répliqua-t-il en souriant à Gracie. C'est une *survivante!*

Enhardie par ces paroles, Gracie se redressa légèrement et lui dit avec timidité:

— Comment connaissez-vous mon nom?

— Mais tu es célèbre: un des quatre enfants qui ont survécu.

Mon ventre se noua: *seulement quatre?*

Il y en avait au moins cent trente-cinq à bord. Je me rappelais les cris de joie des garçons lorsque les hautes cheminées de l'immense navire avaient émis le long coup de sirène annonçant notre départ de Québec. Les bébés à bonnet hypnotisés par les mouchoirs que leurs mamans agitaient en direction de leurs parents et amis sur le quai. Les bambins qui dansaient sur le pont au son de la musique de la fanfare de l'Armée du Salut dirigée par le père de Gracie, les trompettes et les trombones étincelant sous les rayons du soleil couchant.

Sont-ils vraiment tous disparus? Tous..., sauf Gracie et trois autres?

Steele poursuivit son baratin de vente coutumier:

— Le monde entier souhaite connaître ton histoire, Gracie.

Je ne voulais rien entendre:

— Je doute que ses parents auraient accepté qu'elle...

Je m'interrompis lorsqu'elle se tourna vers moi. Je venais de parler de ses parents. Au passé. Mais elle ne sembla pas s'en formaliser et dit:

— Ça va, Ellen. Je veux bien raconter mon histoire à monsieur Steele. On pourra demander la permission à maman et papa quand on sera à Québec. Ils ne sont pas avec nous, mais ils seront sur le prochain train spécial.

Je croisai le regard triste d'Ernie. Il ne lui avait pas annoncé la nouvelle ou peut-être l'avait-il fait, mais, comme nous tous, Gracie n'avait rien voulu croire. Je m'adressai à Steele :

— Combien de personnes ont... survécu ?

Il sortit un calepin en cuir noir et le feuilleta, puis il m'annonça le bilan avec le même détachement qu'on donne l'heure :

— Quatre cent soixante-cinq.

Nous avions levé l'ancre à Québec avec mille quatre cent soixante-dix-sept personnes à bord. Je me retins de faire le calcul qui m'aurait révélé que plus de mille passagers avaient trouvé la mort pour m'accrocher au fait que quatre cent soixante-cinq d'entre eux étaient vivants. Quatre cent soixante-cinq s'en étaient tirés.

Lui aussi, peut-être.

Meg aussi, peut-être. Elle aurait très bien pu arriver par le prochain train avec les Hanagan. Une étincelle d'espoir rejaillit dans mon cœur et je la protégeai de tout mon être contre la réalité qui aurait pu l'éteindre.

Je n'aimais ni l'homme ni sa mission, mais Steele avait raison sur au moins un point : la seule présence de Gracie nous remplissait tous d'espérance.

Chapitre 4

Pendant que Gracie parlait, je m'excusai pour aller aux cabinets. Je ne voulais plus jamais penser à cette nuit-là, encore moins la revivre par l'entremise de la pauvre petite. En regagnant ma place, je vis Steele qui notait frénétiquement les moindres détails dans son calepin. Ses lecteurs l'auraient, leur histoire, mais ils ne sauraient jamais comment cela s'était *réellement* passé. Tous ceux d'entre nous qui savaient n'oublieraient jamais.

Épuisée par l'interview, Gracie posa sa tête sur mes genoux pendant que Steele relisait ses notes. Ernie me demanda :

— Pouvez-vous avoir l'œil sur elle ? J'aimerais vérifier dans les autres wagons.

Je hochai la tête et je me mis à caresser les cheveux de la fillette. Son souffle s'apaisa aussitôt et elle eut du mal à tenir ses paupières ouvertes.

— Tu t'endors plus vite qu'Emmy.

— Qui ?

— Emmy, la chatte du bateau.

Elle se laissa gagner par le sommeil puis se redressa, terrorisée, en battant des paupières :

— Ellen ! Les chats ne savent pas nager ! Et si… et si elle…

Je pris son visage entre mes mains et la forçai à me regarder.

— Elle va bien, Gracie. Emmy va bien, elle va bien, mon cœur. Elle n'était pas sur le bateau. Elle a détalé sur la passerelle juste avant notre départ.

J'avais vu le chasseur s'élancer aux trousses du chat tigré roux puis revenir en le tenant dans les bras. Nous n'avions jamais navigué sans notre camarade de bord. Certains la considéraient comme la chatte du capitaine, même si elle dormait souvent dans notre cabine où Meg lui laissait toujours une soucoupe de lait. Mais dès que le jeune garçon la ramena à bord ce jour-là, Emmy s'échappa et se précipita en bas de la passerelle comme si le démon en personne la pourchassait. En voyant la scène, nous avions tous trouvé son comportement des plus étranges, mais je me dis à présent que c'était la chose la plus sensée.

Gracie se détendit. Elle pouvait raconter les faits survenus cette nuit-là, mais je me demandai si elle comprenait vraiment. Les centaines de passagers en train de mourir. Les centaines de passagers déjà morts. La noyade de ses parents. C'était trop pour elle. C'était trop pour la plupart d'entre nous. Alors elle s'inquiétait d'un chat qu'elle n'avait jamais vu. Elle demanda, en hésitant :

— Alors elle nous attend… à Québec ?

— Oui, lui dis-je. Elle nous attend.

Gracie se recoucha sur mes genoux.

— Emmy savait. Elle savait ce qui allait se passer.

Je caressai ses boucles. Son souffle s'apaisa tandis que le train la berçait.

Steele écrivait toujours dans son calepin. La fillette. Le chat. Ça ferait un bon article. Il tourna la page et me regarda. Ses yeux, si foncés, semblaient n'être que de grosses pupilles. Je me sentais dénudée, traquée.

— Alors, demanda-t-il, depuis combien de temps connaissez-vous les Hanagan ?

Je ne voulais pas lui parler. Ni répondre à ses questions. J'avais une histoire, mais je la tenais cachée depuis près de deux ans et je n'allais pas la raconter à Steele. Seigneur Dieu, il était bien la dernière personne sur terre à qui j'aimerais m'ouvrir.

— J'ai fait leur connaissance lorsqu'ils sont montés à bord. Ils occupaient l'une des douze cabines de ma section.

Cette bribe de vérité me semblait inoffensive.

— Deuxième classe, n'est-ce pas, Mademoiselle Ryan ?

Je hochai la tête. *Comment savait-il mon nom ? Gracie le lui avait-elle dit ?*

Il relut ses notes :

— Donc, vous êtes femme de chambre sur l'*Empress* depuis… janvier dernier ?

Gracie ne savait certainement pas cela.

Il leva une main, comme pour s'excuser :

— Pas un grand secret, Mademoiselle Ryan : les registres du navire. J'ai fait mon travail, c'est tout.

Je me tournai vers la fenêtre, les bras croisés. Il allait devoir obtenir ses foutus renseignements ailleurs.

Nous étions assis, le silence rompu par le bruit métallique du train qui longeait le fleuve et passait devant le phare sur la pointe. La rive semblait différente de ce côté, en plein jour, sans lui à mes côtés appuyé à la rambarde, notre rambarde.

Où pourrais-je le trouver ?

— Avez-vous perdu quelqu'un qui… vous était cher ? me demanda Steele en déposant son crayon et son calepin.

Je hochai la tête.

— Votre compagne, Margaret Bates, est-ce qu'elle…

— Meg, elle s'appelait… Elle *s'appelle* Meg, chuchotai-je.

Elle détestait le prénom « Margaret ».

— Qu'est-ce qui vous a amenées sur l'*Empress*? Vous avez toutes les deux travaillé pour une certaine lady Hardy dans le Merseyside, enfin… selon les dossiers.

Il avait dit cela comme s'il savait que ce n'était pas la vérité. Après des mois de cachotteries, on venait de me dévoiler le plus simplement du monde.

— Mais vous n'êtes pas de Liverpool. Vous avez un accent irlandais. De Wicklow, si je ne me trompe pas.

Je croisai son regard. Qui était ce type?

Il haussa les épaules, d'un air contrit:

— Je me fais un devoir de m'informer.

Je serrai les mâchoires et me tournai vers la fenêtre. Il était hors de question que je raconte quoi que ce soit à cet homme. Il en savait déjà davantage à mon sujet que la plupart de mes consœurs. Après quelques minutes, il dit doucement:

— Cela doit être si difficile pour vous.

Il se pencha, les yeux brillants de sincérité. Et pendant quelques minutes, je crus qu'il comprenait, qu'il comprenait vraiment à quel point l'épreuve avait été pénible. Il posa légèrement sa main sur la mienne. Je sentais la chaleur et la force de ses doigts.

— Qu'est-ce qui est arrivé cette nuit-là? Pouvez-vous me le raconter?

Des images traversèrent mon esprit. L'eau qui jaillissait, les gens qui s'affolaient. Des centaines et des centaines de passagers prisonniers des cabines et des coursives inondées, incapables d'atteindre le pont. Les corps qui flottaient. Et le visage de Meg, le regard terrorisé de Meg pendant qu'elle s'enfonçait dans le fleuve sombre pour la dernière fois.

Non. Je retirai ma main.

— Votre histoire est celle d'une survie inespérée, Mademoiselle Ryan. Vous devez la raconter. Les gens doivent la connaître.

— Je… Je ne peux pas.

Je me bouchai les oreilles dans une tentative de taire les milliers de cris, puis le lourd silence des corps qui partaient à la dérive dans la nuit noire. Je me mis à trembler:

— Je suis désolée… Je ne peux pas en parler.

Steele me chercha du regard. Je ne lui dirais rien. Jamais. Comme s'il lisait dans mes pensées, il se rassit sur son siège, prit son calepin et ajouta quelques notes dans la marge.

Ernie revint s'asseoir sur la banquette face à moi. Je n'eus pas à lui poser de questions pour comprendre que sa quête avait été vaine.

Tandis que nous approchions de Québec, je jetais de temps à autre un œil vers Steele, mais il m'ignorait. De toute évidence, il avait fait beaucoup de recherches sur le paquebot et les passagers. Il avait même trouvé le moyen de monter à bord du train réservé aux rescapés. C'était un journaliste compétent, je le concédais, mais je n'allais pas lui donner ce qu'il voulait. Je saisissais la pleine mesure de cet homme mystérieux, astucieux, acharné, ingénieux. Je me demandai s'il savait quelque chose qui pourrait m'aider.

Gracie se réveilla et se frotta les yeux au moment où le train entrait en gare dans un crissement. Après nos adieux, Gracie et Ernie se dirigèrent vers l'avant de la voiture. Steele ferma son calepin et le glissa dans sa poche en se levant. Il regarda par la fenêtre la meute de journalistes qui se pressaient. Ils agitaient la main et se frayaient un chemin pendant que Gracie et les premiers rescapés descendaient sur le quai, étourdis et désorientés par les lampes-éclairs des photographes. Je lui dis sèchement :

— Nous avons déjà vécu l'enfer. Pourquoi ne nous laissent-ils pas tranquilles ?

Steele se lissa les cheveux et mit son chapeau :

— Mademoiselle Ryan, le naufrage de l'*Empress* est la pire tragédie maritime au Canada. Plus de passagers y ont trouvé la mort que sur le *Titanic*, ce qui en fait l'une des catastrophes les plus meurtrières de l'histoire de l'Amérique du Nord. Vous voyez à quel point c'est une grosse nouvelle ? Et vous êtes là pour la raconter.

C'est pour ça que j'avais survécu ?

— Que cela vous plaise ou non, ajouta-t-il, vous êtes devenue en quelque sorte une célébrité.

Il toucha son chapeau d'un doigt et se retourna pour partir, mais je saisis sa manche, désespérée. Il avait peut-être quelques informations. Avant de le laisser s'éloigner, je devais lui poser une question. Je me mordis la lèvre :

— Et les hommes de la salle des machines ? Vous savez quelque chose sur eux ?

Il leva les sourcils et me scruta de son regard noir :

— Quelqu'un en particulier ?

J'ouvris la bouche puis la refermai, incertaine, mais le nom plombait mon cœur.

— Mademoiselle Ryan, je ne pourrai pas le trouver si vous ne me dites pas son nom. J'ai du talent, mais pas à ce point-là.

— Jim. Il s'appelle Jim Farrow. Mais tout le monde l'appelait Lucky.

En murmurant son nom, tout devint réel subitement. Le paquebot. La nuit. La dernière fois que je l'avais vu, appuyé au bastingage.

QUATRE MOIS AUPARAVANT

Janvier 1914
À bord de l'Empress of Ireland,
quelque part au milieu de l'Atlantique

Chapitre 5

C'est lors de ma deuxième traversée que je vis Jim pour la première fois. Couvert de sang, de cendres et de scories, c'est comme ça qu'il était. Allongé sur la civière dans les quartiers du docteur Grant, le bras droit cachant ses yeux tandis que le médecin détachait des lambeaux de tissu collés sur la peau de l'autre bras avec une pince. Jim s'était grièvement brûlé du coude au poignet – on aurait dit de la viande carbonisée —, en tombant dans les flammes de la chaudière, ces flammes qu'il était chargé d'alimenter. Un accident, dit-on. Pourtant, les jointures de Jim – contusionnées et ensanglantées au contact des dents d'un autre homme – révélaient autre chose, elles racontaient le feu qui couvait en lui et qui ne s'éteignait jamais.

Je savais que Jim était synonyme de problèmes, tout simplement. Un bagarreur, maussade et revêche. Un véritable fauteur de trouble, mais, que Dieu me vienne en aide, je n'arrivais pas à détacher mon regard de lui.

— C'est tout ce que je peux faire pour le moment, annonça Le docteur Grant en se lavant les mains. Ellie, voulez-vous nettoyer autour de la plaie, s'il vous plaît?

J'assistais le médecin depuis ma première traversée. C'était un répit bienvenu après avoir frotté les toilettes, fait les lits de la deuxième classe ou servi d'innombrables tasses de thé aux vieilles filles. Il m'avait interceptée un jour dans le couloir pour me demander de l'aider à tenir la jambe d'un enfant pendant qu'il l'immobilisait et lui installait une attelle. Le docteur Grant m'avait félicitée pour ma fermeté et mon calme. Pour moi, c'était comme rassurer une jument, une tâche dont je m'étais souvent acquittée à l'écurie. Père me réprimandait toujours lorsque je mettais la main à la pâte. Il disait que ce n'était pas convenable pour une jeune fille de ma condition. Mais j'aimais cette tâche, j'aimais me sentir utile. J'aimais faire quelque chose qui importait. Depuis ce jour, le docteur Grant me réclamait expressément, ce qui agaçait prodigieusement madame Jones, la surveillante des femmes de chambre.

Jim ne desserra pas les dents. Je tentai tout de même d'être aussi douce que possible en épongeant sa plaie, tout en évitant les rebords douloureux. Je trempai le chiffon dans le bol d'eau, je l'essorai légèrement, puis j'essuyai son biceps massif et le tour de ses doigts calleux. La suie noire disparut rapidement, mais pas les coupures ni les ecchymoses.

J'avais entendu parler les hommes. Ils avaient raconté que Lucky avait eu un autre de ses accès de rage et qu'en se battant, il était tombé dans sa chaudière par le volet ouvert. Les membres du Black Gang étaient des bagarreurs notoires: ils se tabassaient avec la même énergie qu'ils déployaient pour travailler, et quand ils étaient à quai, ils buvaient autant qu'ils se cognaient. Madame Jones avait prévenu la douzaine de femmes de chambre de se tenir loin d'eux. Elle nous avait expliqué en termes clairs que ces hommes étaient source de problèmes et que toutes les manigances entraîneraient un renvoi. Quoi qu'il en soit, nous ne les voyions pas souvent. Nous ne nous croisions jamais pendant le travail et à quai, Meg et moi n'avions nullement envie de pénétrer dans les cabarets bruyants où ils entraient en trébuchant et d'où ils sortaient en titubant. Du reste, Meg était amoureuse de Timothy Hughes, le bibliothécaire du navire, un type studieux qui détalait dès qu'il y avait un mouvement subit. Ils n'avaient partagé que quelques magazines et encore moins de mots depuis notre premier voyage. Et moi, je ne m'intéressais à personne. Pas après ce qui m'était arrivé. Non, madame Jones n'avait aucun comportement déplacé à craindre de notre part.

Du moins, pas jusqu'à ce que je rencontre Jim.

Le docteur Grant me tendit un tube d'onguent en me demandant de l'appliquer une fois la plaie nettoyée. Il se tourna ensuite vers Jim :

— Revenez dans quelques jours pour que je voie comment vous cicatrisez.

Jim baissa son bras droit, hocha la tête et remercia le médecin qui quitta la pièce. J'essorai le linge à nouveau et je me concentrai sur son visage pour distinguer la suie des ecchymoses. Il fut presque entièrement propre après quelques minutes, mais je continuai à éponger son front, fascinée par le bleu pénétrant de ses yeux cerclés de paupières rougies. Ma tâche me donnait un prétexte pour l'observer. Quelque chose, j'ignorais quoi, brûlait en lui avec une intensité farouche.

— Qu'est-ce qu'il y a ?

Jim soutint mon regard, même si cette audace semblait le rendre mal à l'aise plus que n'importe quelle blessure.

Exposée, surprise, dévoilée, j'éprouvai le même malaise.

Avait-il découvert ma honte aussi aisément que j'avais vu la sienne ? Une chaleur envahit mon visage et je détournai les yeux. Je me concentrai sur ma tâche, rincer et essorer le linge, pour me ressaisir avant de finir de nettoyer son front. Je m'éclaircis la gorge :

— Pourquoi on vous appelle « Lucky, le chanceux » ?

Il ne répondit rien.

— Si vous voulez mon avis, je dirais que vous êtes pas mal chanceux d'être en vie après être tombé dans le feu comme...

Jim agrippa mon poignet et je me tus. Je sentis mon pouls s'accélérer sous ses doigts. Je regardai nos mains, ignorant s'il avait senti cela lui aussi.

— Je ne suis *pas* chanceux.

Une intensité irradiait de son regard comme les flammes s'échappant d'une chaudière ouverte, mais je ne détournai pas les yeux, au contraire.

Il relâcha mon bras et se redressa :

— Et je ne vous ai rien demandé.

— Ne bougez pas.

Je mis ma main sur sa poitrine et le repoussai sur la civière. Doucement, mais avec fermeté. Mon geste nous surprit tous les deux, mais j'avais agi par instinct, comme lorsque je devais calmer un gros animal à la ferme. Ma main s'attarda. Je sentais la puissance de sa poitrine, sa chaleur et l'accélération des battements de son cœur sous mes doigts. S'il avait voulu s'en aller, je n'aurais pas pu le retenir. Il était tout en muscles. Mais il se recoucha et inspira profondément.

Je ne connaissais pas cet étranger, mais je savais quelque chose que les hommes ignoraient. La rage de Jim, son combat intérieur, n'était qu'un moyen d'évacuer son trop-plein d'émotions. Je voyais en lui une âme opiniâtre, hantée, habitée d'un lourd secret.

Je le savais, parce que je vivais la même chose.

J'enlevai ma main et ouvris le tube que le docteur Grant avait déposé sur le comptoir. Je m'enduisis le bout des doigts de l'épaisse pommade.

— Il me reste à appliquer l'onguent. Ça vous aidera à guérir. Les cicatrices seront plus belles.

Il renifla, mais me laissa faire. Lorsque j'eus terminé, il se leva sans rien dire et sortit. Il ne voulait pas être nettoyé, être aidé, être guéri. Il voulait simplement qu'on lui permette de couver sa douleur muette.

J'eus l'impression qu'il aurait souhaité brûler davantage.

TROIS SEMAINES PLUS TARD

Juin 1914
Manoir Strandview, Liverpool

Chapitre 6

— Voulez-vous que j'ouvre la fenêtre ? me demanda
Bates par la porte du petit salon.

— Non, ça va.

Je remuai les bûches et je m'assis dans la bergère, un
des rares meubles qui n'étaient pas recouverts d'une
housse. La pièce ressemblait encore à une morgue, même
s'il avait dégagé le fauteuil et ouvert les draperies bleues
pour nous permettre de voir le jardin de la façade. La
table et les chaises de la salle à manger, le vaisselier, le
canapé… tous les meubles gisaient ensevelis sous de
grands draps blancs. Même le piano au centre du salon
était mortellement silencieux. Caché. L'avant de la maison
était toujours inoccupé. La plupart des autres pièces aussi,
d'ailleurs. Au fil des ans, tante Géraldine avait condamné
le manoir Strandview, une pièce à la fois, un étage après
l'autre jusqu'à ce qu'elle se retrouvât retirée dans son
cabinet dans la tourelle. Repliée au milieu des histoires
qui peuplaient son esprit.

— Vous ne voulez pas que Lily enlève les housses ? Vous
êtes sûre ?

— Non.

À quoi bon? Pour qui? Cela me convenait de m'asseoir dans des pièces funèbres, ensevelie sous un linceul de douleur. Je ne méritais pas mieux.

— Maître Cronin a mentionné que vous deviez discuter de certaines questions d'ordre juridique, quand vous serez prête…, ajouta Bates.

Le pauvre Bates s'était usé les semelles pour répondre à la porte, particulièrement la semaine suivant mon retour, avec les médecins et les prêtres venus rendre visite à tante Géraldine pendant qu'elle était dans le coma, dans les jours précédant sa mort. Ces jours où son corps était là, mais où la femme à l'intérieur l'avait quitté depuis longtemps. L'enveloppe d'elle-même. Je me sentais comme cela : engourdie, vidée par la douleur et les regrets. Je n'avais aucune idée qu'elle était aussi malade. Je l'avais trouvée renfermée, retirée lors des rares conversations que nous avions eues entre deux traversées. J'avais supposé que c'était ma faute. Que je l'avais encore déçue. J'étais tellement empêtrée par mon histoire que je n'avais pas prêté attention à la sienne.

La sonnerie tinta à nouveau et j'entendis la voix étouffée de Bates dans le couloir.

— Ce n'est qu'un autre reporter qui cherche Ellen Ryan, annonça-t-il en rentrant dans le salon. J'ai dit à Lily de les envoyer paître s'ils reviennent.

Je soupirai. J'ignorais comment, mais ces hommes avaient réussi à faire le lien entre la jeune femme de chambre de l'*Empress of Ireland* et le manoir Strandview. Ils avaient peut-être jeté un coup d'œil aux dossiers des employés au siège social du Canadien Pacifique. Qui sait. Ils étaient ingénieux, ces journalistes, et implacables.

Par chance, tante Géraldine avait eu la prévoyance de m'engager sous le nom de Ryan, le nom de jeune fille de ma mère. Seuls Meg, tante Géraldine et Bates connaissaient la vérité – et deux d'entre eux étaient morts. Même Lily, la nouvelle domestique, croyait qu'Ellie Ryan n'était qu'une bonne qui travaillait au manoir. Elle n'avait pas fait le lien avec moi. Mon secret était sauf.

— Très bien, concéda Bates, Lily est là si vous avez besoin de quoi que ce soit.

Je hochai la tête. Lily, à quatorze ans, ne nous aidait pas beaucoup. J'avais à peine dix-huit ans, mais il me semblait avoir vécu toute une vie de plus qu'elle. Bates l'avait engagée pour remplacer Meg lorsque nous avions levé l'ancre l'année précédente. La pauvre fille était incompétente, mais ce n'était pas sa faute. Elle ne prendrait jamais la place de Meg comme domestique. Et personne ne pourrait prendre sa place comme amie. Pas après tout ce que Meg et moi avions vécu.

Dieu, qu'elle me manquait...

Bates hocha la tête, comme s'il pouvait lire dans mes pensées. Meg était sa petite-fille, tout ce qu'il lui restait de famille. J'imaginais à quel point il devait souffrir. Il avait été difficile de dire adieu à tante Géraldine lors de ses funérailles la veille, mais elle était âgée. Et je venais d'apprendre qu'elle était malade. Quoi qu'il en soit, les plus vieux ne devraient jamais avoir à enterrer les plus jeunes. Ce n'est pas dans l'ordre des choses. Bates s'éclaircit la voix et mit sa casquette de chauffeur sur sa chevelure blanche clairsemée en sortant. Je me demandais où il allait, ce qu'il faisait de ses temps libres depuis que tante Géraldine n'était plus là pour lui donner des instructions. À vrai dire, sans tante Géraldine, personne ne savait vraiment quoi faire. Nous détestions ses manières autoritaires, mais elle était notre gouvernail et nos voiles. Elle avait dirigé ma vie et même sa mort. Elle avait prévu les moindres détails, jusqu'aux variétés de sandwiches servies à la réception suivant ses funérailles. Je me demandai combien de personnes elle avait prévues quand j'avais aperçu les énormes plateaux, puisque tous ses amis étaient disparus et qu'elle n'avait pas de simples connaissances. Elle n'avait pas le temps de fréquenter les membres de sa famille, même si elle n'avait qu'un neveu (mon père) et moi. Je me disais qu'une matriarche qui avait vécu quatre-vingts longues années pouvait bien agir comme ça lui chantait. C'est précisément ce qu'avait fait ma grand-tante Géraldine.

Effectivement, l'église était pleine la veille. Des admirateurs, sans doute. G. B. Hardy était reconnu, même si peu de gens, selon moi, savaient que derrière le nom de ce romancier se cachait une vieille fille. Les dames âgées écrivaient des articles sur la vie domestique ou des critiques de mode, et non des récits d'aventures. Mais tante Géraldine n'était pas une femme comme les autres.

Je fus surprise de ne pas voir mon père. Il n'était pas proche de sa tante – tous deux avaient des idées arrêtées l'un sur l'autre —, mais j'avais tout de même cru qu'il serait venu pour lui rendre un dernier hommage. J'ignorais si j'éprouvais de la colère ou du soulagement devant son absence. La peine que j'avais eue au décès de ma mère des années auparavant était assez lourde pour durer toute ma vie. Peut-être s'en fichait-il simplement. *Savait-il ce qui s'était passé sur l'*Empress *? Savait-il ce qui m'était arrivé ?* Je m'interrogeais. Quoi qu'il en soit, il n'aurait pas assisté à mes funérailles, ça, j'en étais persuadée. Il m'avait reniée. À ses yeux, j'étais morte déjà. Il me l'avait fait douloureusement comprendre lorsque nous nous étions parlé pour la dernière fois deux ans auparavant. Mon père m'avait enterrée vivante avec ma honte.

Je fixai la flambée sans savoir quoi faire de la maison, de ma peine, de mon existence. J'avais perdu tous ceux qui avaient compté dans ma vie et, avec leur disparition, je venais à peine de comprendre à quel point ils avaient eu de l'importance.

On sonna à la porte. Quelques instants plus tard, Lily apparut, suivie d'un homme de grande carrure en complet à fines rayures. Je supposai qu'il s'agissait de maître Cronin, mais quand la lueur des flammes éclaira son visage et ses yeux foncés, je sus exactement qui il était et le but de sa visite. Wyatt Steele enleva son chapeau et me tendit la main :

— Mademoiselle Ryan. Je suis heureux de vous revoir.

Je me levai et m'adressai à Lily avec sévérité :

— Lily, je t'avais précisément demandé de chasser tous les journalistes qui demandaient à voir Ellie Ryan.

Ses yeux bleus passaient de lui à moi :

— Je suis désolée, Mademoiselle. Seulement, il voulait vous parler à vous, Mademoiselle Hardy. Et il ne ressemblait pas aux autres, pas du tout.

Elle rougit, de toute évidence subjuguée par son charme, son regard noir et son grand sourire. Quelle écervelée.

— Je veux dire...

Je ne lui donnai pas le temps de s'expliquer et la chassai d'un geste de la main :

— Laisse tomber. Va me chercher du thé.

— Et un whiskey pour moi, ajouta Steele tandis que Lily filait à la cuisine.

Il se retourna et me sourit comme si nous étions de vieux amis.

— Je suis gelé jusqu'aux os. Le soleil brille-t-il parfois à Liverpool ?

Il s'assit sur la bergère de l'autre côté de la cheminée et balaya la pièce du regard. Il observa chaque forme drapée comme s'il savait d'un simple coup d'œil ce qui était caché sous les housses. Il me fixa avec le même regard connaisseur. Sa confiance, son aisance m'enrageait. Sa seule présence. Pour qui se prenait-il en se pointant ici ? Maintenant ?

— Ce n'est pas le bon moment. J'ai enterré ma grand-tante hier et...

— Oui, je vous offre mes condoléances, Mademoiselle Ryan. Préférez-vous que je vous appelle Mademoiselle Hardy ? ajouta-t-il après un silence.

Je ne sus que dire. Non seulement il m'avait retrouvée, mais il avait aussi retracé ma véritable identité. Que savait-il d'autre?

Lily arriva avec nos boissons. Elle servit le whiskey à Steele et, hésitant devant mon air irrité, elle déposa ma tasse sur la table basse.

— Euh… Autre chose, Mademoiselle Ellen?

Je secouai la tête et elle disparut dans la cuisine, visiblement soulagée. Je souhaitais que Steele saisisse mon message. Il se contenta de porter un toast:

— Trinquons à G. B. Hardy.

Il prit une gorgée puis poursuivit:

— J'admire son œuvre. Elle était brillante. J'adorais ses romans de Garrett Dean. Gravir le Kilimandjaro, naviguer sur le Nil, partir en safari pour chasser le lion… Chacune de ses grandes aventures était aussi vraie à mes yeux que si je les avais vécues moi-même.

Il observa le feu et, pendant quelques instants, il ressemblait au gamin qu'il avait dû être. Un petit polisson, probablement.

— Je rêvais d'être Garrett Dean. Il était le héros de tous les garçons.

— Et pourtant, vous voilà en train de pourchasser des personnes endeuillées. Ça, c'est héroïque, hein? lui dis-je en me réjouissant de l'avoir pris de court.

Il cligna des yeux quelques fois et je pus pratiquement percevoir un changement. Son regard s'intensifia, comme une lentille de télescope qui se met au foyer, en se réorientant sur son objectif:

— Mon journal m'a dépêché pour écrire un reportage sur l'armée britannique. La guerre se prépare, vous savez.

En fait, je l'ignorais. Mon enfer personnel avait éclipsé tout le reste.

— J'ai vu la notice nécrologique et j'ai cru bon de venir lui rendre hommage aux funérailles. Et il s'avère que la petite-nièce de G. B. est la mystérieuse Ellie Ryan. Vous êtes une femme difficile à trouver, Mademoiselle… Ellen.

Il but une autre gorgée, les yeux posés sur moi par-dessus son verre.

Mon cœur se serra. J'étais ébranlée par la facilité avec laquelle il m'avait débusquée.

— Eh bien, vous m'avez démasquée. Bravo pour vous. Mais vous avez perdu votre temps. Je n'ai rien à dire.

Les mots jaillirent comme si je voulais me convaincre moi-même. Il m'avait troublée, bien sûr. Avec son teint basané et sa démarche arrogante, il ressemblait peut-être à Garrett Dean, je le concède, mais il me faisait davantage l'effet d'un lion rugissant au fond de sa caverne sombre qui m'encerclait et resserrait son emprise autour de moi. Comme s'il savait que j'étais blessée et que ma flamme s'éteignait.

J'empoignai le tisonnier pour remuer les braises. Elles se ranimèrent en palpitant d'un éclat orangé.

— Vous êtes la seule femme de chambre à avoir survécu au naufrage de l'*Empress of Ireland*, Mademoiselle Ellen. Comme je vous l'ai dit dans le train, vous êtes devenue célèbre, que cela vous plaise ou non. Les lecteurs veulent connaître votre histoire. Et je tiens à être celui qui la racontera, expliqua-t-il, les yeux brillants. Un portrait comme celui-là, et la place de rédacteur en chef sera à moi, c'est du tout cuit !

Je secouai la tête. Il ne m'écoutait donc pas ?

— Je ne souhaite pas parler de l'*Empress* à qui que ce soit !

Je voulais simplement oublier. Je voulais que cessent les rappels du passé, les cauchemars persistants. Je ne voulais plus jamais y penser. Mon cœur faisait un bruit sourd dans ma poitrine.

— Qu'est-ce qui vous permet de croire que j'accepterai ?

— J'ai quelque chose qui va vous intéresser.

La pièce mortuaire renvoya l'écho de mon ricanement de demeurée. Je l'étais peut-être. Les fous ne savent pas toujours qu'ils sont timbrés.

Je tentai de donner à ma voix l'aplomb qui me faisait défaut :

— Vous avez une haute opinion de vous-même, Monsieur Steele. Je vous assure que vous n'avez rien qui…

Il tira de sa poche un petit calepin en cuir noir. L'eau avait abîmé les bords et ondulé le papier, mais je l'aurais reconnu n'importe où. C'était le journal de Jim. Le dos craqua lorsqu'il l'ouvrit. Il feuilleta les pages jusqu'à celle où se trouvait le fin signet en ruban rouge.

Le 23 janvier 1914

Quelle sorte de chauffeur est assez maladroit pour tomber dans sa fournaise ? J'étais tellement énervé par les gars qui m'injuriaient que j'avais à peine remarqué la gravité des brûlures sur mon bras. Je voulais qu'ils me laissent tranquille. Je ne voulais même pas qu'ils m'amènent au bureau du docteur Grant. Mais au bout du compte, je suis content qu'ils l'aient fait. Sinon, je ne lui aurais jamais adressé la parole.

Je l'ai vue. De près, et pas cachée par l'ombre, le long du bastingage du navire. J'ignore pourquoi elle se tient là toute seule, tous les soirs. Je ne sais pas pourquoi je n'ai jamais eu le courage de lui parler. Tout ce que je sais, c'est qu'elle est encore plus belle que je le croyais.

Et son nom, c'est Ellie. Ellie Ryan.

Je m'affaissai sur le bord de mon fauteuil, muette, le souffle coupé, pendant que Steele me lisait le journal de Jim.

Il leva les yeux vers moi, puis tourna la page.

Elle a frotté l'onguent sur mon bras et ça faisait mal en diable. Je me suis presque évanoui de douleur. Mais j'endurerais des milliers d'autres brûlures pour qu'elle me regarde encore comme ça, pour qu'elle me touche. Elle m'a bien prévenu (comme le ferait Maman) de mettre la pommade du docteur Grant. Sinon, les brûlures vont laisser des cicatrices.

Si seulement elle voyait les cicatrices que j'ai. Celles qu'aucun remède ne peut effacer. Si elle voyait, elle ne voudrait pas de moi.

Je m'étais souvent demandé ce qu'il écrivait dans ce petit carnet noir pendant qu'il m'attendait à la fin de notre quart de travail, debout contre la rambarde. Je ravalai mes larmes et je regardai Steele. Jim avait toujours son calepin sur lui. Comment Steele l'avait-il obtenu?

— Est-ce qu'il…

Je n'arrivais pas à finir ma phrase. Comme si, en prononçant ces mots, cela devenait réel. Il s'était écoulé trois semaines depuis le naufrage. Trois semaines depuis que j'avais vu et entendu Jim, mais une partie de moi refusait de croire à sa mort. C'était impossible.

Steele et moi demeurâmes silencieux quelques instants, pendant que mon esprit tournait à toute vitesse.

— Mademoiselle Ellen, nous avons tous les deux une histoire que l'autre veut désespérément connaître. Vous me racontez la vôtre, et je vous donnerai celle de Jim.

Il referma le carnet et me le tendit comme s'il s'agissait d'un billet de loterie gagnant. Je m'exclamai:

— Comment avez-vous mis la main sur son journal? L'avez-vous vu? Savez-vous où il se trouve?

Steele me sourit:

— Vous avez un esprit de journaliste.

— Et vous, vous avez un cœur de démon.

— Vous avez le choix, dit-il en haussant les épaules. Vous pouvez soit garder votre vie privée, soit avoir des réponses à vos interrogations, mais pas les deux.

Comment pouvait-il? Comment pouvait-il tenir mon cœur en otage? Quel genre d'homme se comporte ainsi?

Non, il était hors de question que je lui confie le moindre de mes secrets. De toute évidence, il avait l'intention de les exposer à la une du *New York Times*. Ma vie serait fichue.

Devinant mon hésitation, Steele glissa le calepin dans la poche de son veston et se leva.

Mais il s'agissait de Jim, de mon Jim. Ma vie était déjà en ruines. J'avais besoin de réponses et, même si Steele était une pâle version d'homme, il était un journaliste habile. S'il y avait une information quelque part, il la dénicherait aussi rapidement qu'il m'avait trouvée. J'ai poussé un soupir de défaite :

— C'est bon. Je le ferai, mais à une condition : vous ne pouvez reproduire aucun passage du journal de Jim dans votre article.

Il était déjà difficile d'admettre que Steele avait lu les pensées personnelles de Jim et que je les lirais à mon tour. Je devais protéger l'essence la plus intime de Jim, même si cela signifiait que la mienne serait exposée au grand jour.

Steele réfléchit à ma proposition :

— *Toute* votre histoire ? Au complet ?

— Oui, tout ce que vous voulez.

Je tendis la main pour prendre le calepin, acceptant de lui dire tout et n'importe quoi, simplement pour avoir le journal.

Il le sortit de sa poche et tourna les pages jusqu'au ruban rouge. D'un geste rapide, il arracha la feuille jaunie qu'il venait de me lire. Le son me déchira le cœur comme si c'était Jim lui-même que nous étions en train de disséquer. D'une certaine façon, c'est ce que nous nous apprêtions à faire.

Il déposa la feuille abîmée dans ma paume, une goutte d'eau pour une personne mourant de soif.

— Vous ne pensiez tout de même pas que j'allais vous donner le journal au complet avant même de commencer ?

Je le regardai en l'implorant :

— Vous pouvez certainement me dire quelque chose que je ne sais pas déjà…

Il arracha les premières pages et me les remit avant de glisser le calepin dans son veston.

— Mettons que c'est une avance. Mais vous avez une dette envers moi, Mademoiselle Ellen, ne l'oubliez pas.

Il sortit quelques coupures de journaux de son sac à bandoulière et les déposa sur la table.

— Des exemples de mon travail pour le *Times*. Un article sur l'*Empress* basé sur les entrevues que j'ai faites à Rimouski et quelques autres sur le naufrage du *Titanic* il y a deux ans.

Il remit son chapeau et me salua en touchant légèrement le bord, comme le gentleman qu'il n'était pas :

— Je reviens demain à dix heures pour notre interview.

Je ne le vis pas partir. Je ne remarquai pas que le feu s'était éteint et je n'entendis pas Lily jusqu'à ce qu'elle déposât le jeté de tante Géraldine sur mes épaules et m'aidât à me rasseoir dans le fauteuil. J'ignore combien de temps j'étais demeurée seule dans la pièce, le regard rivé sur l'écriture en pattes de mouche de Jim. Je voyais ses mots sans les lire dans la lumière faiblissante.

Chapitre 7

Les gouttes de pluie froide s'écrasaient contre la fenêtre. J'étais assise dans mon lit et mes doigts tremblants tenaient les pages arrachées du journal. Du journal de Jim. Ses pensées intimes. Cela me semblait mal de les lire et pourtant, c'était impossible de me retenir. Peut-être renfermaient-elles les réponses que je rêvais de connaître. Sinon, il s'agissait au moins des propres mots de Jim. Quand Steele me les avait lus plus tôt, j'avais entendu la voix profonde de Jim qui touchait directement mon cœur. Une étincelle de lui, juste assez pour chasser les pensées sombres qui menaçaient de m'emporter dans les abysses.

J'approchai les feuilles de la chandelle à côté de mon lit. J'avais été tellement surprise en voyant le journal de Jim, en entendant lire mon nom, que je venais à peine de me rendre compte, en relisant ce premier texte, du poids de la honte de Jim. Quel était ce secret qui l'accablait tant ? Son carnet le révélerait peut-être. Et même si Jim n'avait pas voulu que je sache ce qu'il avait longtemps caché, je lus la page suivante.

Le 28 mai 1913

*Les gars sur le bateau m'appellent tous « Lucky le chanceux »,
mais j'aimerais mieux pas. Je ne suis pas chanceux, bien au
contraire. C'est une maudite malédiction. Ils veulent que je leur
raconte tout, tous les détails sanglants. Alors je reste dans mon
coin la plupart du temps.*

*Maman m'a acheté ce carnet à mon dernier congé à la maison.
Elle m'a dit d'écrire dedans, mais je ne sais pas pourquoi. Elle
pense que ça pourrait m'aider avec les cauchemars, que ça me
donnerait quelque chose à faire quand je me réveille en sueur et
que je n'arrive pas à me rendormir. C'était toi le plus intelligent,
Pa, pas moi. Tu as toujours su comment t'exprimer. Elle m'a dit
d'écrire comment je me sentais, mais tout ce que je ressens, c'est de
la colère. Et plus je veux arrêter, plus cela me brûle.*

*La mer est le dernier endroit où je voudrais me retrouver.
Mais j'imagine que j'appartiens à la salle des chaudières. J'ai
traversé la grande mare quatre fois, à coups de pelle à charbon.
De Liverpool à Québec et retour, deux fois. Les gars de la compagnie se vantent que l'Empress met seulement six jours pour se
rendre d'un quai à l'autre, mais ils devraient plutôt faire l'éloge
des mécaniciens : les soutiers et les chauffeurs. Le navire a beau
avoir deux moteurs hauts comme trois ponts, il faut qu'ils la
prennent quelque part, la puissance de 18 500 chevaux-vapeur,
pour faire tourner ses hélices jumelées ! Qu'est-ce qui propulse ses
14 000 tonnes selon eux ?*

*C'est la sueur des hommes noirs, du Black Gang. Pendant que
les snobs sirotent leur brandy et s'extasient devant la vitesse du
paquebot, huit niveaux plus bas, ce sont des hommes au visage
noir de suie qui le font avancer avec leurs muscles et leur sueur.
C'est comme une satanée galère romaine. Les gars du Black Gang
pellettent des tonnes de charbon dans les fournaises chauffées à
blanc. On est une centaine, à tour de rôle, et on travaille sans
relâche jusqu'à ce qu'on arrive au port. C'est une tâche éreintante
et il fait plus chaud que dans les entrailles de l'enfer. Mais je ne
mérite rien de mieux. Maman voulait que je m'engage comme
chasseur, pas comme chauffeur. Que je gravisse les échelons*

jusqu'à assistant-steward et que je devienne même un jour steward du fumoir comme toi.

Mais je ne suis pas toi, Pa. Peu importe à quel point Maman a besoin de moi, je ne serai jamais toi.

Assise dans mon lit, je relus les deux textes à quelques reprises, même si je les savais par cœur. Malgré la bouillotte et les couvertures supplémentaires que Lily m'avait données, je ne cessais de grelotter. Il y avait des choses sur Jim que je n'avais jamais comprises. Peut-être que les autres pages de son journal allaient me fournir des réponses. Ou mieux encore, Steele pourrait me révéler où se trouve Jim pour que je puisse aller lui poser mes questions. Je pourrais essuyer son front et l'aider à guérir. Je pourrais lui dire comment je me sentais pour de vrai.

Je déposai les feuilles sur ma table de nuit et j'éteignis le bout de chandelle, mais je ne pouvais m'endormir. Une partie de moi se trouvait encore à bord de l'*Empress*. Emprisonnée. En train de me noyer. En train de sombrer de plus en plus profondément dans les regrets. Je restais donc éveillée dans mon lit, comme je l'avais été chaque nuit au cours des trois semaines précédentes, à écouter la maison qui craquait et gémissait. Une coquille qui s'emplissait de la tristesse et des ombres qui m'entouraient.

PREMIÈRE ENTREVUE

Juin 1914
Manoir Strandview, Liverpool

Chapitre 8

*L*e lendemain matin, assise devant le déjeuner auquel je ne voulais pas toucher, je lus à contrecœur les textes de Steele. Je parcourus celui sur Rimouski. Il avait saisi les détails et les faits, mais surtout, il avait compris les gens. En lisant ses mots, j'entendais Gracie raconter les événements. Même ses articles sur le *Titanic* étaient de premier ordre. Il avait visiblement interviewé des dizaines de survivants de la troisième classe. Des récits déchirants. Il savait écrire, je le concédais, mais cela ne signifiait pas que je voulais être la vedette de son prochain grand reportage. *Je n'irais pas jusqu'au bout, n'est-ce pas ?* Cette simple idée me nouait l'estomac encore plus.

Comme promis, Steele se pointa à dix heures pile, les yeux brillants. Il me parut excité. Lily l'assit face à moi dans la salle à manger. Je lui avais demandé d'enlever la housse et de polir la table avant son arrivée. Cela semblait plus guindé, mais, à vrai dire, j'avais l'impression d'être moins exposée, plus en sécurité avec ce plateau en acajou massif entre nous. Les jointures exsangues, je m'arrimai solidement aux accoudoirs pour résister à toutes les épreuves qu'il me ferait subir.

Il feuilleta son calepin jusqu'à une page vierge et annonça :

— Commençons.

Je me sentais pourchassée. Non, pire encore : piégée. Sur le point d'être écorchée vive et disséquée.

Est-ce que j'y arriverais ? Allais-je vraiment raconter ce qui s'était passé cette nuit-là ?

Au cours des semaines précédentes, j'avais déployé une énergie folle pour contenir ces souvenirs au fur et à mesure qu'ils remontaient à la surface et pourtant, je me retrouvais en train d'en révéler les ramifications à un parfait étranger.

— Donc, Mademoiselle Ellen, dit-il en me regardant comme si j'étais un spécimen animal rare prêt à être disséqué par son crayon, parlez-moi de l'*Empress of Ireland*. Quand vous êtes-vous rencontrés la première fois ?

Il évoquait le navire comme le font les membres d'équipage, comme s'il s'agissait d'un être humain et non d'un bâtiment de boulons et d'acier. J'expirai le souffle que je retenais inconsciemment depuis son arrivée. Même s'il était douloureux, ce souvenir me vint facilement.

— C'était l'été 1906, l'année de mes dix ans. Je l'ai passé avec tante Géraldine. Ma mère était malade. Elle était en train de mourir, en fait. Et j'imagine que mes parents ont cru préférable de m'épargner ces adieux. J'ai quitté ma maison en Irlande pour venir vivre ici à Liverpool au manoir Strandview que je détestais, avec ma tante, que je haïssais encore davantage.

Je m'éclaircis la voix et je me concentrai sur ce que j'avais l'intention de dire :

— C'est à cette période que j'ai vu l'*Empress* pour la première fois. Monsieur Gaade, le steward en chef, était un vieil ami de ma tante et il nous avait invitées à assister au départ de son voyage inaugural. Ce n'était pas une longue traversée, simplement la mer d'Irlande.

Je retournai dans le passé, voyant l'*Empress* avec mes yeux de fillette de dix ans. Je pouvais pratiquement entendre l'orchestre jouer sous les banderoles et le long bruit de la sirène qui avait fait vibrer mon cœur quand le paquebot appareilla. De la bande rouge au bas de la coque en remontant le long de ses flancs noirs et lisses, jusqu'aux ponts supérieurs blanc immaculé et aux cheminées dorées cerclées de noir, c'était une beauté. Mais à l'époque, je m'en fichais. Je ne voulais pas agiter mon mouchoir vers un navire en partance pour l'Irlande. Je voulais monter à bord pour rentrer chez moi.

Je fis une pause, mais Steele semblait à l'aise dans le silence embarrassant. Il attendait que je le comble. M'éloignant de ce souvenir, j'ajoutai finalement :

— C'est la première fois que je l'ai vu. Je n'ai jamais cru que je monterais à bord, encore moins que j'y travaillerais.

— Votre première réflexion quand vous y avez embarqué comme membre d'équipage ? En janvier 1914, ajouta-t-il en jetant un coup d'œil à ses notes.

Il y avait cinq mois seulement ? Cela me semblait si loin.

— À vrai dire, je ne savais pas quoi penser. Cet hiver-là, je venais de me rétablir de… d'une maladie. J'étais lasse et accablée.

Il écrivit quelque chose dans la marge.

— Et Meg Bates ? Vous avez bien commencé en même temps qu'elle, non ? Quelles étaient ses premières impressions ?

Je souris en me rappelant l'enthousiasme de Meg :

— Pour être honnête, on aurait dit qu'elle avait gagné un billet de première classe à la loterie. Elle adorait ça. Meg a adoré chaque minute où elle a travaillé à bord.

Je passai la majeure partie de la matinée à décrire à Steele la vie de femme de chambre. Pas vraiment digne de faire les nouvelles, mais il m'avait demandé de lui expliquer. Nous nous installâmes à la table dans le salon, et je lui parlai de la suite interminable de tâches : faire les lits, nettoyer les cabines et les coursives, astiquer les toilettes, faire couler les bains au bon moment et à la bonne température. Le bien-être des passagers de la haute société était la raison d'être des stewards et des femmes de chambre. Nous devions nous tenir hors de leur vue, mais à portée de voix et accourir à leur moindre appel, comme des chiens dressés. « Faites-moi couler un bain... », « Apportez-moi du thé... », « Rangez mes vête-ments... », « Arrangez ce bouquet... ». On assignait une douzaine de cabines à chaque femme de chambre, assez pour nous garder sur un pied d'alerte, ça, c'est vrai. Et nous devions travailler six jours de suite en mer, de cinq heures et demie le matin jusqu'à onze heures le soir. Nous mangions entre deux tâches quand nous le pouvions. Des restes des repas servis en deuxième classe avalés en vitesse, debout, dans un coin de l'office étouffant. Si nous étions éveillées, nous étions de service, d'une manière ou d'une autre, et toujours sous le regard implacable de monsieur Gaade et de madame Jones. Rien ne les irritait davantage que la stupidité. Puisque je n'avais absolument aucune expérience comme femme de chambre, j'avais commis plus que ma part d'erreurs imbéciles lors de ma première traversée : je laissais tomber des théières, je me perdais dans le labyrinthe de couloirs, j'oubliais des tâches et je bâclais celles dont je me souvenais. Je me rappellerai toujours le regard du vieux colonel Ripper quand j'avais confondu son sac de vêtements lavés avec les gigantesques dessous de lady Featherton. Je souriais en racontant cet incident à Steele :

— Il était planté au milieu de sa cabine, tout raide dans son uniforme de cérémonie et il tenait d'une main, comme un immense drapeau blanc, sa canne d'où pendait une énorme brassière. De l'autre, il grattait son crâne dégarni. Au bout d'un moment, le visage écarlate et les yeux écarquillés, il a identifié ce qu'il avait extrait du sac de lessive que je lui avais laissé et qui n'était de toute évidence pas le sien. Il m'a dit : « Seigneur Dieu, Ellen, on dirait la voile d'un brick gonflée par le vent ! »

Steele éclata de rire.

— Et chaque fois que Meg et moi on voyait lady Featherton s'avancer sur le pont dans toute sa corpulence, je n'avais qu'à me pencher vers elle et à lui murmurer « Voilà la baleine ! » pour que Meg se mette à rire sans pouvoir s'arrêter. Oh, Meg ! Je n'aurais jamais pu passer à travers tout ça sans elle.

Je hochai la tête en souriant, perdue dans la brume d'un souvenir agréable.

La salle à manger renvoya l'écho de la vérité de ces paroles qui sonnaient à travers mon brouillard comme la cloche d'un navire. J'avais *survécu* grâce à Meg. Lors de cette nuit d'horreur, elle m'avait donné son gilet de sauvetage. Elle avait insisté. Ce fut le dernier service qu'elle me rendit.

Une boule se forma dans ma gorge. Je pris mon mouchoir et épongeai mes yeux brûlants, mal à l'aise sous le regard de Steele. J'avalai et je bougeai sur ma chaise.

— Je suis désolée.

Il hocha la tête, mais mon excuse ne lui était pas destinée. Pas vraiment.

— Prenez votre temps, dit-il en relisant sa liste de questions.

Pour un homme qui gagnait sa vie avec les mots, il était étonnamment radin à ce chapitre. Ses paroles de réconfort, s'il en avait, il les garda pour lui.

Je n'étais pas prête à continuer et je ne voulais plus rester assise, immobile. Je me levai et sonnai pour faire venir Lily. Deux fois. Où était-elle ? J'avais la gorge sèche. Je me tournai vers la fenêtre en attendant.

Au cours des semaines où j'avais vécu chez tante Géraldine avant notre départ, je n'avais jamais vraiment apprécié tout ce que faisait Meg. Ni à quel point elle travaillait bien. À vrai dire, je la remarquais à peine. Ma tante l'avait engagée l'année précédente, je crois. La plupart du temps, une tasse de thé se matérialisait sur la table basse avant même que je sache que j'en voulais. Earl Grey avec du lait et deux cuillerées de sucre. Les draps étaient toujours rabattus et mon lit, réchauffé à la bassinoire, peu importe l'heure à laquelle j'allais me coucher. Mes vêtements étaient soigneusement pressés. En réalité, Meg faisait simplement partie de la maison. Si j'agitais la clochette, je savais que Meg se précipiterait, avec la même certitude que l'eau coulait quand j'ouvrais le robinet. Lorsque je dus retourner une troisième fois à la coquerie de la deuxième classe parce que le potage de lady Featherton était trop froid, puis trop chaud et enfin trop tard, elle m'avait dit : « Il faut simplement apprendre à les connaître, c'est tout. Ce sont des gens comme vous et moi, Mademoiselle Ellen. »

J'avais des doutes au sujet de lady Featherton, mais la plupart des passagers étaient patients avec moi et je m'améliorai au cours de l'hiver où nous traversâmes l'Atlantique aller-retour de Liverpool au Nouveau-Brunswick une fois par mois. Nous passions six jours en mer à servir les passagers de l'aube à la tombée de la nuit, six jours à quai pour vider, nettoyer puis recharger le navire, puis six jours en mer pour regagner Liverpool. Avec l'aide de Meg, j'appris comment servir la soupe à la température adéquate et le thé juste assez fort, et comment transporter cinq assiettes à la fois aussi bien qu'elle, même si je ne reçus jamais les pourboires de dix shillings que les passagers remettaient à Meg à la fin de la traversée. Un grand nombre d'entre eux lui demandèrent même de travailler pour eux. Mais elle ne prit jamais ces offres au sérieux. «Je ne pourrais pas vous abandonner, Mademoiselle Ellen. Je l'ai promis à lady Hardy, vraiment promis. Et je tiens toujours, toujours mes promesses.»

Je n'aimais pas tellement que l'espionne de ma tante me surveille jour et nuit. Pourtant, on ne pouvait pas ne pas aimer Meg. Elle était heureuse de faire plaisir aux gens, c'était sa raison d'être. Le salaire était un boni pour elle. Par contre, pour être honnête, nous n'avions pas de très bons gages et ce sont les pourboires qui faisaient la différence. Après avoir payé nos uniformes et nos notes de blanchisserie, sans oublier la vaisselle cassée, il ne restait plus grand-chose, mais toujours suffisamment pour nous offrir une gâterie lorsque nous débarquions à Saint-Jean au Nouveau-Brunswick. Libérées du joug de tante Géraldine, des exigences de Gaade et du regard désapprobateur de madame Jones, nous nous défoulions à Saint-Jean. Nous volions une bouteille de stout que nous buvions ensuite sur le quai. Nous partagions les mélodrames de nos passagers et nous rêvassions à deux jeunes hommes qui nous plaisaient. Deux filles qui s'amusaient. Je ne me rendais pas compte à l'époque que Meg Bates était non seulement la meilleure des servantes, et de loin, mais aussi la meilleure amie que je n'aie jamais eue.

Chapitre 9

J'ignore combien de temps je demeurai perdue dans mes pensées, immobile à la fenêtre, à observer Bates en bottes de caoutchouc en train de travailler sans hâte dans le jardin de tante Géraldine. Steele, assis silencieux à la table derrière moi, attendait avidement que je lui fasse des révélations : plus de détails sur ma vie à bord de l'*Empress,* plus de détails sur Meg, plus de détails sur tout ce que j'avais perdu.

Ma mère m'avait amenée ici un été quelques années avant sa mort. Elle trouvait toujours le temps de venir rendre visite à tante Géraldine, la tante de son mari qui semblait pourtant ne jamais avoir une seule minute de libre pour nous recevoir. Bates, lui, se faisait un point d'honneur de s'occuper de moi. Souvent, je m'asseyais sur le muret du jardin et je l'observais émonder les arbres, arracher les mauvaises herbes ou arroser les plants. Je lui posais des millions de questions sur la taille. *Oh, je ne fais que donner de l'espace aux nouveaux bourgeons.* Il avait toujours été si délicat avec les fleurs, si patient avec moi. À l'époque, il avait répondu à chacune de mes innombrables questions débutant par « Pourquoi, Bates ? » Pourtant, même lui ne pourrait pas répondre à cette question maintenant.

Je le regardais, je regardais son dos voûté, le tremblement de ses mains ridées pendant qu'il enfonçait son sécateur dans le rosier. Il me semblait si vieux, si fragile. Qu'adviendrait-il de lui, de nous, sans les instructions de tante Géraldine et l'aide de Meg? Il coupa une rose blanche, la fit tomber au sol à côté des deux autres. Il les déposerait sur la tombe de tante Géraldine moins d'une heure plus tard. Elle aurait beaucoup apprécié cette efficacité. Puis Bates s'attarda devant la digitale pourprée près de l'entrée. Ses clochettes d'une couleur vibrante bruissaient dans la brise qui transportait son odeur douce par la fenêtre ouverte. Meg adorait la digitale. Son grand-père lui en aurait sans doute coupé un bouquet pour garnir sa pierre tombale s'il avait su où reposait sa dépouille. Comme dans le cas de Jim, on n'avait pas retrouvé son corps. Je ne les avais vus ni l'un ni l'autre allongés dans un cercueil mal équarri, alignés au milieu des centaines d'autres maris, épouses et enfants. Je fermai les yeux.

Non.

Je ne les avais pas vus parce qu'ils n'y étaient pas. Jim et Meg étaient considérés comme «perdus en mer». Perdus et non morts. On peut retrouver quelque chose qui a été perdu. Depuis des semaines, je m'accrochais à l'espoir évanescent qu'il y avait eu une erreur quelconque. Qu'un jour je reverrais Jim sur le quai ou Meg franchissant la grille. Bates m'avait dit qu'il était temps d'oublier, mais je n'y parvenais pas. Je la revoyais se débattre dans l'eau et perdre le souffle. Malgré mes efforts pour la soutenir avec mes mains engourdies, malgré mes efforts pour agiter mes jambes plombées, elle m'échappait et la seule chose que je pus faire fut de regarder ses yeux terrifiés disparaître dans l'eau noire.

Je ne la lâcherais pas. Pas une autre fois.

— … comme femme de chambre? Mademoiselle Ellen? Vous m'écoutez?

La voix de Steele flottait aux confins de cette zone obscure. Je la saisis comme on s'agrippe à une corde de sécurité et je la laissai me ramener au lieu et au moment présents.

— Pardonnez-moi. Vous dites ?

Une fois encore, je dus demander des excuses à l'homme qui me remontait des profondeurs de mes souvenirs. Il feuilletait son carnet, jetant un coup d'œil aux nombreuses notes qu'il avait prises le matin même.

— Alors, nous savons quand vous êtes arrivée sur le bateau, ce que vous y faisiez, où et avec qui. Surtout Meg, n'est-ce pas ?

Je hochai la tête, légèrement irritée par son insensibilité. Maudit journaliste. Mes émotions se heurtaient à son détachement froid. Il était calme et rationnel, alors que mon esprit galopait et que mon cœur se rebiffait. Pourtant, il me rattachait au présent. Il m'amadouait, j'imagine. Je ne savais pas si je devais me fâcher ou le remercier. Il porta son crayon à ses lèvres :

— C'est du bon matériel. Vraiment bon. Mais il y a une chose que je ne comprends pas : *pourquoi* ?

Je regagnai ma chaise, attirée par sa sympathie :

— C'est la question, n'est-ce pas Monsieur Steele ? Pourquoi ? Pourquoi de telles tragédies arrivent ? Pourquoi nous perdons les personnes auxquelles nous tenons ?

Il tourna la page :

— Non, je veux dire pourquoi vous étiez sur ce navire.

Une fois encore, sa brusquerie me prit de court.

— Vous êtes Ellen Hardy, fille de Joseph Hardy, unique héritier du domaine Hardy, une des écuries les plus riches du comté de Wicklow.

Bouche bée, je me mis à rougir. Il avait bien fait ses recherches. Toute gratitude ou tout rapprochement qu'il avait suscité en moi s'était évanoui. Comment osait-il ? Comment osait-il parler de mon père ? Je me demandais ce qu'il savait. Probablement pas tout, puisqu'il posait des questions.

— Je ne vois pas le rapport avec l'*Empress*.

Je tentai de garder un ton neutre, mais la rougeur qui envahissait ma nuque, mes joues et mon visage me trahissait. Je n'avais jamais été une bonne menteuse. Steele cligna des yeux comme s'il voulait lire mes pensées :

— Pourquoi une personne de votre condition mènerait-elle l'existence d'une domestique de la deuxième classe ? Qu'est-ce qui vous a poussée à faire cela ? C'est *exactement* le genre d'histoire qui fait vendre les journaux.

Mon esprit s'emballa. Je cherchais à tout prix une réponse qui me permettrait de réprimer le secret que je ne voulais pas révéler. Si j'en dévoilais ne serait-ce qu'une bribe, je savais que toute la vérité finirait par s'échapper.

— C'est pour une histoire, bien entendu. C'est exactement pour ça : je faisais des recherches pour tante Géraldine. Elle en avait besoin.

Il se rembrunit. Il ne me croyait pas.

— Pour son nouveau livre. Sur une femme de chambre. Qui travaille sur un vapeur.

Il tapota son crayon sur ses lèvres, cherchant ce qui pouvait être vrai dans mon histoire.

— Pourtant, je n'imagine pas G. B. écrire un roman sur une chose aussi banale. Les aventures d'une femme de chambre. Sérieusement, qui voudrait lire une histoire là-dessus ?

Je haussai les sourcils et serrai les mâchoires.

— En effet !

Il fit un petit sourire narquois et son regard s'illumina à nouveau. Il se cala dans sa chaise :

— Alors, pourquoi n'a-t-elle pas simplement envoyé sa bonne, Meg ? Pourquoi toutes les deux ?

— Avez-vous rencontré ma tante, Monsieur Steele ?

— Non, mais j'aurais bien aimé.

— Elle était perfectionniste. Elle ne vivait que pour écrire. À ses yeux, ses personnages étaient plus réels que… que moi-même.

Moins Steele doutait, plus les mots me venaient aisément. Et plus je disais la vérité. Tante Géraldine voulait simplement écrire ma vie, me diriger comme si je n'étais qu'un personnage secondaire d'un de ses satanés romans.

— Je voulais échapper à son joug dominateur. Je voulais… mon *aventure* à moi.

Je choisissais soigneusement mes mots, utilisant le peu de choses que je connaissais de l'homme devant moi. Si nous devions jouer selon ses règles, je devais en savoir davantage à son sujet, beaucoup plus.

— De toute façon, un écrivain comme vous devrait savoir que deux sources d'information valent mieux qu'une.

Lily toqua à la porte et entra avec le thé. Je lui avais bien expliqué avant l'arrivée de Steele qu'il ne resterait pas longtemps. Je lui avais consacré toute la matinée et cela suffisait pour la journée. Elle sembla confuse lorsqu'il remarqua que le plateau ne comportait du thé, de la soupe et du pain au soda que pour une seule personne. Tante Géraldine aurait été offusquée par mon comportement, mais mon manque d'hospitalité aurait été le moins grave des défauts qu'elle pourrait me reprocher.

Steele surprit le regard de Lily et lui adressa un clin d'œil en refermant son calepin :

— J'imagine que c'est le signal de mon départ.

Lily rougit et déposa le plateau sur la table devant moi. J'ignore pourquoi, mais l'adoration qu'elle éprouvait manifestement pour lui m'irritait au plus haut point. Il jouait avec elle. Ne s'en rendait-elle pas compte ?

— Je resterais bien, dit-il comme s'il avait été invité, mais je veux rentrer à ma pension et taper quelques notes pendant que c'est frais à mon esprit. Mon rédacteur en chef tient à recevoir une ébauche dès que possible.

Il enfouit son crayon et son calepin dans sa sacoche de cuir et la hissa sur son épaule en se levant.

— Même heure lundi ?

— Vous oubliez quelque chose, non ?

Il allait me forcer à le lui demander, à le prier encore. Mais je ne le ferais pas. Il ne pouvait pas s'amuser avec moi comme il le faisait avec Lily.

— Oh, pardon.

Il sortit le journal de Jim et en déchira quelques pages, puis les jeta sur mon plateau.

Son indifférence m'enrageait et je bondis sur mes pieds, poussée par mes émotions :

— Bon sang, Steele ! Vous ne pourriez pas me donner simplement l'histoire complète ?

— Et vous, le pouvez-vous ? rétorqua-t-il en soutenant mon regard.

La tension projeta des éclairs bleus entre nous, chauds et électriques comme la bobine Tesla dans un globe que j'avais vu à l'exposition universelle de Londres en 1912. C'était une grosse boule d'électricité qui éclatait en centaines de veines bleues lorsque le savant en approchait sa baguette. C'est ce qui se passait en quelque sorte avec Steele. Cela ne dura que quelques secondes, mais à cet instant je sus, je sus qu'il détenait la baguette et toute sa puissance. Je savais qu'il pouvait tout obtenir de moi, qu'il allait le faire et que je ne pourrais rien pour l'en empêcher. Nous le savions tous les deux. Il sortit de la pièce sans dire un mot en aspirant mon énergie. Toute ma rage et mon indignation. Ma fureur et ma détermination.

J'étais complètement vidée, il ne restait plus qu'un globe transparent, vide, sur le point de casser en mille miettes.

Le 14 juin 1913
Je l'entends gargouiller dans l'obscurité, s'écouler sous la porte de ma chambre. Il revient me hanter. L'océan. Même chez moi à

Liverpool, dans mon propre lit, il me traque. L'eau tourbillonne autour de mes bottes dans le coin de la pièce, elle grossit et en transporte une jusqu'à mon lit. À vrai dire, elle n'est pas plus profonde qu'une flaque dans la ruelle après un orage. Mais je sais ce qui s'en vient.

«Pa!» Je crie en direction du lit à l'autre bout de ma chambre. Il est, comme toujours, allongé face au mur et sa silhouette ne bouge pas. Nous n'avons pas beaucoup de temps. L'eau clapote déjà autour de nos matelas et tire sur nos couvertures. «Pa, s'il vous plaît! Nous devons sortir!»

Je veux me lever, le secouer, et partir de là au plus vite, mais je n'arrive pas à bouger tandis que l'eau gelée fait une brèche dans mon lit. Elle atteint mon dos, encercle mes jambes et submerge de plus en plus ma poitrine qui bat la chamade. Un jet puissant entre par le trou de la serrure et la porte gémit avant de céder dans une explosion d'eau vive et de débris de bois qui inondent la chambre. L'eau tourbillonne autour de ma tête, remplit mes oreilles et envahit mes joues. Je ne parviens pas à respirer, même si je sais qu'il ne me reste que quelques instants avant de prendre le dernier souffle.

Et puis il est trop tard.

Tandis que la surface se referme sur moi, je coule de plus en plus profondément dans les eaux noires. Je n'ai pas peur de mourir. En fait, c'est ce que je souhaite. Chaque jour. Je le mérite. Alors je me force à regarder ce que je ne supporte pas de voir.

Mon cœur bat à tout rompre et mes poumons me brûlent. Pourtant, tout – sauf la vue de mon père hors de ma portée dans la pièce obscure – m'engourdit. Il flotte plus près de moi, les lanières de son gilet de sauvetage traînant derrière lui. Son uniforme de steward est déchiré, il a encore sa blessure au front. Mais ce sont ses yeux, toujours les yeux, couverts d'un voile laiteux, vides au milieu de son visage blême et gonflé, qui me font crier tandis que son corps, celui d'un homme mort, flotte par-dessus moi.

Des mains puissantes me saisissent par les épaules:

— Jim, Jim! Réveille-toi! C'est fini!

Je suis de retour dans mon lit. Maman me secoue avec violence.

— *Arrête de crier, mon garçon. Tu vas réveiller Liverpool au complet ! Assez, maintenant. Tu fais peur aux filles.*

Elle se redresse et referme son châle. Mon cœur fait un bruit sourd comme un moteur à vapeur et je sue comme si j'avais pelleté deux tonnes de charbon. Libby se tient derrière elle, chandelle à la main. Dans la faible lueur, je constate que la porte est intacte, qu'il n'y a pas d'eau dans la pièce et que l'autre lit est inoccupé.

J'ai réveillé la maisonnée, encore une fois.

— *C'est seulement un autre cauchemar.*

Maman fait un signe de la tête à Libby qui prend la main de Penny et la ramène vers leur lit.

Pourtant, je ne rêve pas : Pa est mort.

— *Excuse-moi, Maman.*

Je me redresse dans mon lit et me prends la tête entre les mains. C'est ma faute s'il est parti. Ma faute.

Elle me flatte la tête comme elle le faisait quand j'étais un petit garçon :

— *Je sais, Jimmy. Je sais, love. Il me manque à moi aussi.*

Mais elle ne connaît pas toute l'histoire. Et elle ne pourra jamais la connaître.

Je m'essuie le nez du revers de la main. Je n'arrête pas de trembler. Ma mère veut me rassurer, mais ne semble pas convaincante ni convaincue par les mensonges qu'elle me dit :

— *Ça ira mieux demain matin, mon gars. Tu fais plus de cauchemars ces derniers jours. As-tu peur de reprendre la mer ? C'est à ça que tu penses ?*

Peut-être. Ou peut-être est-ce le fait d'être revenu à la maison et de voir à quel point elles ont besoin des gages de Pa. Comme je suis le seul fils, c'est à mon tour. Et le salaire d'un chauffeur n'est rien comparé à celui d'un steward parmi les meilleurs. Peu importe ce que je pense du travail ou le fait que je n'aie que dix-sept ans, j'ai une dette envers ma famille.

— *Tout ira mieux quand je serai à bord..., quand je me remettrai au travail.*

— *Tu ne préférerais pas travailler ici, au port? Je suis sûre qu'on pourrait te trouver quelque chose. Monsieur Carroll a peut-être besoin…*

— *Non, Maman. Tout est organisé.*

Je ne peux pas rester. Je ne peux pas la voir se languir de mon père jour après jour. Je ne peux plus l'entendre soupirer, surprendre son regard s'attarder sur son fauteuil vide.

— *Pourquoi lui? Pourquoi mon Davey? gémit-elle souvent.*

Je sais ce qu'elle veut dire: pourquoi Davey… et pas toi à la place?

Je n'ai pas de réponse à lui donner. Dieu sait que je me pose la même question jour après jour.

— *J'aime ce travail-là.*

Je dis ce mensonge pendant qu'elle se retourne pour sortir de la pièce. J'ai déjà fait une traversée aller-retour entre Liverpool et Québec. C'était chaud et bruyant, des journées interminables à jeter du charbon jusqu'à ce que mon corps et mon esprit s'engourdissent d'épuisement.

C'est là seulement que j'arrive à échapper aux cauchemars.

QUATRE MOIS AUPARAVANT

Février 1914
*Sur l'*Empress of Ireland,
quelque part au milieu de l'Atlantique

Chapitre 10

*J*e ne vis pas souvent Jim après que Le docteur Grant lui eut donné son congé. J'ignore à quoi je m'attendais, en vérité. À ce qu'il vienne toquer à la porte de ma cabine avec des cadeaux comme Timothy Hughes?

Presque tous les soirs, on entendait Timothy s'éclaircir la gorge puis frapper doucement. Kate grognait: « C'est pour toi, Meg! » tandis que Gwen et moi éclations de rire en apercevant l'air faussement surpris de Meg dont les joues couvertes de taches de rousseur se mettaient à rosir. Elle lui ouvrait et le trouvait les bras chargés des livres qu'il devait livrer aux passagers. Peu importe le nombre de courses qu'il devait faire chaque jour, son itinéraire quotidien se terminait invariablement devant notre porte. Sans dire un mot, il lui tendait le dernier numéro de la revue *Woman's Weekly*. Mais il n'avait pas à parler: son visage exprimait tout. Fou d'elle, c'est ce qu'il était, depuis leur rencontre lors de notre première traversée. Meg aussi, comme en témoignaient son sourire timide et son teint écarlate. Elle remettait toujours les journaux à Gwen ou à Kate, prétendant qu'elle n'avait pas le temps de lire. Je finis par découvrir la vraie raison. Elle avait craqué quand je lui avais posé la question un jour où nous nous trouvions seules dans la cabine, et Meg ne pleurait pas facilement.

— Je ne peux pas lui avouer que je ne sais pas lire ! Qu'est-ce qu'il va penser de moi ? Il est le steward de la bibliothèque. Il adore les livres !

Je la rassurai tandis qu'elle se mouchait :

— Mais non, il t'adore.

— Vous êtes sûre, Mademoiselle Ellen ? Pour vrai ? me demanda-t-elle les yeux débordant d'espoir.

— Je peux t'apprendre à lire, Meg, si tu veux. C'est la moindre des choses après tout ce que tu as fait pour moi.

J'étais heureuse de pouvoir enfin lui rendre service en retour, mais elle chassa cette idée d'un geste.

— Tu es intelligente, Meg. Tu vas apprendre vite et dans le temps de le dire, tu sauras aussi écrire : « Mon Timothy chéri. »

Les mains jointes devant mon cœur comme le ferait une vedette de cinéma, je continuai :

— « Comme j'aime tes cheveux roux, la belle raie au milieu qui rappelle un livre ouvert, ta mèche rebelle qui se dresse comme un signet ! À ta seule vue, j'ai une envie folle de déchirer ta jaquette et de te flatter le dos. »

Meg protesta en me frappant avec son oreiller :

— Mademoiselle Ellen !

Je me mis à rire. Elle était tellement une proie facile !

— Sérieusement, Meg, je vais t'aider, mais à une condition.

— N'importe laquelle, Mademoiselle Ellen. Je ferais n'importe quoi.

Je souris et lui dis :

— Tu dois m'appeler Ellie.

Elle apprit à m'appeler Ellie, à me tutoyer, à lire et à écrire. Mais elle ne rédigea jamais cette lettre. Et à ma suggestion, Timothy se mit à lui apporter des numéros du magazine *Tatler* plein de photos et de potins. Tout était plus facile pour eux. Plus simple. Eux-mêmes étaient plus simples. Dès le départ, ce fut tellement… compliqué entre Jim et moi.

Non, je ne m'attendais pas à ce qu'il vienne frapper à ma porte. Et que pourrait-il bien m'offrir : une pelletée de charbon ? Toutefois, je ne parvenais jamais à effacer son visage de mon esprit. J'espérais toujours le revoir.

Chaque soir, à la fin de mon quart de travail, pendant que les filles partageaient les ragots et les nouvelles de la journée, j'enfilais mon manteau de laine et je me faufilais dans le couloir en veillant à rester à l'abri du regard de Gaade qui faisait sa tournée. Je sortais à droite et je retrouvais ma place le long du bastingage. L'unique endroit qui m'appartenait. Je m'y étais appuyée le premier jour, complètement désespérée. J'aurais même sauté dans l'eau si j'en avais eu le courage. Mais chaque soir depuis, le seul fait de me trouver là me calmait. J'inspirais profondément pour emplir mes poumons d'air frais, pour laisser entrer en moi le vaste ciel piqué d'étoiles et l'horizon sans limites et me mettre à croire que la vie ne se bornait pas à ce que j'avais fait au cours de cette longue journée. Là-bas, dans la nuit obscure et froide pendant que le vent fouettait les mèches de cheveux qui s'étaient échappées de ma tresse, j'arrivais enfin à respirer.

C'est à cet endroit que je le revis.

Il se tenait dans un coin sombre, à moins de quatre pieds de moi. Il était lui-même une ombre noire, à l'exception de l'extrémité rougeoyante de sa cigarette qui se déplaçait en décrivant un arc quand il la portait à sa bouche, s'intensifiait un instant avant de redescendre jusqu'à la rambarde où il était appuyé. Je ne l'avais jamais remarqué à cet endroit et pourtant, il semblait faire partie du paysage.

Il prit une autre bouffée. Dans la lueur orangée, j'aperçus son visage couvert de suie, ses yeux couleur d'iceberg qui me fixaient. Nous soutînmes mutuellement notre regard, sans bouger ni parler. Sans savoir quoi faire. Je me retournai face à l'eau, tentant de prétendre que je savais qu'il était là depuis longtemps. Je lui posai une question, même si j'en connaissais la réponse :

— Tu es autorisé à te trouver ici ?

— Et toi ? rétorqua-t-il de sa voix calme, presque taquine.

Je me penchai par-dessus la rambarde de bois et pris une profonde inspiration :

— Je ne te le dirai pas si tu ne me dis rien.

— Marché conclu. Il y a un petit problème, par contre. Tu t'appuies sur *mon* bastingage, dit-il en lançant sa cigarette d'une chiquenaude dans les eaux noires.

Je le regardai de côté, incertaine s'il faisait une blague ou non :

— Alors, c'est à toi ? Il y a ton nom dessus ?

Sans dire un mot, il s'approcha et prit ma main dans la sienne. Ses doigts avaient la rugosité et la dureté de l'acier usé par les intempéries, mais à mon grand étonnement, ils dégageaient beaucoup de chaleur. Une étincelle électrique circula entre nous. Il fit une pause. Je me demandai s'il l'avait sentie lui aussi. Il frotta le bout de mes doigts le long du côté de la rampe devant lui et je sentis de petites rainures sur la surface lisse du bois. Des rainures qui formaient les lettres J I M.

Je souris :

— Tu m'as eue ! On dirait bien que tu es venu ici à quelques reprises.

Était-il là toutes ces soirées où j'y étais moi-même ? Est-ce qu'il m'observait ?

Il ouvrit son canif. La lame luisait dans la faible lumière de la lune et il sortit une pomme de sa poche. Il se coupa un quartier qu'il porta à sa bouche. Je me tournai vers lui :

— Gaade deviendrait fou s'il me voyait ici après le couvre-feu. Surtout avec un bagarreur du Black Gang armé d'un couteau…

— Et en chemise de nuit par-dessus le marché, ajouta Jim entre deux bouchées.

— Je précise que je porte un manteau.

La rougeur gagna mes joues. Par chance, il faisait trop sombre pour que l'on pût distinguer ma nuisette sous mon paletot. C'était de la folie de me trouver ici. À cette heure-là. Avec ce type. Dans cet état. Et pourtant, cela n'avait rien d'insensé à mes yeux. J'ajoutai, en m'appuyant au bastingage :

— C'est que je n'ai pas de place à moi, tu sais ? Des fois, j'ai l'impression que je vais exploser si je ne m'échappe pas. Comme si j'avais besoin d'air. À cœur de jour, je me fais dire : « Allez me chercher ça », « Lavez-moi ceci », « Repassez-moi ça »…

— « Pelletez du charbon. Pelletez du charbon. Pelletez du charbon. »

— Tu te moques de moi, dis-je en me rendant compte que son travail dans la salle des chaudières était infiniment plus pénible.

Il secoua la tête :

— Non, je comprends exactement ce que tu veux dire.

— Et on n'a même pas de pause pour les repas. Sais-tu comme c'est horrible de courir sans arrêt et de manger à la sauvette debout, dans un coin de la coquerie ? Trois minutes pour tout avaler avant qu'un foutu passager ne demande une autre foutue tasse de thé.

Il me laissa déblatérer.

— J'aimerais juste ça, pour une fois, pouvoir m'asseoir et prendre un bon repas, tu sais ? Comme un être humain et pas comme un cheval de trait dans sa stalle qui broute le contenu du sac de moulée attaché à sa tête.

Jim glissa sa lame sur la pomme et coupa une autre tranche épaisse. Puis, il arrêta et leva les yeux vers le vaste ciel :

— Parfois, j'ai l'impression que le seul endroit où je peux respirer, vraiment respirer, c'est ici.

Je me demandais si je devais partir. J'étais sûre que la dernière chose qu'il souhaitait, c'était de rester là à écouter les jérémiades d'une femme de chambre qui se plaignait d'avoir à faire du thé, alors que ses interminables journées étaient tellement plus éreintantes et dangereuses que les miennes. Je n'avais jamais visité les chaufferies, mais j'en avais entendu parler. Je savais que les hommes se tuaient presque à l'ouvrage. Pas surprenant s'ils buvaient et se battaient aussi durement qu'ils travaillaient. C'était une existence difficile.

Je ne voulais pas partir et il ne me le demanda pas. Nous restâmes en silence pendant quelques minutes, puis je lui posai une question :

— Comment est ta brûlure ?

Il remonta sa manche et tendit le bras pour me montrer. Dans la pâle lueur, je touchai délicatement sa plaie qui semblait se cicatriser. Sa peau me parut lisse :

— Elle guérit bien.

Il ferma sa main et fléchit son poing :

— Je vais survivre.

Je remis ma main dans ma poche, mais je ne m'éloignai pas de lui et je dis :

— J'espère bien. Sinon, on aurait gaspillé du bon onguent.

Il s'esclaffa, ce qui sembla le surprendre autant que moi, comme s'il avait oublié le son de son rire. Son sourire le transforma, adoucit son visage, creusa des fossettes, fit fondre son regard. Il détendit ses épaules, son poing, tout son corps. Sa joie le faisait rayonner comme des tisons, chauds et irrésistibles.

— Tu devrais sourire plus souvent, lui dis-je, surprise par ma propre audace, mais avec sincérité.

Le visage de Jim s'assombrit. Il se détourna pour lancer son cœur de pomme dans l'océan.

Est-ce que j'avais dit quelque chose qu'il ne fallait pas ?

Nous restâmes silencieux pendant un instant.

— Ouais. Je dois avouer que je n'ai jamais eu beaucoup de raisons pour rire, marmonna-t-il.

Il posa son regard sur moi et ses derniers mots furent ensevelis par un coup de sifflet strident. Mais je parvins à les lire sur ses lèvres qui esquissèrent un sourire fixé par sa fossette :

— Jusqu'à maintenant.

Chapitre 11

*J*im occupa toutes mes pensées le lendemain pendant que je vaquais à mes tâches. Je me mis à me demander si j'avais inventé ses paroles, mais je n'avais pas imaginé le sourire qu'il avait esquissé. Un croissant blanc dans l'obscurité. Un éclat de quelque chose qui était beaucoup plus, mais caché dans l'ombre. Je ne pourrais pas dire quel aspect de sa personnalité m'intriguait autant. Bien sûr, il avait les épaules larges et les bras puissants. Il était grand et fort, beau même sous la couche de suie et malgré son air renfrogné. Mais ce n'était pas ça. C'était lui : Jim Farrow. Il m'attirait comme la marée. Lentement, mystérieusement, avec force.

La surveillante, madame Jones, me gronda lorsqu'elle me surprit debout dans la coquerie, immobile, tenant distraitement un plateau rempli :

— Qu'est-ce qui vous arrive, ma fille ? Vous devez aller porter le déjeuner aux Smith, cabine 345. Le thé va refroidir si vous ne vous grouillez pas.

Je marmonnai une excuse, puis je me dirigeai dans la longue coursive pour aller porter le plateau. Puis un autre. Et encore un autre. Je fis les lits et j'apportai les vêtements sales à la buanderie. J'astiquai les lavabos pendant que la famille Shultz faisait sa promenade matinale sur le pont. Je m'imaginais les Shultz ou un autre couple fortuné, debout au bastingage, leurs longs manteaux et leurs écharpes flottant au vent, leurs mains gantées agrippant la rambarde de Jim, et je souris intérieurement.

Ils pensent que le bateau leur appartient.

Mais n'avais-je pas moi-même agi de la sorte? Ne m'étais-je pas imposée et n'avais-je pas radoté sur mon besoin d'avoir un espace à moi? Ne lui avais-je pas dit de sourire davantage?

Je m'interrompis, la brosse à la main. Peut-être me considérait-il comme une intruse et ne voulait-il pas me voir là? Je n'y avais pas pensé avant et ça me turlupinait.

C'est peut-être pour ça qu'il ne parlait pas beaucoup. Il devait me trouver complètement idiote.

J'ouvris le hublot et pris une longue inspiration pendant que le paquebot naviguait en haute mer à sa vitesse maximale de vingt nœuds. Pour moi, la journée s'éternisait et les seuls nœuds qui m'intéressaient étaient ceux qui me serraient le ventre.

Une douzaine de cabines à nettoyer. Autant de familles qui avaient besoin d'être servies et habillées pour les soirées, qui réclamaient du lait chaud ou des bouillottes pour leur lit que je venais d'ouvrir. Puis ma dernière tournée pour verrouiller leurs hublots et mes tâches seraient terminées. Mais la journée ne m'appartenait pas, pas encore. Kate, Gwen, Meg et moi nous préparions ensuite à nous coucher. Nous enlevions notre uniforme et endossions notre longue chemise de nuit blanche. Ensuite, nous devions suspendre et brosser nos habits pour le lendemain. Cette opération entraînait pas mal de remue-ménage dans notre minuscule chambre, mais nous avions réussi à élaborer une routine bien chorégraphiée. Peu de temps après, nous nous allongions dans notre couchette comme les livres soigneusement rangés dans la bibliothèque de Timothy : Gwen nous lisait les nouvelles dans le dernier numéro de *Tatler*, Kate enroulait des papillotes autour de ses mèches de cheveux fatiguées, Meg faisait entrer Emmy pour lui servir une soucoupe de lait et lui flatter le ventre et moi, je comptais les minutes jusqu'à ce que mes compagnes soient toutes endormies. Une fois les lumières éteintes, le potinage et le papotage déclinaient dans l'obscurité en même temps que leur état d'éveil. Pas moi. Mon esprit tournait autour de Jim.

Est-ce qu'il est là-bas ? Est-ce que je devrais y aller maintenant ?

Dès que j'entendis le souffle lent et régulier de mes consœurs, je sortis de mon lit et j'enfilai mon manteau et mes souliers. J'entrouvris la porte et je jetai un œil dans la coursive faiblement éclairée au cas où je verrais le gardien de nuit faisant sa ronde, mais à cette heure-là, il était généralement déjà passé devant notre cabine. Rassurée, je sortis en refermant doucement derrière moi.

Je me dirigeai vers le pont, là où je l'avais vu la dernière fois, mais il n'y était pas, même pas caché dans l'ombre. Je fus surprise de ma déception en ne l'apercevant pas appuyé au bastingage. Je passai mes doigts sur la rampe de bois pour sentir les lettres gravées : J I M E.

E ?

Je repassai mon doigt dans les rainures pour sentir ce que je ne pouvais voir. Je n'avais pas remarqué le *E* la veille. À côté, je sentis d'autres lettres gravées : L L I E.

— Je me suis dit que tu aimerais peut-être avoir ta place bien à toi.

Je sursautai en entendant sa voix et en le voyant surgir de derrière le mât de misaine.

— Jim ! J'ai failli faire une crise cardiaque !

Il sourit et les battements de mon cœur s'accélérèrent, mais pas à cause de la peur. Il s'approcha de moi :

— Ferme les yeux. J'ai une autre surprise pour toi.

Je ne fis rien. Il me taquina :

— Voyons, Ellie, tu ne me fais pas confiance ?

— Penses-tu que je serais ici si je n'avais pas confiance en toi?

Il est vrai que je me sentais complètement en sécurité à ses côtés. Je me couvris les yeux:

— Qu'est-ce que c'est?

— Attends un peu. Et ne triche pas!

Il vint derrière moi, posa ses puissantes mains sur mes épaules et me dirigea vers le mât de misaine.

— Tu ne me feras pas subir le supplice de la planche, hein?

Nous nous arrêtâmes après le mât, à environ trente pieds d'où nous étions.

— C'est bon, tu peux ouvrir les yeux.

Et là, sur le pont, je vis une table mise pour deux avec nappe blanche, porcelaine fine et ustensiles en argent. De longues bougies flanquaient un plateau recouvert par une cloche de service. C'était comme si quelqu'un avait transporté cela de la salle à manger de la première classe.

— Mais comment tu as pu…

Il souriait:

— Quoi? Tu penses que tous mes amis sont des singes de chaufferie? J'ai des contacts, tu sais, ajouta-t-il en chuchotant. Mais il faudra peut-être que tu me dises quelle fourchette utiliser.

Il tendit le bras, et je glissai ma main sous son coude en rougissant tandis qu'il m'escortait à ma place.

Je jetai un coup d'œil à la porte qui se trouvait à moins de cinquante verges de nous:

— Mais si…

— J'y ai déjà pensé, expliqua-t-il en levant la tête pour saluer la vigie perchée sur le nid-de-pie. J'ai donné quelques tablettes de chocolat à John et il va faire le guet pour nous. Si jamais tu l'entends siffler, tu prends tes jambes à ton cou.

— C'est toi qui as préparé tout ça?

Je n'en croyais pas mes yeux. Personne n'avait jamais été aussi attentionné à mon égard. Il me sourit :

— Ne sois pas trop enthousiaste. La table est de première classe, la compagnie aussi, mais malheureusement, pas la nourriture.

Il souleva la cloche en argent pour me montrer non pas le canard à l'orange qui avait figuré au menu ce soir-là, mais plutôt un visage souriant composé de quartiers de pomme et d'un pot de chocolat fondu à l'emplacement du nez.

— J'ai fait tout ça moi-même, se vanta-t-il. Une vieille recette de famille.

Les larmes qui me montèrent aux yeux brouillèrent le visage de l'assiette. Je me détournai pour cacher ma gêne. Jim perdit son sourire en voyant le plat.

— Seigneur ! Comme je suis un con stupide ! Toi, tu souhaites avoir un vrai repas et non pas manger debout comme un cheval dans l'écurie. Et moi, qu'est-ce que je t'offre ? Des pommes ! Des maudites pommes ! Pourquoi je ne te donne pas des carrés de sucre dans ma main, tant qu'à y être ?

Je m'essuyai les yeux et j'agrippai son bras pour le rassurer :

— Non, non. C'est parfait, Jim. J'adore ça. J'adore tout. C'est que jamais… Que personne n'a jamais fait quelque chose comme ça pour moi avant.

— Et si je peux me permettre, personne ne t'a donné des cubes de sucre non plus. Mais ça ne veut pas dire que tu en veux, ajouta-t-il en se tournant vers moi.

J'éclatai de rire.

— Ellie, ce n'est pas tout à fait ce que tu imaginais. Je voulais seulement te faire plaisir, tu sais, pour te remercier pour ce que tu as fait… pour mon bras.

Il haussa les épaules en se frottant la nuque.

— Et ça ne t'a pas suffi de faire un peu de vandalisme, hein ? Du vol ? Tu as piqué l'argenterie ?

— Emprunté, me corrigea-t-il avec un large sourire.

— Comment as-tu deviné que je me pointerais, hein ?

— Eh bien, comme tu viens t'appuyer au bastingage tous les soirs depuis que tu as commencé en janvier...

Je rougis. Il m'avait bel et bien épiée.

Il recula ma chaise et je m'y assis.

— Installez-vous confortablement, Mademoiselle Ryan. Je dois tout rapporter dans une demi-heure.

Nous trempâmes nos morceaux de pomme d'abord en nous aidant de nos fourchettes, puis avec les doigts seulement. Nous fîmes beaucoup de dégâts avec les serviettes de table et la nappe en laissant dégoutter du chocolat entre le petit pot et nos bouches. Je n'avais jamais rien mangé d'aussi sucré. Alors que nous allions saucer les derniers quartiers de fruits, un objet tomba dans le pot de chocolat en éclaboussant partout. Le linge de table et nos vêtements étaient tachés comme si nous avions sauté à pieds joints dans une mare de boue.

— Merde ! Quelqu'un s'en vient ! chuchota Jim en regardant John qui nous faisait de grands signes en pointant derrière lui.

Jim me saisit par la main et m'entraîna sur le pont en contournant les écoutilles et les tuyaux jusqu'à la poupe, puis il m'attira derrière ce qui ressemblait à une énorme bobine de câbles d'acier. Mon cœur battait à tout rompre.

De notre cachette dans l'ombre, nous pouvions voir le faisceau de la lampe torche qui éclaira le pont puis s'arrêta sur la table.

— C'est quoi, ça ? Va chercher Gaade. Il ne va pas aimer ça du tout.

Le faisceau fit le tour du pont, passant tout près de l'endroit où nous étions tapis. Nous nous recroquevillâmes davantage. Dans la lueur, j'aperçus une belle empreinte de main en chocolat à l'endroit où Jim s'était penché. Il la vit aussi et se couvrit la bouche pour réprimer un rire, ce qui laissa une autre tache brune, sur son visage cette fois.

Était-ce tout le chocolat que j'avais mangé, mon état d'extrême fatigue ou le fait que j'étais à bout de nerfs…, mais qu'aurait dit Gaade en me trouvant comme ça ? Même cette perspective plutôt sombre me fit rire davantage.

Le rayon de lumière s'approcha de nous, de même que les bruits de pas. Et au moment même où je crus que nous étions cuits, un bruit sourd à l'autre extrémité du pont les chassa.

— Viens-t'en, chuchota Jim.

Il jeta un regard à John perché sur le nid-de-pie qui nous faisait signe de nous diriger à la gauche du mât. Nous allions d'une ombre à l'autre. On entendit la voix sèche de Gaade un peu plus loin :

— Qu'est-ce qui se passe ?

Le veilleur de nuit se redressa et répondit :

— Une tablette de chocolat, Monsieur.

— Je pense que j'en dois une de plus à John, murmura Jim.

Gaade dit :

— Oui, je vois bien ça, mon brave, mais la question, c'est de savoir comment diable elle a atterri sur le pont. Et qui a bien pu installer une table ici…

Le cœur battant, nous nous précipitâmes vers les portes et nous faufilâmes dans le couloir faiblement éclairé. Jim me regarda avec un grand sourire :

— Tu es toute sale.

— Tu peux bien parler !

Il avait le visage barbouillé de chocolat comme un enfant surpris à lécher le bol de pâte à gâteau.

Avec un sourire diabolique, il glissa un doigt sur ma joue et le mit dans sa bouche :

— Le chocolat te va bien. Ça fait ressortir la couleur de tes yeux.

Je lui donnai une bourrade.

— À moins que tu veuilles te faire prendre la main dans le chocolat, tu devrais peut-être te grouiller avant que Gaade entre.

— Merci, Jim, pour tout.

Il sourit. Son fameux sourire. Seigneur, mon cœur fondait comme du chocolat. Il se dirigea vers l'escalier pour descendre à ses quartiers et dit :

— Je pense que la prochaine fois, je vais me limiter aux carrés de sucre.

La prochaine fois.

Je parcourus le couloir sur la pointe des pieds en veillant à ne toucher à rien, puis je me glissai dans les toilettes. Jim avait raison : j'étais crottée. Je me lavai le visage, puis j'enlevai les taches sur mon manteau et je le suspendis à l'arrière de la porte. En regagnant ma cabine, je tombai face à face avec Gaade.

Il sembla abasourdi de me surprendre dans la coursive en chemise de nuit, le visage humide.

— Ellen ? Que faites-vous debout à cette heure-ci ?

— J'ai l'estomac à l'envers, Monsieur. Je suis allée aux toilettes pour ne pas réveiller les autres filles.

J'avais eu le mal de mer à quelques reprises lors des premières traversées, mais c'était des semaines auparavant. J'ignorais s'il me croirait. Par chance, il semblait trop énervé par les événements de la soirée pour s'inquiéter de mes problèmes de digestion.

Il regarda dans le couloir :

— Avez-vous vu quelque chose d'inhabituel ce soir ?

Comme un chauffeur couvert de chocolat ?

J'eus une envie folle de rire et je cachai ma bouche avec ma main. Craignant d'être démasquée, je feignis une crise de nausée et je me précipitai à nouveau dans les toilettes. Je claquai la porte et je m'y appuyai. Mon cœur battait à tout rompre et Gaade devait se demander quel genre de paquebot il dirigeait.

Gaade ne sut jamais qui avait installé une table et des chaises de la première classe sur le pont cette nuit-là, mais lors de l'appel d'équipage suivant, il nous prévint tous d'être à l'affût d'incidents inhabituels et nous menaça de graves conséquences si nous y participions :

— Aucun pourboire, aucun pot-de-vin ne valent la peine de perdre votre travail.

De toute évidence, il avait conclu que c'était l'œuvre d'un passager de première classe qui avait plus d'argent que de bon sens. Gaade ajouta qu'il ne plaisantait pas avec la discipline :

— L'*Empress* n'est pas un endroit pour faire des mauvais coups.

Mais nos mauvais coups ont continué.

Tous les soirs qui suivirent, j'allais retrouver Jim à notre bastingage. Ou bien c'est lui qui venait me rejoindre. À cause de la surveillance accrue de Gaade, nous devions être plus prudents et nous limiter au mobilier déjà présent sur le pont. Certaines nuits, nous nous allongions côte à côte sur les transats pour regarder les étoiles sur la voûte noire. Je me sentais toute petite, invisible, mais j'éprouvais aussi un émerveillement mêlé de crainte. La plupart du temps, nous demeurions simplement appuyés contre la rambarde. Nous ne discutions de rien d'important, mais il aimait bien me parler de l'*Empress* : de sa vitesse, de ses caractéristiques de sécurité et de tout le matériel à bord. Sa voix profonde me rassurait davantage que toutes les statistiques insensées :

— Savais-tu qu'il y a deux mille cent gilets de sauvetage ? Il y a vingt-quatre embarcations pliantes, ce qui fait un total de quarante canots qui peuvent transporter mille neuf cent soixante personnes. C'est plus que le maximum de passagers qu'on peut transporter.

Il me répéta ce détail à quelques reprises et je ne savais pas s'il faisait cela pour me rassurer ou se rassurer lui-même. Ou bien si c'était, en fait, une espèce d'obsession secrète pour la sécurité ou sa crainte de se noyer. Ça m'était égal. En toute honnêteté, j'aimais simplement être à côté de lui, enveloppée dans la chaleur de ses paroles.

Parfois, il me parlait de sa vie dans la salle des chaudières et moi, je me défoulais et lui racontais mon quotidien de femme de chambre, mais jamais ce qui était arrivé avant. Je le laissais croire que j'étais une servante, et non une héritière dépossédée. À quoi bon? Je n'étais ni l'une ni l'autre. En vérité, Jim et moi vivions sur des ponts et dans des mondes complètement différents. Lors de ces soirées passées l'un à côté de l'autre appuyés sur la rambarde, avec l'obscurité devant et derrière nous, tout cela ne voulait rien dire. Nos secrets n'avaient aucune importance. Ni le passé ni l'avenir n'existaient pour nous : seuls comptaient ces moments.

Il nous suffisait d'être là, ensemble, à respirer côte à côte.

Timothy et Meg s'échangeaient des paroles, mais nous, nous échangions des silences. Un instinct. Une simple présence. J'avais hâte d'être à ses côtés, appuyée au bastingage pendant que l'*Empress* naviguait à vive allure dans l'inconnu, en laissant son sillage s'évanouir dans la nuit.

Pour la première fois de ma vie, je me sentais, disons, acceptée. J'avais l'impression qu'on me connaissait. Pour la première fois, je me sentais moi-même.

TROIS JOURS AVANT

Le 26 mai 1914
Port de Québec

Chapitre 12

*T*u ne veux pas que je t'accompagne, tu es sûre ? me demanda Meg pendant que nous enlevions les draps d'une couchette.

Le ménage du paquebot suivant le débarquement des passagers était une tâche éreintante, mais au moins, il n'y avait plus personne pour nous donner des ordres. Meg et moi trouvions plus rapide de nettoyer les cabines ensemble et après dix traversées et cinq mois d'expérience, nous avions mis au point une routine aussi efficace qu'un moteur bien huilé filant à toute vapeur. Je laissai tomber un oreiller sur le matelas et je tins la taie ouverte pour que mon amie y enfouisse les draps sales. Je la rassurai en ajoutant les serviettes et les débarbouillettes :

— Ça ira. Je serai avec Jim.

Elle s'interrompit et me dit, les mains sur les hanches :

— Dans une ville que tu ne connais pas, avec un homme que tu ne devrais pas connaître !

— Arrête, tu me fais penser à madame Jones, lui dis-je en levant les yeux au ciel.

Pour cette première traversée de la saison printemps-été, l'*Empress* venait d'accoster à Québec. La plus grande partie de l'année, le paquebot mouillait à Saint-Jean, au

Nouveau-Brunswick, mais après la fonte des glaces en mai et jusqu'en novembre, Québec devenait notre nouvelle destination.

Je n'aurais jamais cru que l'horaire d'hiver se prolongerait si tard dans l'année, mais Will Sampson, l'ingénieur en chef, avait expliqué à Jim que nous allions croiser de gros bancs de glace dans le détroit de Cabot dès notre entrée dans l'estuaire du Saint-Laurent. Le capitaine avait même prévenu les autres navires par télégraphie sans fil. Nous avions beau être la troisième semaine de mai, l'eau du fleuve était encore très froide, du moins suffisamment pour charrier de la glace.

Je lançai la taie remplie de linge destiné à la buanderie près de la porte et je saisis la pile de literie propre que j'avais déposée sur la chaise en lui disant, pour la taquiner :

— Tu es jalouse parce que ton rat de bibliothèque ne t'a pas encore invitée.

Nous avions empoigné chacune deux coins du drap, puis nous l'avions ouvert au-dessus du matelas. En moins de deux minutes, nous avions refait le lit jusqu'à la couverture et au couvre-lit. Je mis les oreillers dans les taies et je lui en lançai un.

— Jim non plus ne t'a pas demandé à sortir avec lui.

Pas vraiment, non. Elle avait raison.

Lors de notre dernière soirée passée ensemble sur le paquebot avant d'arriver à quai, tandis que l'*Empress* remontait le Saint-Laurent à destination de Québec, je l'avais prié de me faire visiter la ville, en disant à la blague que ce serait agréable de se voir à la lumière du jour. Il n'avait rien dit. Certains jours, d'ailleurs, il ouvrait à peine la bouche. Je ne savais jamais à quoi m'attendre avec Jim. Ce soir-là, son silence m'avait laissé croire que j'avais gaffé en lui faisant cette demande. Je lui dis donc que j'avais besoin de sommeil et je rentrai. La journée du débarquement était toujours très chargée et je savais que je serais épuisée si je me couchais tard. Mais je détestais l'idée de m'en aller.

Nous ne nous verrions plus une fois à quai parce que nous aurions encore plus de travail tous les deux : des cabines à nettoyer, les soutes à charbon à remplir. Nous ne devions lever l'ancre que quelques jours plus tard, mais nous allions certainement les consacrer à enlever les traces du séjour des derniers passagers et à préparer le navire pour les suivants.

Alors que, la main sur la poignée, je m'apprêtais à ouvrir la porte menant à l'intérieur, il me lança de la rambarde où il se trouvait toujours :

— Mardi, je serai au funiculaire à midi.

J'avais accepté que Meg et Kate m'accompagnent à terre. En congé pour l'après-midi elles aussi, elles avaient hâte de visiter la ville. Impatientes d'enlever nos uniformes, nous avions toutes enfilé notre plus belle robe. Pas difficile de trouver plus seyant que nos horribles tenues, mais je me sentais mal à l'aise et je tripotais nerveusement le rebord blanc plissé de mon encolure échancrée.

— Ellen, le bleu pervenche te va vraiment bien, dit Meg.

Comme toujours, elle avait le bon mot dont j'avais besoin. Gwen ajouta :

— Es-tu sûre que c'est un rendez-vous galant ?

Je n'avais jamais raconté à mes compagnes que je rencontrais Jim le soir sur le pont. Elles ignoraient tout de nos rapports. Même moi je ne savais pas ce que nous représentions l'un pour l'autre. Je leur avais seulement annoncé qu'il m'avait invitée à sortir pour le remercier de l'avoir aidé quand il s'était brûlé au bras. Je ne pensais pas en avoir trop dit. Gwen reprit :

— Tout d'un coup qu'il arrive avec le Black Gang ? Sérieusement, tu n'iras pas te balader avec du monde comme ça, j'espère ?

Je ne savais pas du tout à quoi m'attendre. Ce soir-là, j'avais eu l'impression qu'il s'agissait d'une invitation, mais là, à la lumière du jour, j'étais moins certaine d'avoir bien compris. Mon estomac se noua.

— C'est quoi, ça, un funiculaire ? demanda Meg. On dirait le nom d'un instrument du docteur Grant.

Je ris nerveusement. Gwen ajouta :

— Est-ce que c'est un pub ? Ou bien un restaurant, tu penses ? C'est une place romantique au moins, j'espère…

— Eh bien, peu importe ce que c'est, on est arrivées ! dis-je en leur indiquant de la tête, au bout de l'étroite rue pavée, la maison grise dont la porte était surmontée du mot « FUNICULAIRE » en grandes lettres foncées.

Une vieille femme vêtue de noir était assise à côté d'une voiture à bras pleine à ras bord de tulipes de toutes les teintes. Elles me rappelaient les jardins de chez nous. Gwen se mit à me taquiner :

— Peut-être qu'il va t'acheter une rose rouge. Ça symbolise l'amour vrai.

— Peut-être que tu lis trop de magazines. Et puis, pourquoi il gaspillerait son salaire gagné durement pour quelque chose d'aussi frivole ? dis-je en espérant secrètement qu'il ferait le contraire parce que personne ne m'avait jamais offert de fleurs. C'est bon, merci les filles de m'avoir aidée à trouver l'endroit. Vous pouvez partir maintenant.

Meg hésita. De toute évidence, elle n'osait pas me laisser seule. Mais Gwen la prit par le bras et l'entraîna. Je les suivis des yeux jusqu'à ce qu'elles disparaissent dans la foule. Une partie de moi voulait les accompagner.

— Ellie !

Sa voix me semblait une douce caresse. Je me tournai pour le trouver derrière moi. Il portait une chemise blanche rentrée dans son pantalon brun. Des bretelles noires enserraient son torse puissant et ses épaules musclées. Il tortillait sa casquette entre ses mains qu'il avait soigneusement frottées, comme son visage d'ailleurs : il avait les joues roses comme un enfant le soir du bain. Il avait même lissé ses cheveux bouclés, mais la brise soulevait quelques mèches et transportait son odeur : savon, lotion après-rasage, tabac et quelque chose d'autre. Quelque chose de frais et de puissant qui évoquait l'énergie d'un cheval nerveux. Je croisai son regard, et son demi-sourire gagna mon visage.

— Tu es…

Nous avions dit la même chose en même temps et nous éclatâmes de rire.

— Excuse-moi, ajouta-t-il sans arrêter de me regarder. Ellie, tu es… splendide.

— Merci.

Je replaçai une mèche de cheveux derrière mon oreille. Bien sûr, il m'avait vue des dizaines de fois avec ma tresse et mon manteau jeté par-dessus ma chemise de nuit, mais, ce jour-là, je les portais détachés et je ne me coiffais jamais ainsi. Et en plein jour, je me sentais d'une certaine façon plus… exposée.

Il se gratta la nuque, légèrement embarrassé, tandis que mon regard parcourait ses longues jambes, son torse et ses biceps si larges qu'ils tendaient le tissu de ses manches. Quand je l'avais vu couvert de suie, allongé sur la civière du docteur Grant ou caché dans l'ombre de la nuit, je ne m'étais jamais vraiment rendu compte à quel point il était beau. À quel point il était vibrant. À quel point il était fort. Je murmurai :

— Jim, tu es… tu es vraiment…

— Propre ?

Je souris. Son regard brilla de plaisir et il m'expliqua :

— Maman m'a toujours dit de bien me laver, même si ça prend du temps et une tonne de savon.

Nous éclatâmes de rire et tout malaise disparut. La journée allait bien se passer. Le jour ou la nuit, sale ou pas, c'était toujours le même Jim.

Je glissai ma main dans le creux de son coude et je réglai mon pas sur le sien pour nous diriger vers la maison grise.

— J'ai toujours su qu'il se cachait un homme sous toute cette suie.

Chapitre 13

Ce n'était pas un pub ni un restaurant. Un funiculaire est un genre d'ascenseur qui monte et descend le long de la falaise surplombant la Basse-Ville. Jim acheta nos billets et nous montâmes dans une petite voiture qui semblait s'élever comme par magie pour nous transporter à la Haute-Ville. Nous nous rendîmes au bord de la falaise jusqu'à la palissade qui longe la vaste terrasse Dufferin toute en bois. La vue était à couper le souffle. Le Saint-Laurent étincelant sous les rayons du soleil contournait le cap Diamant pour se jeter dans l'océan des milles plus loin. Des collines densément boisées bordaient l'autre rive du fleuve, trouées çà et là par des clochers d'églises qui indiquaient chacune l'emplacement d'une petite ville. Des bateaux de toutes les formes et de toutes les dimensions étaient ancrés dans le port à nos pieds. Ils me semblaient si petits vus d'en haut que je n'arrivais pas à identifier l'*Empress*. Je me penchai par-dessus la rampe pour mieux voir.

Une brise fraîche m'enveloppa et me fit chanceler, mais Jim me rattrapa avant même que je me redresse.

— Fais attention.

Ses mains larges – fermes et fortes sur ma taille fine – s'attardèrent après que j'eus retrouvé mon équilibre. Je ne craignais pas de tomber. À ce moment-là, j'avais l'impression de pouvoir m'envoler. Jim me relâcha et s'appuya à la rampe. Il fit mine de nous sermonner :

— Regarde-nous ! On est enfin descendus de notre damné paquebot et tout ce qu'on trouve à faire, c'est de s'appuyer à une rambarde ! Allez, viens-t'en. Aujourd'hui, on va faire des choses qu'on ne peut pas faire sur un foutu bateau.

Tout l'après-midi, nous arpentâmes la ville, autour du Château Frontenac, l'hôtel luxueux perché au sommet de la falaise, et le long de l'immense promenade en bois. Nous longeâmes la muraille de pierre qui serpentait dans les rues pavées, devant les échoppes et les cafés où les couples sirotaient des boissons fraîches.

— Une crème glacée ? me proposa Jim en m'indiquant la boutique du glacier.

— Mon royaume pour un cornet ! lui répondis-je en m'éventant le visage.

Jim éclata de rire et me dit :

— Alors c'est une bonne chose que j'aie assez d'argent pour deux.

Je repoussai des mèches de cheveux collées à mon front du revers de la main.

— Tu trouves ça chaud, toi ? Tu devrais venir faire un tour dans la soute à charbon !

Il s'approcha en souriant et se pencha. Sa bouche se plissa et je crus un instant qu'il allait m'embrasser sur-le-champ, à cet endroit même. Je pensais que je ne désirerais rien autant. Enfin, jusqu'à ce qu'il souffle délicatement sur mon visage. Je fermai les yeux en jouissant de la fraîcheur sur mon front. Sur mes joues. Le long de ma mâchoire et de mon cou. Je me couvris de chair de poule, et ce n'était pas à cause du froid.

Il arrêta et j'ouvris les yeux en gémissant légèrement.

Jim sourit, soudainement embarrassé. Il pointa le parc de l'autre côté de la rue et me proposa :

— Tu pourrais m'attendre à l'ombre. J'irai te rejoindre.

Comme les bancs étaient presque tous occupés par des touristes et des promeneurs qui profitaient du soleil, je m'assis à l'ombre d'un pommier. J'enlevai mes chaussures et j'agitai mes orteils dans l'herbe fraîche. Appuyée sur les coudes, je respirais l'air chargé du parfum sucré des arbres en fleurs. Je fermai les paupières en m'imaginant que la brise légère était le souffle de Jim.

En ouvrant les yeux, j'aperçus Jim au milieu de la rue, deux cornets à la main, qui m'observait. Il me retourna mon sourire et je lui dis, en désignant de la tête la crème qui s'écoulait de ses poings avant de s'écraser sur les pavés :

— C'est en train de fondre !

Il se hâta vers moi en riant et en essuyant ses mains collantes.

— Je dois avoir un problème avec les sucreries, hein ?

Nous rîmes et savourâmes avec un égal bonheur ce moment de joie et la crème glacée. Je lui demandai :

— La ville est tellement jolie. Pourquoi ils ont tout gâché en construisant un mur au beau milieu ?

Jim m'expliqua comment la muraille encerclait autrefois tout le Vieux-Québec, mais que, depuis, la ville s'était développée et débordait jusqu'à des milles plus loin. Et je me mis à réfléchir aux limites qui tiennent les autres à l'écart et de quelle façon on doit se sentir libres quand on parvient à les franchir.

Nous restâmes assis, silencieux, à savourer notre crème glacée et à observer les passants. Des mères avec leurs enfants. Des pères et leurs fils. Après avoir fini mon cornet, je lui demandai :

— Parle-moi donc des membres de ta famille, Jim.

— Pourquoi ? dit-il, tendu.

Je haussai les épaules:

— Je ne sais pas. Je voudrais seulement les connaître, j'imagine.

Je voudrais seulement te connaître, toi, pensais-je.

— Je ne tiens pas à faire ça maintenant.

— Mais est-ce que ton père…

— Mon père est mort, me répondit-il sèchement. Je suis désolé, Ellie. C'est juste que… Je n'aime pas parler de ça.

Une fleur de pommier tomba sur mes genoux. Je la pris et je la tripotai.

Est-ce que je devrais faire une brèche dans ce mur?

Je murmurai:

— Moi aussi, ma mère est morte. Je sais comment tu te sens.

Manifestement troublé par ce sujet, il s'agitait. Puis il se leva et jeta le reste de son cornet dans la poubelle:

— On ferait mieux de s'en aller si on veut arriver à temps.

Je me levai devant lui:

— Jim, je suis désolée si je t'ai vexé. Je ne voulais pas être indiscrète. J'aurais seulement aimé connaître ton histoire.

Il me regarda avec la même intensité que j'avais remarquée le jour où nous nous étions rencontrés dans le cabinet du médecin et dit:

— Mon père s'est noyé il y a deux ans. Je n'en dirai pas plus.

Je fus surprise de constater à quel point sa douleur demeurait vive.

— C'est son histoire, Jim, pas la tienne.

— Non, c'est mon histoire et je la revis chaque jour.

— Je suis désolée. Je n'aurais pas dû te poser de questions. Personne n'a le droit de t'obliger à parler de quelque chose contre ta volonté.

Dieu sait que moi, j'en avais, des questions auxquelles je ne souhaitais pas répondre. Pas à lui ni à personne d'autre. J'avais érigé des murs autour de moi.

— Tu ne comprendrais pas, dit Jim en me prenant la fleur de pommier des mains pour la glisser derrière mon oreille. Tu es parfaite. Quels sombres secrets Ellie Ryan pourrait-elle bien cacher?

J'eus un mouvement de recul en entendant ses paroles. Ryan n'était même pas mon vrai nom. Et il ignorait tout de mon secret honteux. Jim avait raison : à quoi bon en parler?

Je me penchai pour ramasser mes souliers :

— Tu m'as promis qu'on ferait des choses qu'on ne peut pas faire sur un bateau. J'en connais une autre : essaie de me rattraper!

Je m'élançai pieds nus sur la pelouse fraîche et je me fichais que quelqu'un me voie ou que ce ne soit pas digne d'une dame. Mon père m'avait toujours réprimandée quand je m'élançais dans les champs.

C'était la dernière chose à laquelle Jim s'attendait et j'espérais que l'effet de surprise me donnerait assez d'avance pour que j'atteigne l'autre extrémité. Mais Jim était tout en muscles et en jambes. Quelques secondes plus tard, il courait à mes côtés sur la vaste pelouse en me raillant avec son sourire.

Nous deux, courant à toute vitesse, fuyant notre passé.

— Quelle journée de rêve! Je ne veux pas qu'elle prenne fin. Je ne veux pas retourner à cette existence ignoble sur le bateau!

Nous nous trouvions dans le funiculaire qui redescendait vers la Basse-Ville en emportant ma bonne humeur.

Jim me parut vexé. Je saisis sa main, enhardie après un après-midi en sa compagnie :

— Ne le prends pas mal, Jim ! C'est toi qui m'aides à passer à travers mes journées...

Il détourna le regard, le front plissé. J'essayais de mettre des mots sur mon chagrin :

— C'est seulement... Il doit bien y avoir quelque chose de mieux pour nous.

Il ne dit rien.

— Non. Ce n'est pas pour moi.

Gentiment, il retira sa main et fixa l'*Empress* au loin.

Je n'avais jamais compris son humeur changeante, mais cette fois, c'était pire. Si brusque. Si soudain. Si on oublie la mention de son père, les choses s'étaient passées plutôt bien, il me semble. Il secoua la tête :

— Je ne peux pas. Excuse-moi, Ellie, je ne peux pas faire ça.

Plus il serrait les mâchoires, plus sa lèvre tremblait.

Tout ça n'avait aucun sens. Mon esprit ne saisissait pas ce qu'il voulait dire, mais mon cœur semblait comprendre d'une certaine façon. Il se serra et pendant quelques instants, j'en perdis le souffle. Il parla enfin :

— Je ne devrais pas être ici, avec toi.

L'engourdissement qui irradia de mes entrailles me protégea de la douleur de son message. Mais je me forçai à bouger. Je m'interposai face à lui pour l'obliger à me regarder. Et j'exigeai une explication :

— Qu'est-ce que tu dis, Jim ?

La cabine du funiculaire franchit l'ombre de la vieille ville et freina à destination, mais l'angoisse ne m'avait pas quittée. Il pencha la tête pour éviter mon regard :

— Ce n'est pas correct, nous deux. C'est seulement que... Je ne peux plus.

Les portes s'ouvrirent et il passa devant moi, sortit de la cabine, franchit la barrière et marcha sans s'arrêter. Abasourdie, je le suivis pendant quelques pas, puis je m'arrêtai au bord de la rue.

Il était difficile de lire dans les pensées de Jim. C'était un homme renfermé, presque secret. Mais ce jour-là, au sommet de la falaise, j'avais senti un vrai rapprochement. J'avais vu le vrai Jim, un homme que je pouvais aimer. La façon dont ses mains puissantes m'avaient agrippée quand je m'étais penchée, la façon dont elles s'étaient attardées sur ma taille sans raison. La façon dont il m'avait caressée avec son souffle, emprisonnée avec ses yeux. Je n'avais rien imaginé de tout ça. Il me désirait, lui aussi. Je le savais. J'en étais sûre.

Alors, *pourquoi*?

J'observais son dos large se déplaçant au milieu de la foule qui se dispersait. Le X noir de ses bretelles sur sa chemise blanche rapetissait avec la distance qui nous séparait. Tête penchée, mains dans les poches, il paraissait vraiment triste. Il semblait regretter quelque chose. Je ne sais pas… Coupable, peut-être?

Ce jour-là, je ne m'étais pas sentie aussi vivante depuis des mois et je savais que c'était pareil pour lui. Jim me voulait. Il m'aimait peut-être même. Mais quelle importance? Il dit que ce n'était pas bien que *nous* soyons ensemble, un point c'est tout.

Une petite voix chuchotait dans ma tête et je ne parvenais pas à la faire taire. *Il doit aimer quelqu'un d'autre. Une autre femme.*

Mon estomac se noua aussi serré qu'un nœud de marin, à tel point que je craignais qu'il ne se défasse jamais. Jim Farrow avait ses secrets, de graves secrets. Mais nous n'en parlions jamais. Ils concernaient peut-être son père. Peut-être que sa petite amie l'attendait à Liverpool.

Ou bien son épouse.

Je ne me rendis pas compte que je pleurais avant que la vieille dame à la charrette touche mon bras. Je la vis qui tenait une fleur à la tige cassée qu'elle ne réussirait jamais à vendre et dont personne ne voudrait. Elle secoua la tête, me dit quelques mots en français, me tapota le bras et regagna son siège en clopinant.

Quand je levai les yeux au loin, Jim avait disparu.

DEUX JOURS AVANT

Le 27 mai 1914
Port de Québec

Chapitre 14

À mon retour sur le bateau la veille, les filles m'avaient harcelée pour avoir des détails. Je leur avais laissé croire que ce n'était rien. Qu'il n'était rien. Je dis que j'étais trop lasse. Mais Meg comprit la vérité derrière ma façade. Elle savait à quoi je ressemblais quand j'avais le cœur brisé parce qu'elle m'avait déjà vue dans cet état au manoir Strandview. Mais même si j'avais voulu parler, je n'en aurais pas eu le temps le lendemain. Le mercredi avant de lever l'ancre, monsieur Gaade et madame Jones nous tenaient toujours occupés. Cela m'aida à me changer les idées. Gaade avait tout et tout le monde à l'œil. Il vérifiait le contenu des chambres froides, rencontrait les pâtissiers et cuisiniers, donnait des instructions aux bouchers au sujet des sept mille livres de porc et de bœuf frais et des mille deux cents poulets prêts à rôtir. À vrai dire, c'était ahurissant et Gaade dirigeait tout: chacun de nous du service aux passagers, chaque boulanger et barman, chaque cuistot et membre de la brigade en cuisine étaient sous ses ordres et à la hauteur de ses exigences élevées.

Il réunit tous les employés de notre service dans la salle à manger de la deuxième classe où nous l'écoutâmes attentivement nous faire son laïus habituel sur ce qu'il attendait de nous. Cette fois, par contre, il ajouta qu'après avoir travaillé toute sa carrière en mer, il entamait son ultime traversée à titre de steward en chef. Les propriétaires de l'*Empress* – le Canadien Pacifique – lui avaient offert un poste de steward de port à Liverpool. Inutile de préciser qu'il tenait à ce que son dernier voyage fût impeccable. Nous lui devions au moins ça. Il avait consacré sa carrière à l'*Empress* et même si ce qui arrivait dans la salle des machines ou la timonerie n'était pas de son ressort, Gaade était le seul qui pouvait assurer une croisière sans heurts pour tous les passagers en veillant au moindre détail, du matin au soir. Gaade n'était pas le capitaine Kendall, mais à mon avis, il jouait un rôle tout aussi important.

En matinée, Gaade m'avait abordée dans la coquerie pendant que je buvais une tasse de thé à la sauvette, debout dans un coin. Étant donné la centaine d'employés sous ses ordres, j'étais surprise qu'il se souvienne de mon nom et ses paroles m'ont étonnée encore plus :

— Ellen, je sais que vous n'avez pas commencé ici dans les meilleures circonstances, mais je voulais simplement vous dire à quel point je suis satisfait de vos progrès.

Son compliment était précieux pour moi :

— Merci, Monsieur.

— Votre tante serait fière de vous.

Ça, j'en doutais. Manifestement, rien de ce que je faisais ne serait digne des éloges de tante Géraldine. Étant donné tout ce que je lui avais fait subir au cours de l'année précédente, je ne m'étonnais pas de son manque d'estime à mon égard. Nous n'avions jamais été proches, mais elle me semblait de plus en plus distante chaque fois que je retournais au manoir Strandview entre deux traversées. Elle passait le plus clair de son temps enfermée dans son cabinet à taper sur sa machine à écrire. Je crois même qu'elle ne s'était pas levée pour me dire adieu à ma dernière visite. J'imagine que je ne comptais pas beaucoup pour elle.

— Et comment va-t-elle ? me demanda Gaade.

Sa sollicitude me porta à croire qu'ils étaient peut-être de meilleurs amis que ce que je pensais. Assez en tout cas pour me faire engager.

— Oh, vous savez, tante Géraldine..., dis-je en levant ma tasse pour prendre une gorgée.

Gaade secoua la tête :

— C'est une satanée maladie, le cancer du foie.

Cancer ? Je le regardai abasourdie, ma tasse en l'air. Il ajouta rapidement :

— Votre tante est une personne incroyable. La femme la plus forte que je connaisse. Si quelqu'un peut vaincre cela, c'est bien Géraldine Hardy.

Un steward réclama Gaade qui partit, me laissant seule dans le coin.

Tante Géraldine a le cancer ?

La première chose qui me frappa fut la colère.

Pourquoi ne m'a-t-elle rien dit ?

Pourquoi l'aurait-elle fait ? Elle était la tante de mon père. À ses yeux, moi, sa petite-nièce, je n'étais qu'une enfant. D'ailleurs, j'avais agi en enfant. Je boudais devant mes problèmes, je piquais des crises quand elle prenait des décisions pour moi, comme celle de me faire engager sur l'*Empress*. Ou encore, des mois auparavant, quand elle m'avait fait interner à l'hospice Magdalene et, pire, quand elle m'y avait laissée si longtemps.

Gaade l'ignorait, mais, ce matin-là dans la coquerie, il m'avait révélé deux vérités que je devais connaître.

Premièrement : j'étais beaucoup plus forte que je le croyais. Avec du recul, je constatai que j'avais fait un bon bout de chemin au cours des cinq mois précédents. Et deuxièmement, malgré toute sa force, ma tante avait besoin de moi. Je me dis que si je devais servir quelqu'un, ce devrait être elle.

Chapitre 15

Je regardai tous les employés de service en uniforme réunis dans la salle à manger pour le discours de Gaade. Non, je ne voulais pas vivre cette existence de domestique, c'était hors de question, mais je savais que je serais encore enfermée à l'hospice Magdalene, coincée dans cet enfer, sans l'intervention de tante Géraldine. Je détestais tellement cet endroit et tout ce qu'il représentait. Ma douleur et mon chagrin m'avaient empêchée de constater que tante Géraldine m'avait sauvée, m'avaient empêchée de la voir telle qu'elle était. Au cours de mes plus récentes escales, je n'avais pas remarqué qu'elle était malade malgré les signes évidents: sa perte de poids, son manque d'énergie. Même sa peau avait une légère teinte jaunâtre. Ce n'était pas seulement à cause de la vieillesse. Je décidai que, comme Gaade, j'allais entreprendre, moi aussi, mon dernier voyage. Tante Géraldine avait besoin que je prenne soin d'elle. C'est ce que ma mère ferait et, plus encore, c'est ce que moi je voulais, ce que je devais faire pour ma tante. J'étais résolue, et pour la première fois, je ne la laisserais pas me faire changer d'avis.

Gaade distribua les listes de passagers que nous devions déposer dans chaque cabine. C'étaient de petits livrets de sept pages qui, en plus des renseignements sur notre itinéraire ou les instructions pour envoyer un télégramme, comprenaient surtout les noms des voyageurs en première classe et en deuxième. Il y aurait comme toujours beaucoup d'agitation le premier après-midi, particulièrement pour les stewards de la première classe dont les invités allaient jouer du coude pour obtenir les meilleures places auprès des personnes les plus prestigieuses au repas du soir. Gaade repassa la liste des mille cinquante-sept passagers : quatre-vingt-sept en première classe et sept cent dix-sept en troisième. Parmi les deux cent cinquante-trois passagers de deuxième classe se trouvaient cent soixante-dix officiers de l'Armée du Salut et leurs familles qui allaient participer à un grand congrès au Albert Hall à Londres, selon Gaade. J'ai consulté la liste des chambres qui m'étaient assignées et comme je m'y attendais, la plupart des passagers étaient capitaine, major ou lieutenant quelque chose.

— Est-ce que ce sont des militaires ? demanda Meg.

Je me posais la même question, mais Gaade nous expliqua que l'Armée du Salut était plutôt comme une armée de Dieu. Les salutistes s'intéressaient à la charité, à la compassion et au partage avec leurs semblables.

— Pourvu qu'ils soient aussi généreux avec leurs femmes de chambre, chuchota Kate. Je ne me tuerai pas à l'ouvrage pour une foutue bénédiction.

— Est-ce qu'il vient de parler des Irving, Laurence et Mabel ? dit Gwen en me saisissant le bras. J'ai lu tous les articles sur eux. Ils ont tellement de talent ! Dans le *Tatler*, c'est écrit qu'ils viennent de finir une tournée de trois mois au Canada. Imagine, Ellie, de vraies célébrités sur notre bateau !

Gwen écarquilla les yeux d'admiration.

Gaade nomma d'autres invités de première classe : sir Henry Seton-Karr, un riche gentleman et un grand sportif; Ethel Paton, une dame de la haute société de Sherbrooke; le major Lyman, un millionnaire montréalais. Je remarquais toujours que la majorité de nos passagers – des centaines d'immigrants russes, italiens, irlandais, écossais et suédois de la classe ouvrière – n'avaient droit à aucune mention, sinon très modeste. Ils embarquaient à bord de l'*Empress* et en descendaient dans le même anonymat.

Dans l'après-midi, le capitaine Kendall dirigea l'exercice de sauvetage que nous faisions toujours la veille d'un départ. Comme d'habitude, les membres d'équipage se rendirent rapidement à leurs postes. Ils dégagèrent et baissèrent les dix-huit canots de sauvetage en acier alignés sur le pont, qui pesaient deux tonnes. Ils préparèrent les embarcations pliantes de surplus ou fermèrent les portes des nombreuses cloisons étanches. Les deux énormes portes au fond du bateau, au niveau de la soute à charbon, se fermaient au moyen de commandes qui se trouvaient dans la salle des machines et tombaient comme une guillotine. En tout cas, c'est ce que Jim m'avait expliqué. Par contre, les vingt-deux autres portes s'actionnaient à la main. Les matelots se précipitaient sur le pont au-dessus de chacune et dégageaient une clé longue de trois pieds de son support sur la cloison. C'était une espèce de « T » qu'ils glissaient dans un trou au plancher et tournaient pour fermer les lourdes cloisons horizontales. Timothy se vanta d'avoir réussi à se rendre au pont supérieur et à fermer la porte 86 en moins de trois minutes, ce qui sembla impressionner Meg.

En toute honnêteté, j'avais été effrayée lors du premier exercice de sauvetage en entendant la sirène et tout le monde qui se précipitait à son poste. Mais plus encore, c'est en me rendant compte subitement que les bateaux coulent parfois. Ça paraît évident quand on pense à la taille énorme de ces engins et au fait que l'acier ne flotte pas. On en avait eu la preuve avec le *Titanic* deux ans auparavant, même si on prétendait qu'il était insubmersible. C'est peut-être la taille de l'*Empress*, la stabilité que je sentais sous mes pieds ou l'impression de me trouver dans une petite ville plutôt que dans un navire au beau milieu de l'océan qui me donnaient toujours l'impression, après un exercice, que nous n'étions jamais en danger.

Quand la sirène retentissait, les femmes de chambre devaient alerter les passagers et les aider. Rien de compliqué, selon moi. Madame Jones nous demandait de frapper à la porte de toutes nos cabines, d'entrer et de toucher les gilets de sauvetage en disant à la pièce vide : « S'il vous plaît, enfilez votre gilet de sauvetage et rendez-vous sur le pont supérieur. Ordre du capitaine. » Ça semblait ridicule de répéter ça, à vrai dire. Une perte de temps, étant donné tout ce que nous avions à préparer en vue du départ du lendemain. Kate et moi levions les yeux au ciel pendant les exercices quand nous nous croisions dans la coursive.

À la fin de la journée – une fois les lits faits, les exercices terminés, les cambuses remplies, les menus imprimés, les tables dressées, le linge pressé, le cuivre astiqué et l'équipage épuisé —, l'*Empress* solidement amarré dans son mouillage était impeccable et prêt à reprendre la mer. Sans passagers à servir, je m'esquivai vers le bastingage afin de réfléchir tranquillement. Jim devait être quelque part sur le paquebot, avec les autres types au visage noirci qui s'interpellaient en chargeant les dernières charrettes de charbon par la passerelle la plus basse. Il était peut-être avec ses collègues qui étaient entrés en titubant la veille, saouls morts de leur dernière cuite. De l'endroit où je me trouvais, seule à la rambarde, je pouvais entendre leurs chansons gaillardes et leurs jurons colorés. L'un d'eux leva les yeux vers moi. Ou peut-être avais-je souhaité qu'il le fasse. Quoi qu'il en soit, Jim ne se pointa pas ce soir-là.

Je contemplais les lumières des restaurants et cabarets de Québec qui longeaient ses rues pavées. Sous la silhouette du Château Frontenac, j'aperçus deux petites lumières qui se déplaçaient ensemble, probablement les cabines illuminées du funiculaire qui faisaient leur dernière remontée. Elles se croisèrent un bref instant puis se déplacèrent dans des directions opposées : vers la Haute-Ville et la Basse-Ville. Des mondes si différents.

Je regardai une dernière fois le panorama de la ville, sachant que je ne le reverrais probablement plus jamais. Me demandant si je reverrais Jim un jour.

DEUXIÈME ENTREVUE

Juin 1914
Manoir Strandview, Liverpool

Chapitre 16

La journée de lundi passa et Steele ne se présenta pas pour notre deuxième entretien. Il m'envoya plutôt une note m'expliquant qu'il avait dû se rendre dans le nord pour faire une interview. Toute cette histoire avec Steele était une mauvaise idée, surtout s'il avait l'intention d'y mêler mon père. Cela ne suffisait-il pas que je lui aie parlé du bateau ? Quelle importance de savoir comment je m'y étais retrouvée ? Et pourquoi ? C'étaient mes secrets, une honte que je ne voudrais plus jamais revivre, ni raconter. Mon instinct me dictait de laisser tomber, de ne plus jamais côtoyer cet homme manipulateur. Mais mon cœur, lui, me disait que Steele savait autre chose sur Jim et à vrai dire, je ferais n'importe quoi pour le découvrir.

Et Steele le savait.

La lecture de quelques pages du journal intime de Jim m'avait permis de lever le voile sur certains de ses secrets : ce qu'il pensait de son surnom, de son père et, un peu, de moi. Le dernier passage était différent, par contre, parce qu'il avait raconté des cauchemars. Il se noyait et se sentait pourchassé par l'eau. Je me demandais pourquoi il avait noté ses mauvais rêves s'ils lui faisaient peur à ce point.

Je lus l'autre page que Steele m'avait laissée lors de sa dernière visite.

Le 23 octobre 1913
Je ne peux pas la sortir de ma tête.

J'avais lu cet extrait un million de fois depuis que Steele m'avait donné cette feuille, mais j'avais encore de la difficulté à le lire. Pas seulement parce qu'il s'agissait des mots de Jim, mais parce que ce passage provenait du début de son journal, avant notre rencontre. Cette personne dont il parlait, ce n'était pas moi.

Je ne voulais rien savoir d'elle. Pourquoi me torturer? Pourquoi lire les pensées de Jim au sujet de quelqu'un d'autre que moi? Il devait y avoir autre chose dans ce journal, des réponses à toutes mes questions. Quelque chose m'avait échappé. Je saisis la page à deux mains et je me forçai à la relire.

Je ferme les yeux et je la vois: sa lourde tresse noire ramenée sur son épaule contrastait avec la blancheur de sa chemise de nuit. Elle avait noué un ruban rouge au bout. Je me souviens que quelques boucles plaquées sur sa joue encadraient ses yeux obsédants. Cette nuit-là, ils ne m'ont pas quitté. Pas une seule seconde. Je sens encore son regard posé sur moi. Qui m'implore.

La feuille jaunie tremblait dans ma main. Je pensais être malade. Si j'avais mangé, j'aurais probablement vomi. Mais c'était une maladie du cœur, pas de l'estomac.

Je tournai la page en éprouvant ce sentiment familier de consternation et de soulagement: il n'avait rien écrit d'autre.

De qui s'agissait-il? Se trouvait-il avec elle maintenant? Pensait-il à elle ce soir-là, notre dernière soirée ensemble? Pensait-il à elle quand il m'avait embrassée?

Durant ces longues journées, j'attendais le retour de Steele avec un mélange d'espoir et d'appréhension. Je passais d'un extrême à l'autre comme le pendule de cuivre de l'horloge. Je n'avais pas envie de sortir. Où aurais-je bien pu aller? Et personne ne se souciait de venir me rendre visite. Qui me restait-il? Je m'asseyais donc dans mon fauteuil et j'écoutais le tic-tac de l'horloge jusqu'à ce que j'aie l'impression d'exploser. Lily et Bates faisaient leur routine et organisaient leurs journées en fonction de leurs tâches. Époussetage. Marché. Repas. Vaisselle. Ils venaient me porter tasse de thé sur tasse de thé, mais elles refroidissaient sur la table sans que j'y touche. À vrai dire, je les enviais d'avoir tant à faire. Aussi terre à terre et monotone que fût le travail des domestiques, il leur donnait une raison d'être. Quelque chose qui occupait leurs mains et leur esprit, pour un moment du moins. Un motif pour se lever le matin, ne serait-ce que pour se plaindre. Ça me manquait.

J'entendis Bates me demander à partir du couloir:

— Voulez-vous venir au marché avec Lily et moi? Il fait beau cet après-midi. Une petite promenade au parc par la suite?

— Non merci, allez-y, vous. J'ai des choses à faire ici.

Je mentais, parce que la seule chose que je faisais, c'était attendre. Attendre et broyer du noir.

Lorsque Steele arriva enfin le jeudi suivant, soit une semaine après notre dernière interview, je le fis attendre. Je m'assis à la coiffeuse de ma chambre pour me brosser les cheveux pendant que Lily l'escortait au salon. En réalité, j'aurais voulu me précipiter au rez-de-chaussée pour ouvrir la porte moi-même. J'étais impatiente de pouvoir parler à quelqu'un d'autre, même si c'était Steele. Par contre, je redoutais ce qu'il allait me demander ce jour-là : la raison de ma présence sur le paquebot, comment j'avais survécu, comment s'était passée la nuit. J'étais surprise du fait que cet homme pouvait à la fois m'attirer et me repousser. Et aussi de constater que j'éprouvais le même sentiment sur les renseignements au sujet de Jim. Je voulais savoir tout ce que Steele savait sur Jim. Je voulais lire d'autres pages de son journal. Je voulais la vérité. Et pourtant, tout cela me terrorisait.

Je déposai ma brosse en argent sur la coiffeuse. Une partie de moi se demandait si Steele m'avait fait attendre intentionnellement. Cela s'inscrivait-il dans son plan ? Quel Américain fanfaron.

Je me dis : *Il est journaliste. Tu es sa source d'information, rien de plus.*

Je regardai mon reflet dans le miroir, les cernes sous mes yeux gris, les lignes que l'inquiétude avait creusées dans mon visage impassible, comme des dates gravées sur une pierre tombale, pour indiquer l'endroit où se trouvait une personne qui avait déjà vécu. Dix-huit ans. J'en ris presque. Je dirais plutôt soixante-dix-huit. Que me restait-il outre mes journées passées à errer en solitaire dans cette vieille maison vide comme le faisait tante Géraldine ? Elle, au moins, elle écrivait.

Je peignai mes boucles épaisses et je me fis un chignon que je fixai solidement. Si seulement je pouvais retenir aussi facilement mon esprit anxieux.

La musique me surprit. Elle gravit l'escalier avec l'amusement débridé d'un enfant indiscipliné. C'était un son étranger à cette maison.

C'est du piano que j'entends ?

J'avais même oublié que nous en avions un au salon, sous la housse.

Mais qui joue ? Steele ?

Je bondis sur mes pieds, je descendis l'escalier d'un pas lourd et j'entrai dans la pièce où je le vis, assis au piano. Jouant avec ferveur. Ses cheveux bruns épais s'emmêlaient à force de bouger la tête. À ses côtés, Lily frappait des mains en suivant le rythme, les yeux brillants.

— Mais qu'est-ce que vous faites ? demandai-je, même si c'était évident.

Steele souriait. Il ferma les yeux et répondit :

— C'est *Ragtime Dancer* de Joplin. Incroyable, hein ?

— Vous... Vous jouez sur mon piano ?

Je remarquai le ridicule de ma question dès qu'elle franchit mes lèvres. Lily se pétrifia et s'enfuit, mais Steele se contenta de lever un œil vers moi en esquissant un sourire et ses mains continuèrent à sauter sur le clavier. Il passait avec force et précision d'une note à l'autre, jouant une ligne de basse aussi vivante qu'un battement de cœur. Je ne savais pas que ce vieux piano portait cette musique en lui. Tante Géraldine n'avait joué que des airs classiques, pas très bien ni très souvent. Et moi je n'avais réussi à en tirer que des gammes dissonantes. Des graves aux aiguës aux graves aux aiguës, d'une extrémité du clavier à l'autre, sans arrêt. J'avais toujours considéré le piano comme une punition. Mais cet air de ragtime que jouait Steele était libre et audacieux, avec un rythme taquin, presque sensuel. Cette musique m'invitait à flâner avec elle. Avec lui. Perturbée à l'idée que je puisse me perdre dans cette musique, je croisai les bras. Alors qu'il plaquait l'accord final, je dis :

— Je ne sais pas comment ça se passe en Amérique, mais ici, en Angleterre, on ne se permet pas d'enlever les housses chez les gens et de... tripoter le piano comme ça.

Je rougis en remarquant mon choix de mots prononcés d'une voix trop forte, trop forcée. Mon malaise sembla le réjouir. Seigneur, on aurait cru entendre tante Géraldine !

Il sourit à belles dents en caressant le couvercle noir de l'instrument, en admirant sa surface lisse, sa solidité, son lustre. Ses doigts effleuraient à peine les courbes.

— C'est une vraie beauté. Je n'ai pas pu résister.

— En effet.

Je voulais lui parler d'un ton accusateur, mais il sourit davantage.

Steele mimait le mouvement de ses doigts sur un clavier :

— J'adore entendre le bruit de ma machine à écrire quand je dactylographie un article. C'est comme le son de mon esprit qui réfléchit. Mais rien n'égale la sensation de toucher les notes d'un piano.

Il se leva et s'approcha de moi :

— C'est une question de cœur. Comprenez-vous ce que je veux dire ?

Je ne saisissais pas. Enfin, pas vraiment, même si mon cœur battait encore au rythme de sa musique. Il s'avança davantage. Je reculai d'un pas, ignorant ses intentions. Ou les miennes. Il m'avait troublée avec toute cette gaieté absurde. Il avança sa main derrière moi pour saisir son sac qu'il avait déposé sur le couvercle du piano. Amusé par le plaisir que lui avait procuré son incartade, il me dit comme un élève réprimandé, les yeux pétillants :

— Excusez-moi, vous avez raison. J'aurais dû vous demander la permission. Mais c'est tellement triste de laisser ce bel instrument caché dans un coin de cette vieille maison.

Il passa la courroie de son sac par-dessus son épaule et fourra ses mains dans ses poches en balayant du regard toutes les formes couvertes d'une housse dans la pièce. Des fantômes de leur ancienne existence. Il demanda :

— Et pourquoi conservait-elle tout ça ?

Je savais ce qu'il voulait dire, mais ça m'embêtait que, d'une certaine façon, il ait critiqué l'ordre des choses. Qu'il ait manqué d'égards envers ma tante. Qu'il m'ait insultée. Et pire encore, qu'il ait raison. Je détournai le regard.

— Écoutez, me dit-il avec empressement. Pourquoi on ne sortirait pas d'ici un peu ? Ça vous ferait du bien de prendre de l'air et j'aimerais beaucoup voir la ville. Nous pourrions...

— Pas une bonne idée.

Je ne sus quoi dire. Était-il vraiment en train de me proposer un rendez-vous galant ? À ce moment-là ?

— Notre entente, Monsieur Steele, se limitait à échanger des histoires. Pas à ce que je vous serve de guide touristique.

Je m'assis au bout de ma chaise à côté de la cheminée, le dos rigide comme un tisonnier. Je n'avais nullement envie de parler de cette nuit-là, mais il le fallait si je voulais savoir ce qui était arrivé à Jim. Était-il vivant ? Blessé ? Mourant ?

Aussi soudainement que si j'avais allumé un interrupteur, il perdit son air gamin et redevint un journaliste.

— Vous avez raison. Nous avons tous les deux une échéance.

Ce mot me fit frémir. J'espérais qu'il n'était pas trop tard pour moi. Pour Jim.

— Mon rédacteur en chef veut mon article pour le supplément de juillet, ce qui me laisse seulement quelques semaines pour tout boucler et rédiger en plus son petit texte sur l'armée britannique.

– Bien sûr, dis-je sans grand enthousiasme.

J'aurais aimé pouvoir « tout boucler » aussi facilement qu'il se croyait capable de faire. Mon histoire n'était qu'une autre parmi toutes celles qui l'occupaient. Remarquez que lui, il n'avait qu'à l'écrire. Moi, je devais la porter. En subir le poids. Vivre avec elle. Je dis en soupirant :

— Plus tôt on finira, plus tôt vous pourrez rentrer chez vous.

Pour être honnête, au fin fond de moi, je ne souhaitais ni l'une ni l'autre de ces éventualités.

— Revenons à la dernière traversée, me demanda Steele après s'être installé dans son fauteuil.

Après un moment, je lui dis :

— Par où je commence ?

Il percevait mon hésitation à retourner dans le passé. À me souvenir.

— Nous sommes amarrés au port de Québec. Les passagers sont tous à bord et le capitaine a donné l'ordre d'appareiller.

Je fermai les yeux et le sifflet retentit dans ma mémoire. Le son du début d'un autre voyage.

Mais cette fois-là, ce fut notre dernier.

LE JOUR DU DÉPART

Le 28 mai 1914
Port de Québec

Chapitre 17

— Tous les visiteurs, à terre !

Le sifflet retentit une fois de plus pour prévenir les passagers que l'*Empress* s'apprêtait à lever l'ancre. Les stewards étaient accaparés par les montagnes de bagages empilés sur le pont qu'ils devaient trier. La haute société ne voyageait pas léger : il y avait des malles, des caisses, des boîtes et des valises de toutes les formes et de toutes les tailles. C'est vrai que la plupart portaient l'étiquette *Unwanted*, « Non désiré », ce qui signifiait qu'ils devaient être transportés au fond du bateau pour être rangés dans la cale à marchandises. Mais il y a fort à parier qu'à un moment ou à un autre de la traversée, un passager voudra récupérer un objet quelconque dans sa malle et le pauvre steward devra la remonter avec peine jusqu'à la luxueuse cabine de son client.

Troublée par les nombreux hommes en uniforme rouge et en chapeau qui fourmillaient sur le pont, une vieille dame à côté de moi me demanda :

— Est-ce qu'il y a une descente de la Gendarmerie royale du Canada ?

— C'est la fanfare de l'Armée du Salut, Madame.

Elle ne sembla pas convaincue, du moins pas avant que la quarantaine de musiciens soient allés récupérer leurs instruments dans l'amoncellement de bagages avant de se réunir autour du chef d'orchestre. Ils portèrent leurs instruments à leur bouche, le cuivre étincelant sous la lumière de l'après-midi. Le chef, monsieur Hanagan, ouvrit les bras et avec beaucoup de décorum les hommes exécutèrent le chant patriotique *Ô Canada* à la perfection. La dame à mes côtés l'entonna avec cœur et fut encore plus enthousiaste lorsque la fanfare se mit à jouer l'air écossais *Auld Lang Syne.*

J'ignore si c'était la musique trop forte ou son sixième sens qui lui disait quelque chose sur sa septième vie, mais Emmy, la chatte du navire, s'enfuit à ce moment-là. Billy laissa tomber les bagages qu'il transportait et la pourchassa en bas de la passerelle. Dès qu'il l'eut déposée sur le pont, Emmy détala à nouveau. Avant que l'on puisse partir à sa recherche, le capitaine Kendall donna l'ordre de larguer les amarres.

Les drapeaux claquaient dans la brise tandis que le paquebot s'éloignait du quai sous les cris et les signes de la main des passagers et de la foule. Le chef de la fanfare leva les bras une fois de plus pour annoncer le début d'une autre sérénade, un air nostalgique, presque triste.

Tout le monde chanta en chœur l'hymne *God be with you till we meet again*: «*Que Dieu vous accompagne jusqu'à ce qu'on se revoie.* »

Étaient-ce les paroles de l'hymne? La fuite d'Emmy? La peur de perdre tante Géraldine ou l'affection de Jim? Ou encore le fait qu'il s'agissait de mon dernier voyage, même si ce n'était pas pour les motifs que j'avais prévus? Malgré le soleil et l'atmosphère de fête, malgré toutes les raisons que j'avais de sourire, je sentis un frisson me parcourir lorsque j'entendis les dernières paroles:

Tenez la bannière bien haut au-dessus de vos têtes,

Affrontez la vague menaçante de la mort devant vous,
Dieu sera avec vous, jusqu'à ce qu'on se revoie.

Le sifflet de l'*Empress* émit un son grave et fort qui submergea les voix et me fit sursauter.

Mon pressentiment s'évanouit. Je n'avais pas le temps d'y penser. Madame Hanagan, l'épouse du chef de fanfare, avait besoin de mon aide pour trouver sa cabine. Elle rit quand je lui racontai la première fois où j'avais suivi madame Jones dans le dédale de corridors. Cela faisait à peine cinq mois, mais il me semblait qu'il y avait une éternité. Une petite main se glissa dans la mienne : c'était la fille de madame Hanagan qui devait avoir sept ans. Je la surpris lorsque je lui dis :

— Tu dois être Gracie, n'est-ce pas ?

— Comment savez-vous cela ?

— C'est mon travail de connaître mes passagers. J'imagine que tu aimes les sucreries, non ? lui dis-je en lui donnant un caramel que j'avais dans la poche de mon tablier.

Gracie prit le bonbon en souriant et le mit aussitôt dans sa bouche.

Nous traversâmes le paquebot jusqu'au pont supérieur à tribord, près de la poupe, descendîmes l'escalier en fer à cheval puis parcourûmes une coursive latérale.

— On est arrivées : cabine 442. C'est la vôtre.

J'ouvris la porte de la chambre que j'avais nettoyée et préparée à leur intention. À gauche, deux lits superposés étaient masqués par des rideaux verts. De l'autre côté se trouvaient un canapé-lit et, directement face à nous, un meuble en bois foncé. Gracie tira sur les poignées, et les portes s'ouvrirent pour révéler deux lavabos en porcelaine. J'expliquai :

— Ce sont des lavabos doubles.

— Dans un meuble ? dit Gracie, les yeux écarquillés.

Sa mère et moi éclatâmes de rire en constatant son étonnement.

— Dans un paquebot, on doit exploiter l'espace au maximum. Tu vois le canapé? Il se transforme en lit. Et regarde, dis-je en ouvrant le rideau pour lui montrer la couchette supérieure. Tu pourras dormir ici.

Elle fixa le hublot situé sur le mur à côté. Manifestement, l'étroitesse de la cabine la mettait mal à l'aise. Elle se sentait coincée. Beaucoup d'adultes avaient la même impression. Moi aussi, au début. Je voulus lui changer les idées:

— Aimes-tu ça, construire des châteaux de sable?

Elle hocha la tête, puis je dis:

— Alors si tu veux, on va laisser ta maman s'installer et je t'amène au terrain de jeu des enfants.

— Sur le bateau? s'étonna-t-elle en me prenant la main.

— Il y a un grand carré de sable. Attends de voir ça. Et en y allant, je te montrerai le salon de barbier, la bibliothèque et la charmante salle à manger.

Madame Hanagan me sourit avec gratitude. Si seulement tous les passagers étaient aussi faciles à satisfaire que la petite Gracie...

Chapitre 18

*L*e clairon annonça le souper, invitant tous les passagers des première et deuxième classes à se diriger vers leurs salles à manger respectives. Et même si celle réservée à la deuxième classe était dépourvue des riches moulures, des dorures, du plafond en dôme ou des fauteuils en cuir marocain de la première classe, l'*Empress* se targuait de la qualité élevée des installations offertes à l'ensemble des passagers. Au menu de la deuxième classe figurait du flétan bouilli, suivi d'escalopes de veau, de côtes de bœuf, de volaille grillée et de langue de bœuf. Pour terminer, on proposait des tartes à la crème Devon et des feuilletés à la confiture accompagnés de crème glacée. Un repas raffiné ! Nos voyageurs de troisième classe, qui n'avaient pas droit à un souper à proprement parler, mangeaient à l'heure du thé du hareng fumé, de la charcuterie, des cornichons, du pain et de la confiture. De plus, ils avaient droit à un concert impromptu de la fanfare de l'Armée du Salut qui était, à mon esprit, aussi merveilleuse que le quintette à cordes engagé pour distraire les passagers de première. Et encore meilleure, je dirais, parce que les

musiciens jouaient par générosité. Après le repas, beaucoup se promenaient sur les ponts, chaudement vêtus
pour se protéger de l'air froid de la nuit. D'autres préféraient se détendre dans la salle de musique ou s'arrêtaient
à la bibliothèque pour écrire rapidement une carte postale avant que les sacs de courrier soient emportés par le
bateau postal de minuit.

22 heures

Après une journée aussi occupée, la plupart des passagers
s'étaient retirés dans leur cabine, à l'exception de quelques
hommes qui se prélassaient au fumoir avec un cigare et
un scotch pour jouer une dernière partie de cartes.

Heureusement, mes passagers avaient tous regagné leur
cabine, mais il avait fallu beaucoup de persuasion pour
calmer Gracie. Le hublot lui faisait terriblement peur.

— Je ne veux pas dormir ici.

Je la soulevai pour lui permettre de regarder dehors :

— Allons, Gracie, c'est toi qui as le meilleur lit ! Tu vois,
quand tu seras couchée, tu pourras contempler les étoiles
et faire un vœu pour chacune.

Elle eut un mouvement de recul quand je l'approchai
du hublot ouvert :

— Non, Ellie, non ! C'est par là que l'eau va entrer !

Madame Hanagan expliqua à sa fille :

— Tu es trop fatiguée, Gracie. Tu as eu une grosse
journée.

Elle installa Gracie dans la couchette du bas, la plus
éloignée de l'ouverture, et la petite, épuisée par les événements de la première journée à bord, s'endormit
rapidement.

Je fermai légèrement le hublot. Comme la plupart
des passagers dans les cabines extérieures, les Hanagan
aimaient avoir un peu d'air frais. En principe, les stewards
et les femmes de chambre devaient verrouiller chacun
des hublots répartis le long des flancs d'acier de l'*Empress*.

Mais lorsque nous nous présentions avec nos clés de laiton, bon nombre de nos hôtes protestaient et nous faisions fi du règlement. Ce n'était pas un gros problème, ça se produisait tout le temps. Nous devions simplement mentionner aux gardiens de nuit les numéros des cabines où les hublots avaient été laissés ouverts.

Les filles étaient au lit quand je suis rentrée dans notre chambre. Gwen avait le nez plongé dans un article sur les Irving. Kate enroulait ses cheveux autour de bigoudis pour faire des boucles qui frisotteraient avant l'heure du déjeuner et Meg lisait le dernier magazine apporté par Timothy. J'enfilai ma longue chemise de nuit blanche et je me glissai dans ma couchette, juste en dessous de celle de Gwen. Les filles papotèrent encore un peu et une fois les lampes éteintes, j'entendis leur souffle s'apaiser au fur et à mesure que chacune s'endormait. Moi, par contre, je marinais dans le même malaise que j'avais éprouvé tout l'après-midi. Mon esprit sautait d'une chose à l'autre sans arrêt.

Quelque chose n'allait pas.

Minuit 45

Je n'arrivais pas à fermer l'œil. Après avoir remué pendant ce qui me parut des heures, je n'en pouvais plus. J'avais besoin d'air. Je me levai et j'enfilai mes souliers et un manteau de laine. Je jetai un rapide coup d'œil aux trois ombres endormies derrière moi et je me glissai dans l'obscurité.

Le paquebot me sembla désert à cette heure tardive. Quelques gardiens de nuit étaient toujours en fonction, mais même Gaade devait être dans sa cabine. L'*Empress* s'était arrêté, probablement pour aller à la rencontre du bateau postal de Rimouski. Des voix masculines s'interpellaient sur un des ponts inférieurs. En regardant au loin, je distinguais à peine la silhouette sombre du *Lady Evelyn* qui ralentissait. Un rayon de lumière illumina le pont du vapeur lorsqu'une porte de notre coque s'ouvrit pour permettre aux matelots de lancer nos sacs de poste vers l'autre bateau. Quelques minutes plus tard, une fois le courrier transbordé et l'écoutille fermée, nous étions repartis. Les feux du *Lady Evelyn* s'évanouirent dans la nuit.

Je saisis la rampe en espérant que l'air mordant me calmerait ou du moins, qu'il engourdirait mon esprit comme il le faisait pour mes doigts. Mais le froid s'infiltra dans mes os et me frigorifia jusqu'à la moelle avec un malaise qui augmentait mon anxiété. Au bout d'une quinzaine de minutes, l'*Empress* s'arrêta à nouveau. Nous devions être près de Pointe-au-Père. Après avoir navigué deux cents milles sur le fleuve depuis Québec, c'est à cet endroit que le pilote nous laissait pour embarquer sur le petit bateau qui était venu à notre rencontre. Le capitaine Kendall prenait la relève à partir d'ici et nous accélérions. Nous n'arrêterions qu'une fois à destination, à Liverpool.

Je remontai mon col et inspirai à fond. L'air froid pinça mes narines et transperça mes poumons. Je levai les yeux vers le nid-de-pie dans l'obscurité au sommet du mât de misaine. Pauvre John! C'était de son poste d'observation qu'il avait aperçu le gardien de nuit se dirigeant vers Jim et moi lors de notre repas de première classe et de là également qu'il avait vu les glaces flottant sur le fleuve tandis que nous voguions vers Québec il y a quelques jours. J'espérais qu'il aurait l'œil aussi perçant pour le retour parce qu'il y avait de la glace dans l'air et, qui sait, dans l'eau.

En baissant mon regard, j'aperçus Jim, plus loin au bastingage, éclairé par les rayons de lumière embués venant des fenêtres. Il était penché sur son journal. Il écrivait. Il était tellement concentré, en fait, qu'il ne me remarqua jamais. Je me demandais ce qui l'absorbait autant.

Ou plutôt quelle personne.

Je l'observai pendant quelques minutes. Sa façon d'incliner la tête. De suçoter son crayon. D'écrire avec empressement quand les idées affluaient. Pour un homme de si peu de mots, il avait assurément beaucoup de choses à exprimer.

Un banc de brouillard glissa sur l'eau, voilant les lumières provenant d'un autre navire au loin. Je m'étais souvent demandé comment les capitaines réussissaient à naviguer dans de telles conditions, alors qu'il n'y avait aucune étoile pour les guider et qu'on n'y voyait rien. Un soir, pendant que nous dépassions d'autres navires, Jim m'avait expliqué quelque chose au sujet des feux de position. Je plissai les yeux pour en discerner la couleur : vert. Nous allions donc nous croiser tribord à tribord, du côté droit. Mais aussi soudainement qu'il était apparu, le deuxième bateau s'évanouit dans la brume.

L'*Empress* émit trois brefs coups de sifflet, le signal que nous passions en marche arrière pour ralentir. Heureusement, le capitaine Kendall ne prenait aucun risque. Le sifflet de l'autre navire retentit sinistrement dans l'obscurité et je grelottai lorsque le brouillard m'enveloppa les épaules comme un châle humide, et me fit éternuer.

Jim leva la tête dans ma direction. Quand nos regards se croisèrent, je ressentis tout à la fois : j'étais gênée d'avoir été surprise à l'espionner, fâchée par la façon dont il m'avait laissée à Québec, confuse quant à la raison de son acte. Mais j'éprouvais aussi, malgré tout cela, un désir ardent. Une envie folle qu'il me regarde comme il m'avait regardée au sommet de la colline. Je me sentais déchirée, comme si je souhaitais à la fois être vue et disparaître complètement dans le brouillard. Je me tins immobile, sans savoir si je devais accourir vers lui ou le fuir.

L'*Empress* émit deux brefs coups de sifflet. Nous étions arrêtés, perdus dans la brume.

Jim ferma son carnet et le glissa dans sa poche en avançant vers moi.

— Ellie ?

Une voix me dit: *Ne le laisse pas entrer. Empêche-le de te blesser à nouveau.* Je serrai les mâchoires. Il ne s'était jamais donné la peine de s'excuser ou d'expliquer son comportement à Québec. Je ne voulais plus de jeux. Il avait dit que ce n'était pas bien, que *nous deux,* ce n'était pas bien.

Mais tandis qu'il s'approchait, je découvris la vérité. Chaque fibre de mon être la connaissait et mes intentions s'évanouirent.

Jim s'arrêta devant moi et plaça délicatement ses mains sur mon visage. Telle une flamme abritée du vent, je me sentis aussitôt plus forte, plus chaude, plus brillante. De ses pouces, il me caressa une joue puis l'autre, essuyant les deux larmes qui avaient coulé à mon insu.

Ses yeux accrochés aux miens, lisant dans mon âme avec la même intensité qu'il mettait à écrire son journal, il murmura:

— Oh, Ellie! Je suis tellement désolé!

Il pencha son visage vers moi, posa ses lèvres sur les miennes et je me sentis fondre en lui. Je glissai mes mains dans son caban ouvert, le long de sa poitrine puis sur son dos large tandis qu'il me serrait contre lui. Sa chaleur m'attirait avec autant de puissance que ses bras.

J'ignore pour quelle raison il demandait pardon. Pour m'avoir blessée? Pour m'avoir laissée seule? Pour la mélancolie qu'il lisait dans mes yeux? Ou peut-être pour les tristes nouvelles qu'il devait m'annoncer? Je ne voulais pas le savoir.

Tout ce que je voulais, c'était lui. Là, sur-le-champ.

Chapitre 19

*L*a fanfare, le départ, le chat. Le souper et l'installation de Gracie dans sa chambre.

Assis dans la bergère face à moi, à côté de la cheminée, Steele énumérait ces faits, comme s'il cochait les articles sur une liste d'épicerie.

Je ne lui avais pas raconté tout ce que je me rappelais. Je conservais certains souvenirs pour moi, pour les chérir. Et beaucoup d'autres pour les oublier.

Comme si c'était possible.

— Dormiez-vous lorsque l'*Empress* a été heurté?

Avec cette question, Steele me pressait de voir ce que j'évitais depuis ces longues semaines. Je n'en avais jamais parlé à personne.

Nous y étions arrivés. À l'accident. À cette nuit-là.

Je pris une grande inspiration et je saisis les bras de mon fauteuil comme pour me retenir au présent et résister aux images qui cherchaient à me ramener vers le passé:

— Non. J'étais au bastingage. Avec Jim. Sur le pont-promenade inférieur, à tribord.

Steele écarquilla les yeux d'étonnement:

— Vous avez donc *senti* la collision avec le *Storstad*?

— Pire encore, j'ai tout vu.

1 h 55 du matin

Je ne saurais dire combien de temps a duré notre baiser. Quelques minutes, probablement, mais toute notre vie peut changer en un seul instant. La mienne, en tout cas. Jim et moi étions perdus dans notre étreinte et, quelques secondes plus tard, nous étions surpris par l'éclat aveuglant des feux de tête de mât du *Storstad* qui émergea du brouillard en fonçant vers nous. Il n'avait pas le temps de changer de cap ni de passer en marche arrière. Tout ce que l'équipage put faire fut de donner un grand coup de sirène au moment où il éperonna le milieu de la coque de l'*Empress*. Je me préparai à absorber l'impact, certaine qu'il nous projetterait plus loin, mais ce ne fut pas une collision violente. On n'entendit ni grincement strident ni bruit terrorisant. Seulement celui des étincelles provoquées par le frottement du métal quand le charbonnier s'enfonça profondément dans le flanc de notre navire.

— Seigneur ! cria Jim en se précipitant vers le lieu de la collision.

Je le rattrapai à l'endroit où il s'était arrêté vers le centre du paquebot et, agrippée à la rambarde, je me penchai pour apercevoir avec horreur ce qui ne devait pas se trouver là : un autre bateau encastré dans le nôtre.

— Il est entré d'au moins quatorze pieds, dit Jim pris de panique en s'inclinant pour mieux voir. La brèche va du pont-abri jusqu'en bas de la ligne de flottaison, peut-être même jusqu'aux chaudières !

Je retins mon souffle. Ça représentait quatre ou cinq ponts de hauteur.

— Restez en marche avant, cria quelqu'un qui se trouvait dans la timonerie de l'*Empress* située sur le pont au-dessus du nôtre.

Ce n'était qu'une mesure d'urgence, à vrai dire. Le navire qui nous avait empalés pouvait colmater la brèche de notre coque et étancher la plaie qu'il venait de causer si ses moteurs continuaient à fonctionner pour maintenir la pression. Malgré les cris de l'homme, le *Storstad* se dégagea vers l'arrière dans un grand bruit de métal tordu et disparut dans le brouillard.

Mon pouls battait la chamade dans mes oreilles en entendant l'eau qui s'engouffrait dans notre navire.

C'est impossible!

Ma tête tourna et je sentis le sol bouger sous mes pieds.

Jim me saisit les deux bras et cria en me secouant. Sa poigne douloureuse réussit à me ramener à la réalité.

— M'écoutes-tu, Ellie?

Je lus l'urgence d'agir dans son visage. Sa panique. Ses craintes me calmèrent et je me rendis compte que ce n'était pas le battement du sang dans mes veines que j'entendais, mais les gallons d'eau salée du Saint-Laurent qui s'engouffraient par un trou *dans notre navire*.

Il cria à nouveau:

— Tu dois monter dans un canot de sauvetage!

— Quoi?

Ce n'était certainement pas aussi grave. Jim me secoua encore une fois:

— Écoute-moi! Notre bateau gîte, Ellie! Tu ne le sens pas?

Je regardai mes pieds stables sur le pont en tek pour me rendre compte que ce n'était pas la collision qui m'avait fait perdre l'équilibre. Jim avait raison. L'*Empress* avait roulé légèrement sur son flanc tribord et, ce faisant, la brèche tombait sous la ligne de flottaison, permettant à plus d'eau encore de s'y engouffrer.

Comment était-ce possible? L'entaille avait probablement une douzaine de pieds de largeur et Dieu sait combien de profondeur, mais il était impossible qu'elle atteigne ne serait-ce que trois des onze compartiments. Une fois les portes étanches fermées par les matelots, nous serions en sécurité, n'est-ce pas? C'était une précaution prévue par les architectes navals. Je regardai Jim:

— Mais tu m'as expliqué qu'on pouvait flotter même avec deux compartiments inondés.

— C'est comme le *Titanic,* dit-il en constatant que sa plus grande crainte s'était matérialisée.

— Non, ce n'est pas la même chose, dis-je pour le rassurer, certaine qu'il exagérait. L'iceberg a frappé à plusieurs endroits, mais il y a seulement un trou dans l'*Empress.*

Il se retourna et pointa les centaines de hublots alignés le long de la coque. On pouvait voir la réflexion de certains sur l'eau, semblables à des lampes torches, mais la plupart n'étaient qu'un cercle sombre. Les hublots sont étanches, même lorsqu'ils sont submergés, c'est bien vrai, mais *s'ils sont fermés.* Horrifiée, je me rendis compte que la plupart étaient restés déverrouillés. La nuit était calme et nous n'étions pas encore en pleine mer. Même moi j'avais laissé ouverts la plupart des hublots de mes cabines pour permettre aux passagers d'avoir un peu d'air frais.

Le paquebot se pencha légèrement plus bas et l'eau sombre atteignit la rangée inférieure de hublots, faisant caler le navire encore plus à mesure que l'eau pénétrait.

— Mon Dieu, Jim. Il y a des ouvertures sur toute la coque.

Je me retournai vers lui et l'horreur me gagna quand je compris la vérité.

La sirène d'urgence retentit une seule fois. Ce qui nous fit sursauter. *Tous aux embarcations!* Ce n'était pas un exercice. Jim regarda par-dessus son épaule tandis que les membres d'équipage, certains à demi vêtus, sortirent sur le pont pour regagner leurs postes. En quelques secondes, deux matelots avaient grimpé dans un canot pendant que l'équipe déplaçait les bossoirs, cette énorme paire de grues qui suspendaient le canot au-dessus du pont des embarcations. Quatre autres hommes serraient les dents en poussant l'embarcation au-delà de la rambarde pour qu'elle se trouve au-dessus de l'eau noire, soixante-dix pieds plus bas.

Ils avaient répété cette manœuvre des centaines de fois, mais jamais sur un navire qui donnait de la bande : la moindre inclinaison augmentait énormément la difficulté de déplacer les canots en acier de deux tonnes et demie. Même s'il semble que les hommes auraient pu en libérer trois ou quatre, la plupart des autres canots de sauvetage étaient restés coincés à leurs bossoirs et, peu importe le nombre de fois que les matelots s'étaient exercés, l'énergie qu'ils déployaient ou les instructions qu'ils hurlaient, ces canots restèrent coincés.

Déchiré, Jim regarda derrière lui puis vers moi :

— Ellie, promets-moi que tu vas monter à bord d'un canot.

J'agrippai son caban, refusant de le laisser aller. Un frisson me parcourut et je ne pus me rassurer :

— Viens avec moi !

Il prit mes deux mains et les serra dans les siennes. Il s'était calmé, même si notre bateau avait encore roulé de quelques degrés. Il semblait s'être résigné au sort de l'*Empress*.

Ou au sien.

— Vas-y maintenant. Va prévenir tes passagers. Ensuite, embarque dans un canot. C'est ton seul espoir.

— Mais… toi ?

Il m'attira dans ses bras et je me sentis en sécurité, plus forte :

— Tu es mon espoir et je ne te perdrai pas, Ellie.

Il tremblait en prononçant ces paroles, mais sa détermination était inébranlable, contagieuse. Même moi, je le croyais. Il m'embrassa avec fougue. Puis il se précipita vers l'escalier menant à la salle des machines. Vers la cale inondée d'un navire en perdition.

Et je ne le revis plus.

Chapitre 20

e voulais aller le rejoindre. Mon cœur me dictait de le suivre, mais ma tête prit le dessus quand je pensai aux passagers de tous les âges encore couchés qui n'avaient aucune idée du danger qu'ils couraient. Tout à coup, les connaissances acquises lors des exercices de sauvetage me revinrent en mémoire et je savais ce que je devais faire.

Je courus vers l'arrière du pont, descendis l'escalier puis longeai le couloir en passant devant les membres d'équipage en pyjama assemblés pour accomplir leurs tâches. Quelques passagers erraient dans les coursives, d'autres, endormis, passaient la tête par la porte de leur cabine en entendant tonner la voix forte de Gaade:

— S'il vous plaît, mettez vos vestes de sauvetage et rendez-vous sur le pont des embarcations.

— Qu'est-ce qu'il dit? murmuraient les passagers.

— Est-ce qu'on a frappé un iceberg?

— Où sont les vestes?

— Le pont des embarcations... Seigneur, c'est où?

Le ton de leurs voix montait avec leur inquiétude. À deux heures du matin, la première nuit de la traversée à bord d'un paquebot qu'ils ne connaissaient pas, il n'était pas étonnant que les gens soient aussi désorientés. Quelques femmes paniquées saisirent les bras de Gaade en le suppliant de les aider. Il se dégagea et leur dit :

— Personne ne s'en sortira vivant si vous ne nous donnez pas une chance de rejoindre le pont pour descendre les canots de sauvetage.

Son ton ferme disait tout. Les choses allaient mal, très mal.

J'entrai dans la première de mes cabines et je sortis les gilets des armoires :

— Dépêchez-vous, mettez ça et montez sur le pont.

Les passagers me regardèrent avec étonnement comme si j'avais picolé dans la réserve du barman. Mais ils sentaient la gîte du bateau. Ils n'avaient qu'à descendre de leur couchette pour se rendre compte que quelque chose de terrible était arrivé. Le plancher était tellement incliné que les meubles glissaient et que les tasses et les bouteilles de parfum tombaient des étagères. Les passagers trébuchaient dans leur cabine étroite, essayant de reprendre leur équilibre en enfilant leur manteau et leurs chaussures, et en tentant de démêler les longues courroies de leurs gilets de sauvetage en liège.

— Sortez, sortez !

Je les poussai hors de la pièce. Un manteau ou une veste boutonnée ne leur serait d'aucune utilité s'ils n'atteignaient pas le pont. Le navire s'inclina davantage sur la droite et lorsque j'arrivai à la cabine des Hanagan, l'eau s'engouffrait par les hublots et inondait les petites cabines et les coursives comme si elle était projetée par un tuyau d'incendie. Les passagers hurlaient en sortant de leur chambre, surpris dans leur sommeil pour se réveiller dans un cauchemar, complètement trempés. Mes pieds étaient déjà engourdis par l'eau gelée qui léchait mes chevilles. Si l'eau avait atteint les hublots à notre niveau, qu'arriverait-il aux centaines de pauvres êtres de la troisième classe aux ponts inférieurs? Et dans la salle des machines?

La famille Hanagan rejoignit la meute de gens paniqués qui affluaient dans la coursive inclinée, en se retenant désespérément à la main courante, en poussant les autres pour se frayer un chemin vers l'escalier aboutissant à un palier avant de se déployer à gauche et à droite. Ou en haut vers l'air libre et en bas vers l'eau. La gîte du navire avait incliné les escaliers à tel point que les passagers devaient les gravir à quatre pattes et, même avec l'aide de plusieurs jeunes salutistes qui soulevaient et poussaient les passagers, je me rendis compte que la plupart n'arriveraient pas à temps.

Au milieu de la foule, j'aperçus Kate, qui avait encore des papillotes dans ses cheveux, le visage livide, aussi blanc que sa chemise de nuit. Elle tenait un bambin qui hurlait dans un bras et sa mère hystérique dans l'autre:

— Ellie, où est Meg? me cria-t-elle.

Je jetai un regard autour de la foule paniquée. Elle aurait fait son devoir auprès de ses passagers et puis… Je savais, je savais exactement où elle était.

Je me poussai au milieu de la foule qui déferlait. Je pataugeais dans l'eau qui atteignait maintenant mes genoux. Je les aperçus enfin tous les deux, accroupis pour fermer la porte étanche. Timothy poussait la clé en T tandis que Meg la tirait. Ils avaient réussi à la glisser dans son orifice dans le plancher, mais même à deux ils ne parvenaient pas à la faire bouger. Ni à fermer la porte étanche sur le pont inférieur.

Je tirai Meg par le bras et je criai:

— Laissez faire!

Comme moi, elle avait jeté son manteau par-dessus sa chemise de nuit. Celui de Timothy était suspendu à la cloison. Et nous n'avions pas un seul gilet de sauvetage pour nous trois. Ses cheveux mêlés tombant sur ses épaules et collés sur son front en sueur, Meg ressemblait à une fillette qui venait de faire un cauchemar. Comme nous tous. À vrai dire, nous étions trop jeunes pour vivre ce rêve horrible, trop jeunes pour être responsables de la vie de tant de gens.

Les dents serrées et les veines saillantes sur son front rougi par l'effort, Timothy saisit les deux branches de la manivelle et dit :

— Mais il faut qu'on la ferme !

Il était fier qu'on lui ait confié la porte 86, une cloison capitale pour assurer la sécurité du paquebot, et il s'était vanté d'avoir réussi à la fermer en moins de trois minutes lors de tous les exercices. Mais c'était dans des conditions idéales, ce qui n'était pas du tout le cas cette nuit-là.

Les lumières clignotèrent et le navire roula un peu plus. Il était incliné à au moins cinquante-cinq degrés et tombait plus rapidement. L'eau froide montait à toute vitesse et atteignait nos cuisses. Nous manquions de temps.

Jim m'avait tout expliqué sur les portes étanches lors de l'un de ses discours sur l'équipement de survie du bateau. Je saisis le bras tremblant de Timothy et je lui dis :

— Il est trop tard. La porte se ferme vers le centre du bateau et à cet angle, c'est pratiquement à la verticale, vers le haut. Elle est toute en acier, tu n'arriveras pas à la bouger.

Il fut abattu. Il avait échoué. Il avait manqué à son engagement envers les passagers. Envers tous ceux qui se trouvaient aux ponts inférieurs et dont la vie dépendait de la fermeture de cette porte. Il marmonna :

— C'est arrivé si vite…

— Ça m'étonnerait que les autres gars aient réussi à les fermer…

Mince consolation, j'avoue, mais au moins tous les membres d'équipage partageaient ce fardeau. Meg lui lança son manteau et lui saisit la main :

— Viens-t'en. Il faut sortir d'ici.

Elle se retourna et l'attira vers les escaliers encombrés de gens. Je les suivis. Main dans la main, ils parcoururent la coursive en trébuchant, les jambes engourdies, en direction de la foule terrifiée qui déboulait jusqu'au bas de l'escalier, chacun essayant de s'accrocher à un dernier espoir.

Je les vois encore tous entassés dans la coursive inclinée, leurs vêtements de nuit collés aux cuisses, les pans de leurs manteaux en lainage épais alourdis par l'eau, les passagers hurlant et pleurant en cherchant frénétiquement une issue qui était hors de leur portée à cause de l'inclinaison du navire. Les lampes clignotèrent un instant comme la lampe-éclair d'un photographe, brûlant cette image à jamais dans mon esprit.

Puis l'obscurité nous engouffra.

Chapitre 21

J'entendis Meg crier mon nom devant moi et je suivis sa voix dans le noir d'encre. L'*Empress* mugit comme s'il souffrait et le plancher s'inclina davantage sous nos pieds. Le paquebot roula complètement sur le côté avec une puissance qui me projeta contre la cloison. Une lame d'eau me submergea et me couvrit le nez et la bouche. Je suffoquais et j'agitais les bras et les jambes pour trouver un appui.

Alors c'est comme ça que tout s'arrête.

Je croyais que le pont avait été complètement submergé, mais mes pieds trouvèrent un appui. Debout dans l'obscurité, je sentis l'eau atteindre ma taille. Ce n'était pas terminé, pas encore.

J'étirai les bras pour m'orienter, touchant du tapis à gauche, là il aurait dû y avoir un mur. J'entendais les voix terrorisées des passagers qui essayaient de retrouver leurs proches dans le noir. Nous avions tous perdu nos repères.

Je pensai : *le bateau est sur le côté.* Même si je ne voyais rien, je tentai de me représenter la coursive que je connaissais si bien, je l'inclinai mentalement de quatre-vingt-dix degrés et je me rendis compte que nous posions les pieds sur ce qui était le mur de droite. Je criai pour me faire entendre par-dessus les hurlements :

— Meg ! Meg, où es-tu ?

— Par ici, par ici !

Elle n'était pas loin de moi. Je me laissai guider par sa voix, mais en marchant sur ce qui était normalement le mur, une porte céda sous mes pas et je tombai dans une pièce inondée, mes jambes et mes bras heurtant les meubles qui flottaient. Terrifiée, je donnai de grands coups de pied sans savoir où se trouvait le haut. Ma main saisit un pan de tissu. *Une robe ?* Mais avant de céder à l'horreur, je reconnus les rideaux des couchettes. J'étais dans la mauvaise direction. Tentant de mater ma panique pour ne pas gaspiller ce qui me restait de souffle, je palpai le rideau jusqu'à la tringle et le rebord en bois de la couchette. Je finis par repérer le cadre de porte et, les poumons en feu, je me hissai par l'ouverture en crachant et en toussant.

— Ellie ? Ellie ?

En évitant soigneusement les portes, je parvins jusqu'à Meg. Nous pleurions cramponnées l'une à l'autre, terrorisées par tout ce que nous avions perdu et soulagées de nous être trouvées. Pensant aux escaliers, je lui dis :

— Nous sommes emprisonnées ! Oh mon Dieu, Meg, il n'y a pas de sortie ! Si nous avions fermé les hublots…

J'entendis la voix de Timothy à côté de moi :

— Les hublots !

Je le sentis se hisser et s'agripper à la cloison qui se trouvait au-dessus de nous. Je l'entendis donner des coups de pied avant que le bois cède et tombe sur nous. Puis il se laissa choir.

— Grimpe, je vais t'aider.

Il enlaça ses mains, se pencha et j'y plaçai mon pied. Il me fit la courte échelle pour me soulever, par le trou dans la cloison, jusqu'à une cabine où l'eau n'avait pas encore pénétré. Je m'accrochais à tout ce que je pouvais trouver. Meg et Timothy me suivirent. Dans l'obscurité de la cabine, à travers le hublot laissé ouvert, se détachaient des milliers d'étoiles scintillant à des millions de milles de nous. Et même si j'avais l'impression que le hublot se trouvait aussi loin, j'avançai pouce après pouce vers l'ouverture. Vers une issue.

J'atteignis enfin la fenêtre ronde et, en m'appuyant sur le rebord de la couchette, j'y glissai la tête et les bras. Le reste du corps passa avec difficulté et le cadre de métal irrita mes épaules et ma poitrine. En m'appuyant sur mes avant-bras, je finis par faire passer tout mon corps, certaine d'avoir laissé des lambeaux de peau au passage.

Épuisée et médusée par ce que je voyais, je m'étendis sur l'acier froid quelques secondes. L'*Empress* était complètement sur le côté, comme un animal mort. Il siffla et cracha son dernier souffle par ses cheminées dorées qui étaient pratiquement au niveau de l'eau. Tout le flanc droit était submergé et le gauche, ressemblait à un banc de sable noir long de cinq cent cinquante pieds que venaient lécher les vagues.

On dirait une plage, une plage d'acier. J'essayais d'imaginer un rivage parsemé de hublots. Des centaines de personnes s'étaient hissées sur la coque longue comme trois terrains de football. Certains étaient assis ; d'autres, en état de choc et grelottants titubaient dans leur pyjama en loques. Beaucoup s'accrochaient désespérément au bastingage des ponts supérieurs, comme si cela pouvait les sauver.

Meg m'appela. Je m'agenouillai pour la guider dans le passage étroit, comme une sage-femme qui voudrait la ramener à la vie. Une fois à l'air libre, elle s'effondra à côté de moi.

— Timothy… Aide Timothy…

Il avait déjà sorti la tête et le bras droit par le hublot, mais il était impossible que ses épaules passent.

— Attendez, dit-il en disparaissant à l'intérieur.

Il enleva son manteau et nous le tendit par l'ouverture. Meg l'attrapa et l'enfila par-dessus le sien.

Nous empoignâmes son bras comme si on jouait au tir à la corde et juste au moment où je crus que Timothy aurait pu se glisser, quelque chose céda et il tomba dans la cabine en poussant un cri.

— Timothy! hurla Meg.

Je la saisis par la taille pour l'empêcher de se jeter à son secours. Je n'aurais pas la force de la sortir de là à nouveau.

Les deux hautes cheminées du paquebot échappèrent un rugissement lorsque l'eau du fleuve pénétra dans leur gorge chaude jusque dans leurs entrailles. Je lançai un coup d'œil par le hublot d'où Timothy nous regardait. Debout sur le cadre de porte, il soutenait son bras droit comme s'il s'agissait d'une pile de livres.

Affolée, Meg le pria de ne pas abandonner:

— S'il te plaît, Timothy, essaie encore! Ça va marcher cette fois-ci.

En voyant son visage, je sus que c'était impossible. Nous le savions tous les deux.

Meg se laissa tomber à genoux et se pencha par le hublot:

— Je ne t'abandonnerai pas.

— Ne t'inquiète pas, Meggie, dit-il en voulant de se donner du courage. Je trouverai un autre moyen de sortir. Va tout de suite aux canots de sauvetage. Je t'y retrouverai.

Je ne voulus pas leur dire qu'il n'y avait aucune embarcation de sauvetage. Que très peu avaient été lancées à la mer et que les deux ou trois que j'apercevais s'étaient éloignées pour fuir les dangers d'un paquebot en train de couler. Pour fuir l'effet d'aspiration du courant sous-marin et le désespoir des centaines de passagers qui se débattaient dans l'eau tout autour. Des passagers qui, après avoir franchi les coursives et les escaliers pour atteindre le pont, avaient été projetés dans le fleuve lorsque l'*Empress* avait donné de la bande. Certains s'agitaient avec frénésie pour survivre. D'autres se laissaient flotter en silence, leur gilet de sauvetage blanc se détachant dans l'obscurité.

Je regardai Timothy à nouveau. Son visage pâle dans la faible lueur de la cabine était encadré par un hublot assez large pour couler un paquebot, mais assez étroit pour emprisonner les passagers. Il fit un pas et se laissa tomber par le cadre de porte dans la coursive inondée. Meg cria son nom, mais c'était inutile. Il avait disparu.

Un homme aux yeux écarquillés passa en courant devant nous. Ses pas retentissaient sur la coque en acier :

— Le bateau est échoué ! On est sauvés !

J'en doutais. Il n'y avait aucun haut-fond dans cette zone. Il n'y avait sous nos pieds que de l'eau noire et froide. Environ cent cinquante pieds de profondeur. Et même si la terre ferme ne se trouvait qu'à six milles d'un côté ou de l'autre, notre situation était aussi dramatique que si nous avions été à six cents milles de la berge.

Quelques passagers tombés dans le fleuve s'étaient hissés, ensanglantés et étourdis, sur notre plage de métal. Une femme, debout, hystérique, appelait quelqu'un qui ne lui répondait plus. L'eau atteignait nos pieds comme si la marée montait, comme si nous nous prélassions sur une grève plutôt que nous cramponner à un paquebot en train de couler. C'était surréaliste.

Je tentai d'éloigner Meg du hublot, du niveau de l'eau :

— Viens-t'en, Meg. Nous devons monter plus haut.

Nous gravîmes la coque noire en évitant les lignes de soudure et les rivets d'acier, et nous nous laissâmes tomber, trempées et grelottantes. Notre souffle s'échappait en buée dans l'air froid de la nuit. Je passai mon bras autour de Meg et nous nous serrâmes. L'eau avait déjà recouvert notre hublot et s'avançait vers nous de plus en plus. Je regardai au loin, au-delà des gens qui se noyaient, au-delà des quelques canots de sauvetage, en direction des feux du *Storstad* qui scintillaient dans le brouillard qui se levait. Je me demandai combien de temps il mettrait à revenir.

Et si nous allions être encore en vie quand il arriverait.

Chapitre 22

2 h 10 du matin

Nous étions assises depuis quelques minutes. Le *Storstad* ne semblait pas plus
proche, mais je voyais bien que la coque
de l'*Empress* sombrerait rapidement et que notre temps
était compté. Un cadavre flottait, tête en bas, près de nous.
Je quittai notre perchoir pour enlever le gilet de sauvetage
qui n'était plus d'aucune utilité pour le pauvre homme.
J'évitai de regarder son visage et l'eau qui l'avalait peu
à peu. Je ne pouvais rien pour lui. Je me retournai et, la
veste à la main, je gravis sur la coque glissante les quelques
pieds qui me séparaient de Meg. Nous n'avions qu'un gilet
pour les deux, mais c'était mieux que pour la plupart des
victimes. Nous étions jeunes et indemnes. Nous avions
l'espoir de revoir nos hommes. Cela pourrait suffire à nous
maintenir à flot, à nous permettre de continuer. Peut-être.

J'attachai la ceinture du gilet autour de mon poignet
droit et je demandai à Meg de faire comme moi :

— Il va falloir se rendre à la nage.

Elle me regarda, terrorisée.

Je pointai le *Storstad* du doigt et lui mentis :

— Ce n'est pas loin. On peut y arriver. N'abandonne pas et agite tes jambes.

Mais avant que l'on ait pu se jeter à l'eau, la coque disparut sous nos pieds. Quatorze minutes à peine après avoir été frappé, l'*Empress* s'abîmait dans le fleuve en cherchant à nous emporter avec lui. Un long cri s'éleva comme celui de la foule assistant à une partie de rugby, lorsque les sept cents passagers agrippés à la coque se sentirent entraînés dans les flots. L'eau nous aspira et nous secoua, nous projeta violemment comme des poupées de chiffon au milieu des débris de métal et de bois. Elle nous attira de plus en plus profondément jusqu'au point où je crus que mes poumons allaient exploser. Je n'avais aucune idée de l'endroit où se trouvait la surface, puisque mon bras droit me tirait vers l'avant. J'avais perdu espoir lorsque tout à coup ma tête remonta à l'air libre, et je pus reprendre mon souffle. Meg émergea à côté de moi en toussant. Des corps flottaient autour de nous. Les naufragés qui vivaient encore se débattaient et tentaient de s'accrocher à n'importe qui ou à n'importe quoi à leur portée. Certains demeuraient à flot en s'agrippant aux morts. D'autres périrent en essayant de se défaire de l'étreinte désespérée d'un étranger en train de se noyer. Un moustachu s'agitait à côté de moi. Sa main saisit fermement mon collet et m'entraîna sous l'eau quelques fois. Je lâchai le gilet, je plongeai sous l'eau et je réussis à me débarrasser de lui en enlevant mon manteau. Je finis par remonter à la surface en crachant.

— Bouge tes jambes ! criai-je à Meg entre deux inspirations tandis que j'attrapais la lanière du gilet.

Il fallait que nous nous éloignions de ces malheureux. Soudainement, venues des profondeurs sombres, deux mains saisirent ma cheville et mon mollet. Je me débattis et donnai des coups de pied pour me libérer, mais les mains m'agrippèrent avec plus de force, elles me meurtrissaient et m'égratignaient en m'entraînant vers une mort certaine.

Je ne voulais pas que ces mains emportent Meg avec moi. Je lâchai à nouveau la ceinture du gilet de sauvetage et je calai. Mes poumons brûlaient, mes jambes battaient avec moins d'énergie et au moment même où j'étais sur le point de couler, les mains inconnues me lâchèrent.

Je remontai à la surface encore une fois, épuisée, et je saisis la lanière, mais mes doigts engourdis ne parvenaient pas à la tenir. On voyait encore des morceaux de glace dériver sur le Saint-Laurent à cette époque-ci, même en mai. La température devait être sous le point de congélation. Meg enleva son poids du gilet, constitué de deux pans de six blocs de liège. C'était la seule chose qui nous permettait de flotter, mais il ne pouvait pas nous porter toutes les deux à la fois. Elle le poussa vers moi.

Je voulus protester, insister pour qu'elle reste dessus. Même si j'étais la plus forte des deux, je parvenais à peine à reprendre mon souffle. Le *Storstad* semblait immobile au loin, à un ou deux milles de nous. Je laissai retomber ma tête. Nous n'y arriverions pas. On entendait encore quelques voix dans la nuit, mais de moins en moins. Peut-être les victimes essayaient-elles de conserver le peu d'énergie qui leur restait. Peut-être n'en avaient-elles plus du tout.

Meg et moi prenions du répit en nous laissant flotter à tour de rôle sur le gilet tandis que l'autre nageait à côté en tenant la ceinture. Au moins, nous bougions. Nous avions l'impression de faire quelque chose. Cela nous distinguait des cadavres qui flottaient au gré du courant. On aurait dit que tout un village s'était noyé. J'ignore combien de temps nous nous sommes débattues dans l'eau. Le froid engourdissait nos membres et le désespoir engourdissait notre cœur. En regardant Meg, je compris qu'elle ne voulait plus se battre. Je tendais le bras vers elle lorsque je vis son visage tomber dans l'eau.

— Meg, les canots de sauvetage… Tiens bon.

Je la tirai vers moi et le gilet s'enfonça sous le poids de nos deux corps. Toutes les deux nous cherchions à reprendre notre souffle, toutes les deux nous étouffions.

— Passe ton bras dans l'encolure du gilet et laisse-toi flotter sur le dos, lui dis-je en toussant.

Mais ses forces l'avaient abandonnée. Le poids des deux manteaux, le sien et celui de Timothy, l'entraînait vers le fond, et nous n'avions ni l'une ni l'autre l'énergie de les enlever.

Elle s'enfonça à nouveau.

— Je ne peux plus, dit-elle quand elle remonta à la surface. Je n'ai plus de force, Ellie.

— N'abandonne pas !

— J'ai promis à ta tante que je prendrais soin de toi, me dit-elle en haletant, et que je ne te dirais jamais la vérité. Mais je vais tenir seulement une des deux promesses. Prends ça.

En disant cela, elle s'éloigna de moi, du gilet, de ce qui aurait pu la sauver.

Je tendis le bras vers elle, j'empoignai le col du manteau de mes doigts affaiblis. Elle m'échappait.

— Meg… non… je ne peux pas te retenir.

Dans un ultime effort, elle ouvrit la bouche et bredouilla :

— Barnardo.

Puis sa tête s'enfonça pour la dernière fois.

Chapitre 23

Ça aurait dû être Meg. C'est à elle qu'on aurait dû tendre une rame pour la tirer hors de l'eau. C'est elle qu'on aurait dû hisser avec une élingue le long du flanc du *Storstad*. Tant que je vivrai, je ne comprendrai jamais pourquoi ce fut moi.

Je tremblais autant à cause du choc qu'à cause de l'hypothermie lorsque madame Andersen me couvrit d'une longue chemise. Je ne m'étais pas rendu compte que j'étais presque nue. La plupart d'entre nous étaient recroquevillés dans des loques humides, ce qui restait des vêtements que nous avions enfilés à la hâte : des nuisettes et des pyjamas légers qui s'étaient déchirés dans notre fuite, dans notre lutte. Les premiers survivants recueillis par le *Storstad* portaient les vêtements de rechange des trente-six membres d'équipage. Le petit charbonnier n'était pas équipé pour accueillir des passagers, encore moins les centaines de rescapés qu'il reçut à son bord. Au fur et à mesure que les victimes étaient hissées dans son navire, le capitaine Andersen et sa femme les habillaient dans ce qu'ils pouvaient trouver : des nappes, des taies d'oreillers et des rideaux. Un rescapé s'était même enveloppé de feuilles de papier journal. Tous les moyens étaient bons pour nous réchauffer.

Madame Andersen frictionna mes bras engourdis par-dessus la chemise de flanelle, puis elle mit entre mes mains gelées une tasse de whiskey, mais je ne sentis absolument rien. Je ne voulais plus jamais rien sentir. Elle me prit les mains et me força à avaler :

— Bois ça.

L'alcool me brûlait le gosier en s'y frayant un chemin.

— Ellie ?

Je clignai des yeux et le visage de mon interlocuteur devint plus clair. Ce n'était pas Jim, mais Le docteur Grant. Il ne portait qu'un pantalon trop grand pour lui qu'il avait attaché avec un bout de ficelle. Il dit, en posant délicatement sa main sur mon épaule :

— Êtes-vous blessée ?

Mes membres rougis me picotaient et me faisaient mal en dégelant. J'étais lacérée, meurtrie et contusionnée, mais vivante. Je secouai la tête. Il ajouta :

— Si vous en êtes capable, j'aurais bien besoin de votre aide.

La voix de Kendall retentit tandis qu'il se dirigeait vers le capitaine Andersen :

— Êtes-vous le maître de ce navire ? Vous avez coulé mon paquebot ! Vous alliez tout droit à pleine vitesse malgré le brouillard dense !

Le capitaine Kendall s'emportait avec raison. Le docteur Grant s'interposa pour le retenir.

Indigné par cette accusation sans fondement, le capitaine du *Storstad* lâcha :

— Non, je n'allais pas à pleine vitesse. C'est vous qui alliez trop vite !

Deux matelots séparèrent les hommes, et le capitaine Kendall s'éloigna en boitant, soutenu par le médecin. Son bateau gisait au fond du Saint-Laurent, avec les deux tiers de ses passagers et de son équipage. Le pire des cauchemars pour le maître d'un navire.

— Pourquoi ils ne m'ont pas laissé me noyer ? gémit le capitaine. Pourquoi ?

Il exprimait la douleur que tant de nous ressentions. Il posait la question à laquelle personne ne nous répondrait jamais.

L'équipage du *Storstad* et quelques passagers valides aidaient encore les survivants à monter à bord. Nous étions presque cinq cents. La plupart, comme moi, en état de choc. Beaucoup souffraient de fractures et de plaies. Il fallut en retenir quelques-uns qui avaient complètement perdu la raison et voulaient sauter par-dessus bord pour aller rejoindre ceux dont ils criaient les noms. Le docteur Grant travailla sans relâche, avec moi à ses côtés, pour éclisser des membres, bander des blessures, étancher le sang, redonner la vie à ceux qui semblaient morts. Une vingtaine moururent après avoir été rescapés, mais aucun médecin n'aurait pu faire quoi que ce fût pour eux. Et lorsque les quelques canots de sauvetage de l'*Empress* et du *Storstad* repartirent une troisième fois à la recherche de survivants flottant au milieu des débris, ils ne trouvèrent que des cadavres, des centaines de cadavres.

3 h 15 du matin

L'*Eureka* arriva près de trois quarts d'heure après le signal de détresse lancé par l'*Empress,* suivi du *Lady Evelyn.* Ils quadrillèrent le fleuve et finirent par retrouver cinq de nos membres d'équipage cramponnés sur un canot retourné. Et beaucoup plus de morts.

Nous savions que le bilan des victimes serait bien plus élevé. Combien d'autres comme Timothy avaient sombré avec le navire, emprisonnés dans les coursives inondées ? Je n'avais revu ni Gwen, ni Kate, ni madame Jones, ni Gaade. S'en étaient-ils sortis ? Et qu'était-il arrivé à tous ces passagers qui s'étaient noyés dans leur sommeil ? Là où ils se trouvaient, ils dormaient pour l'éternité.

Et Jim ? Et Meg ?

Il ne fallait pas que je me laisse emporter là-bas. Je ne pouvais pas.

Grelottante, je me consacrai au soin des blessés. J'étais reconnaissante au docteur Grant de me garder concentrée sur les rescapés, d'aider ceux que je pouvais.

À l'aube, tous les passagers de l'*Empress* repêchés dans les eaux du fleuve, les vivants comme les morts, avaient été hissés à bord des deux autres bateaux à vapeur pour être transportés à Rimouski, la ville la plus proche.

Appuyée au bastingage du *Lady Evelyn,* je regardai une dernière fois le *Storstad* qui s'apprêtait à reprendre sa route en amont. Dans la lumière de l'aurore, sa proue me parut beaucoup plus petite que lorsque je l'avais vue surgir du brouillard. Sa coque d'acier était froissée, tordue du côté bâbord et enfoncée. Des débris de l'*Empress* étaient encore coincés, comme du sang sur une lame meurtrière. Les matelots avaient disposé les cadavres en longues rangées sur le pont des deux vapeurs. Mon regard effleura les centaines de morts, mais je ne m'attardai pas.

Ils ne sont pas parmi eux. C'est impossible.

Je n'avais vu ni l'un ni l'autre à bord du *Storstad* lorsque j'assistais Le docteur Grant. Il y avait peu de chances que Jim ou Meg aient survécu, mais il était encore plus absurde d'accepter leur disparition.

L'*Eureka* et le *Lady Evelyn* accélérèrent. Je me mêlai à la foule des rescapés le long du bastingage. Nous grelottions dans le vent glacial, blottis, accrochés à l'espoir que les êtres aimés que nous avions perdus faisaient la même chose sur l'autre petit bateau à vapeur.

Chapitre 24

— *B*uvez ceci.

Steele me tendit un verre en cristal rempli d'un liquide ambré. Du whiskey, je crois. La réserve personnelle de tante Géraldine. Il l'avait probablement trouvée dans le buffet où elle conservait sa belle verrerie à motif «pinwheel». Je ne m'étais même pas rendu compte qu'il s'était levé. Les souvenirs m'avaient envahie à un point tel que je fus surprise de constater que mes vêtements étaient secs. Je portai le verre à mes lèvres en le tenant à deux mains pour mater mon tremblement et je bus une gorgée. Un truc horrible, comme celui que madame Andersen m'avait servi, mais sa chaleur pénétra dans tout mon corps. Je sentais battre mon cœur dans mes oreilles, comme si j'avais couru dix milles.

— Ça va mieux?

Je hochai la tête.

Lui-même n'avait rien pris. Il ne toucha pas à son calepin.

Je fis tourner le liquide dans mon verre et bus une autre gorgée.

— Cette nuit-là, je les ai vus pour la dernière fois, Meg et Jim.

J'avais assisté au dernier soupir de Meg, j'avais entendu son dernier mot, même si je n'avais aucune idée de ce que «Barnardo» voulait dire. À ma connaissance, il n'y avait aucun passager portant ce nom à bord. Raconter ces moments que nous avions vécus ensemble me mit face à l'horrible réalité : Meg était morte. Je le savais au fond de mon cœur. L'espoir s'était transformé en chagrin.

Mais Jim était fort. Il était en pleine forme cette nuit-là, juste avant. Je voulais que Steele m'annonce qu'il l'avait vu depuis. Qu'il avait appris quelque chose de plus. Mais il ne dit rien. Je murmurai d'une voix à peine audible :

— C'est étrange, on ne sait jamais que c'est la dernière fois… avant qu'il soit trop tard. C'est la même chose pour ma tante. J'ignorais qu'elle était malade. Je ne me rappelle pas ce que je lui ai dit la dernière fois que je l'ai vue. En fait, je ne sais même pas ce que je lui aurais dit…

Je fis une pause et hochai la tête :

— Mais les paroles que je n'aurais jamais dû prononcer, ça, je m'en souviendrai toujours.

Nous restâmes silencieux quelques minutes.

— J'ai fait des entrevues pour beaucoup d'histoires tristes au fil des ans et elles m'ont appris une chose, Mademoiselle Ellen : le remords est un chien insatiable. Peu importe à quel point on regrette quelque chose, cela ne suffit jamais et plus on alimente le regret, plus le regret a faim.

Il s'exprimait comme un homme qui savait d'expérience de quoi il parlait. Je me demandai quelle était son histoire.

— À mon avis, poursuivit-il, une carte posée est une carte jouée. Ça ne sert à rien d'essayer d'anticiper ce qu'on veut faire. On fait de son mieux avec les cartes qu'on a en main. Et parfois, on prend des décisions stupides. Et, oui, on a parfois une très mauvaise main, tellement sinistre que l'on veut seulement abandonner.

Le ridicule, la futilité de son exemple, me frappa :

— Attendez : êtes-vous en train de comparer ma vie à une partie de poker ?

Il se pencha, les coudes sur les genoux :

— Je pense seulement qu'il faut continuer à jouer, vous comprenez ? On est encore de la partie. Qui sait quelles cartes on recevra au prochain tour ?

Son optimisme me sembla légèrement forcé et je me demandai s'il se donnait un conseil à lui-même plutôt qu'à moi. J'étais curieuse :

— Que regrettez-vous ?

La question le prit au dépourvu et je vis l'ombre d'une réponse affleurer dans son regard.

— Il ne s'agit pas de moi…

— Je vous le demande. Alors, ça vous concerne.

Il détourna les yeux quelques secondes puis, avec détermination me semble-t-il, il se rassit dans son fauteuil. Il me fixa :

— Rien, je ne regrette rien.

Pendant un instant, je l'examinai. Je scrutais son menton saillant, l'éclat dans ses yeux :

— Vous bluffez.

Il sourit vaguement et je compris que j'avais visé juste.

— Vous tenez vos cartes très près de vous, Monsieur Steele. C'est toujours vous qui posez les questions. Vous ne révélez jamais rien. Mais je parie que votre histoire est aussi tragique que toutes les interviews que vous avez faites. J'ai lu vos articles.

Cet homme rédigeait des descriptions avec beaucoup de détails, mais aussi avec beaucoup de passion. Il saisissait le cœur du propos en quelques mots. Même s'il jouait le rôle du reporter objectif, du journaliste froid et détaché, je savais que ce n'était pas vraiment sa nature. J'ajoutai :

— Personne ne pourrait écrire comme vous le faites sans *sentir* profondément les choses.

— Je suis peut-être un auteur très talentueux.

— Peut-être, mais j'en doute.

Je bus ma dernière gorgée et déposai le verre sur la table basse en acajou.

Son sourire en coin s'étendit à ses joues, lui donnant presque un air timide, comme un petit polisson surpris à faire quelque chose de bien.

— Vous avez un don avec les mots, Mademoiselle Ellen. Je ne sais pas si vous m'adressez une insulte ou un compliment.

— Tout dépend : selon vous, la compassion est-elle un défaut ou une vertu ?

Je fis une pause avant de demander ce que je voulais vraiment savoir :

— Vous souciez-vous des gens dans la vie ou bien sommes-nous simplement de la matière à article pour vous ?

Ma question sembla l'avoir piqué au vif, mais au bout d'un instant il me répondit avec franchise :

— Je rapporte la vérité. Les faits. J'ai appris il y a longtemps à ne pas mêler mes sentiments à tout cela. Si ma mère m'a enseigné une chose avant de partir, c'est bien celle-là.

Il se pencha pour fouiller dans son sac et mettre fin à cette conversation. En le voyant sortir le journal de Jim, j'espérais que, étant donné tout ce que je lui avais dit au sujet du naufrage et du sauvetage, il m'en déchirerait quelques pages de plus. Je lui avais raconté mon histoire. Il me devait davantage que quelques lignes écrites par Jim. Il me remit le calepin.

Je le regardai, émerveillée :

— Au complet ?

— Vous l'avez mérité, dit-il en haussant les épaules.

Mon cœur battait la chamade.

Le journal intime de Jim.

Je caressai la couverture de cuir usée et endommagée par l'eau, et je tirai le ruban rouge au bord effiloché qui marquait la page. J'allais enfin connaître l'histoire de Jim.

Le dos du carnet craqua quand je l'ouvris pour lire les premières pages. Malheureusement, le texte était illisible, trop abîmé par l'eau du fleuve pour être lu. Je tournai la suivante, puis celle d'après et l'autre encore, pour me rendre compte que l'encre était complètement délavée. On distinguait à certains endroits près de la reliure quelques mots provenant des pages déchirées par Steele. Je fermai le calepin, bouleversée. Chacune des pages jaunies était soit illisible soit vierge. Je caressai du doigt les lignes d'encre pâlie et de mine effacée. Des fantômes de Jim. Ses mots perdus à jamais. Je n'obtiendrais aucune réponse. Je lançai un regard furieux à Steele:

— Vous le saviez! Tout ce temps-là, vous saviez qu'il n'y avait rien d'autre à lire et pourtant, vous m'avez incitée à aller jusqu'au bout avec mon récit. Comment osez-vous me tromper de la sorte? Vous avez abusé de moi!

Ma lèvre tremblait. C'était fini pour moi, pour Steele, pour l'espoir, pour tout cela. Frustrée, je lui lançai le calepin qui heurta sa poitrine avant de tomber au sol.

Il parut découragé:

— Je vous avais promis le journal, et vous l'avez maintenant.

— Espèce de salaud!

Je me levai et posai mes deux mains sur le manteau de la cheminée. J'avais peine à respirer. J'avais l'impression d'avoir perdu Jim encore une fois. Je fermai les yeux et je m'agrippai à la tablette de bois en prenant de longues inspirations. Je me forçai à lui parler:

— L'avez-vous... L'avez-vous vu, Jim? Son corps, je veux dire.

Mon cœur battait à tout rompre pendant que j'attendais sa réponse en silence.

— Non.

Je laissai échapper mon souffle que j'ignorais avoir retenu.

J'entendis la voix de Steele derrière moi:

— J'ai vérifié et contre-vérifié mes sources. Son nom ne figure sur aucune des listes de morts. Mais vous devez savoir, Mademoiselle Ellen, que beaucoup de victimes n'ont jamais été identifiées.

— On me l'a dit, murmurai-je.

— Vous pensez que je n'ai pas de cœur, que je suis seulement en quête d'une bonne histoire. Mais ce n'est pas le cas.

Il fit une pause et ajouta d'une voix distante :

— Je les ai vus.

Je me retournai vers lui qui regardait fixement le feu. Je compris qu'il revivait ses souvenirs. Il dit :

— Le *Times* m'a dépêché pour être les yeux du monde. Alors je suis allé et j'ai tout observé. Dans le hangar à Rimouski, puis à Québec au quai 27. J'ai marché entre les longues rangées de cercueils ouverts. J'ai regardé chaque corps meurtri, à demi nu, gonflé, disloqué, dans sa boîte en pin. Chacun était identifié par un numéro écrit sur un bout de papier déposé sur la poitrine. Des hommes, des femmes, des enfants. Ils n'étaient qu'un numéro, jusqu'à ce qu'un être aimé vienne les réclamer. Beaucoup ne l'ont jamais été.

Il racontait tout cela le regard fixe. Je devinais que ces images accaparaient sa mémoire.

— Il y avait tant de mères, des cadavres qui tenaient encore leurs bébés. J'ai vu ce que personne ne devrait jamais voir, ajouta-t-il en fermant les yeux.

Je n'avais pas lu cela dans son article sur Rimouski. Il n'avait pas mentionné ces détails. Après tout, il y avait peut-être un peu d'humanité en lui.

Il se tourna vers moi. Son regard revenait lentement au moment présent. Je lui dis :

— Je les ai vus, moi aussi. Dans l'eau ou allongés sur le pont du bateau à vapeur. Seigneur, Steele, je les *connaissais*, moi. Je leur ai servi le thé. Je travaillais avec eux. Je vivais avec eux. J'ai rigolé avec eux.

Kate, Gwen, madame Jones, Gaade, Timothy... Tous morts.

— Ils étaient mes amis, ajoutai-je d'une voix étranglée.

Je n'avais pas pénétré dans la morgue de fortune aménagée à Québec dans un hangar sur le quai 27 pour permettre aux proches des victimes d'identifier les dépouilles. J'en avais été incapable. Ce jour-là, tout près, j'avais entendu deux hommes se disputer à la porte pour le cadavre d'un enfant. Je me rappelle avoir pensé : *Comment osez-vous ?*

Mais j'avais fini par comprendre. Chaque père voulait qu'il s'agisse de son fils parce qu'il aurait au moins la chance de lui faire ses adieux. Et celui qui ne trouvait pas de corps à veiller n'avait plus rien, que des interrogations et une peine immense.

— Il faut que je sache ce qui lui est arrivé. Vous m'avez promis de me révéler son histoire et vous me donnez ça, dis-je en faisant un geste vers le calepin au pied de son fauteuil.

— Je pense que ce sera tout pour aujourd'hui, dit-il en se levant. ù

Je me dirigeai vers la porte de la salle à manger, je l'ouvris et je lui lançai avec mépris :

— Pour *aujourd'hui* ? Ce sera tout, point final.

Il vint me rejoindre lentement, s'arrêta devant moi et me dit en mettant son sac sur l'é ùpaule :

— Pas tout à fait. Vous ne m'avez toujours pas révélé pourquoi vous étiez sur ce paquebot. Vous ne m'avez pas encore tout raconté.

Il avait du culot. Comme si j'allais lui dévoiler tous mes secrets. Ce que j'avais fait. Où on m'avait exilée. L'étendue de ma perte. Le menton levé, je lui demandai :

— Pourquoi est-ce que je devrais vous en dire davantage ? J'ai son journal, après tout.

— Et moi, je connais l'histoire de l'homme qui me l'a donné : William Sampson, le chef mécanicien. Je sais ce qui est arrivé à Jim cette nuit-là.

Chapitre 25

— Voulez-vous autre chose, Mademoiselle? me demanda Lily en déposant le plateau à côté de moi.

Je n'avais aucun appétit et malgré mes protestations, Bates avait insisté pour qu'elle me serve le thé après le départ de Steele.

J'en voulais énormément à Steele de m'avoir manipulée avec le journal, d'avoir retenu de l'information. Mais j'agissais de la même façon. Est-ce que nous ne nous leurrions pas mutuellement pour obtenir ce que nous voulions? Steele et moi nous ressemblions davantage que je ne l'admettais. Je ne tenais pas à le revoir, mais, à vrai dire, il le fallait pour finir par apprendre ce qu'il savait au sujet de Jim. Il m'avait informée qu'il serait de retour trois jours plus tard pour poursuivre l'entrevue.

Je ramassai le carnet de Jim tombé par terre et je tripotai distraitement le ruban. Quelle injustice! J'avais tout révélé à Steele, mais ce calepin ne me disait rien de plus, ne me donnait aucun indice pour trouver une réponse aux nombreuses interrogations que j'avais sur Jim. Entre autres, non seulement s'il avait survécu, mais s'il avait aimé. Avait-il eu une autre femme dans sa vie? Est-ce que j'avais représenté quelque chose pour lui? J'en avais eu l'impression quand nous étions ensemble, mais peut-être parce que je le souhaitais. Peut-être était-ce seulement mon propre souvenir.

Jim était comme la marée: irrésistible. De son seul regard, il se lançait sur moi avec puissance et intensité. Pourtant, au moment où j'allais céder ou exprimer les émotions qu'il avait éveillées en moi, je sentais qu'il se retirait. Qu'il se repliait à nouveau au plus profond de son être. Avec lui, je ne sus jamais si j'entrais dans sa vie ou si j'en sortais. Et même lorsqu'il avait semblé s'isoler, lors de ces soirées où il n'avait pas ouvert la bouche, son besoin silencieux d'être avec moi m'avait attirée violemment et avait menacé de m'emporter, comme le reflux.

Je tirai sur le ruban et je fus surprise de constater qu'il était coincé entre deux pages. Curieuse, je glissai mon pouce pour les décoller soigneusement. Elles se déchirèrent légèrement et le carnet s'ouvrit à l'endroit marqué par le ruban. Sur chaque feuille restaient collés des lambeaux de la page opposée, mais je pus distinguer les mots de Jim aussi nettement que la nuit où il les avait écrits. La nuit où il se tenait dans la lumière brumeuse, perdu dans ses mots. La dernière nuit où je le vis.

Le 28 mai 1914
Il faut que je lui dise la vérité. Je ne peux plus la lui cacher. Cela me terrorise, c'est vrai, parce que quand je lui parlerai, je risque de la perdre.

Qu'est-ce que je ferai si elle ne veut plus rien savoir de moi? Je ne pense pas que je pourrais vivre avec ça.

Mais je ne peux plus vivre avec ce secret entre nous.

Je fis une pause et je levai les yeux, le cœur battant.
Alors nous y sommes. Il va lui dire la vérité.
Je me demandais qui elle était. Quel était le sombre secret de Jim…
Est-ce que c'était moi, *son secret?*

Ses sentiments profonds pour moi se concluaient toujours par un accès de culpabilité. Comme s'il s'en voulait d'être à mes côtés. Je déposai le carnet à l'envers sur la desserte et je me levai. J'arpentai la pièce en me frottant les tempes avec la paume des mains.

Est-ce qu'il ne serait pas préférable que je me souvienne de nous comme c'était ?

Je jetai un coup d'œil au calepin.

Est-ce qu'il ne serait pas préférable d'avoir des questions plutôt que d'avoir des réponses que je ne souhaite pas connaître ?

Non.

Je pris le carnet et je le retournai. Je me mis à le lire en me mordillant l'ongle du pouce.

Je sais qu'elle se doute de quelque chose. Comment en serait-il autrement ? Je me suis comporté en vrai fou. Mon humeur changeante. Chaud et froid. Je n'arrête pas de me dire qu'elle mérite mieux que moi. Mais ses yeux ! Sa façon de me regarder – de regarder en moi – me fait ressentir quelque chose de nouveau. Une sensation de calme. De l'espoir. Elle est mon ancre. Elle me retient quand je me sens désarçonné et écartelé. Elle est le phare qui me guide vers chez moi.

Écoute-moi donc aller ! Elle me transforme en foutu poète !

Je ne pense qu'à elle depuis que je l'ai vue la première fois. Tout ce que je souhaite, c'est être à ses côtés. Pour entendre sa voix. Pour sentir ses mains sur moi. Je veux la tenir dans mes bras et la protéger.

Je l'aime.

C'est ça, la vérité. Je l'aime, pour de vrai.

Et puis après, espèce de grande gueule de bon à rien. Tu l'aimes, et puis après ? Qu'est-ce que ça change ? Elle ne t'aimera pas.

Pas quand elle saura tout ce que tu as fait.

Non, je ne la mérite pas et elle, elle mérite beaucoup mieux que moi. Quelqu'un qui la traitera comme la fille bien qu'elle est. Quelqu'un qui lui permettra de mener la vie que le salaire d'un chauffeur ne pourra jamais lui payer. Qu'est-ce que j'ai à lui offrir, hein ?

Rien, rien du tout.

1 h 30 du matin

Je n'arrive pas à dormir. Encore. J'ai pensé à aller prendre l'air sur le pont. Je vais peut-être me calmer avec une cigarette ou deux. Mais ce soir, ce n'est pas à cause des cauchemars. J'ai enfin pris une décision. Je sais ce que je dois faire et, avec l'aide de Dieu, je vais le faire.

Dès que nous serons amarrés à Liverpool, j'irai la voir et je lui dirai la vérité. Tous mes sombres secrets inavouables. Et si elle veut encore me regarder – mais je ne peux pas la blâmer si elle ne peut pas —, je vais aller récupérer mon salaire et j'irai chez Boland pour lui acheter une bague. Je vais lui demander si elle veut bien de moi. Je vais le faire.

La dernière nuit, il m'avait demandé pardon. Mais pourquoi? Parce qu'il m'avait abandonnée à Québec? Parce qu'il s'était comporté en abruti? Ou à cause de ce qu'il était sur le point de me dire?

Je touchai mes lèvres et je me rappelai la passion de notre premier baiser. Le feu. La sensation.

S'agissait-il d'un baiser d'adieu ?

Je refermai le carnet et je le déposai sur le manteau de la cheminée. Peu importaient ses intentions, notre premier baiser avait aussi été le dernier.

Chapitre 26

Le lendemain, Bates m'emmena faire un tour en voiture. Il me dit que j'avais besoin de sortir, que le grand air me ferait le plus grand bien. Je dus admettre que je me sentais beaucoup mieux après. L'air marin me produit le même effet chaque fois. Ça récure l'âme, selon Maman. Je comprends pourquoi elle aimait venir passer le mois de juillet à Liverpool il y a longtemps. C'est charmant à cette époque de l'année avec les jardins en fleurs et le soleil qui scintille sur la mer. Nous allâmes au port et nous descendîmes au marché où les femmes des fermiers et les pêcheurs vendaient leurs produits à la criée d'une voix rauque, comme s'ils étaient eux-mêmes des oiseaux marins.

Bates chargea nos paniers dans le coffre de l'automobile et proposa :

— Allons nous promener dans le parc, Mademoiselle.

Je hochai la tête.

L'allée serpentait à travers des jardins luxuriants en contournant les statues et les fontaines. Ce lieu transpirait la sérénité. Une oasis verte cachée au cœur de la ville animée.

Je levai les yeux vers la voûte de branches et de feuilles. Je n'étais jamais allée là avec ma tante, mais l'endroit me semblait familier. Je lui demandai :

— Est-ce que tante Géraldine connaissait cet endroit ?

Il hésita :

— Elle… Elle n'aimait pas beaucoup sortir.

— C'est étrange, hein Bates ? Elle écrivait des aventures extraordinaires qui se passaient à l'autre bout du monde, mais elle ne se rendait même pas au parc à quelques rues de chez elle. Elle ne sortait pratiquement jamais de son cabinet.

Il hocha la tête en soupirant.

Le sentier longeait un étang lové dans la pelouse verte comme un gros œuf bleu, puis gravissait la crête d'une petite colline. Un bateau en papier filait sur l'eau, poussé par la brise estivale. Je sortis de l'allée pour m'approcher du bord de l'eau, les pieds enfoncés dans le gazon touffu.

— Je suis déjà venue ici.

Et je me souvenais, même si j'étais beaucoup plus jeune, d'avoir été à cet endroit exact. Je me rappelai un pique-nique disposé sur une couverture à carreaux, sur le flanc de la colline devant moi. Je revoyais Maman là-bas, sous le chêne, qui riait en voyant l'état de ma jupe trempée. Je murmurai :

— Ma mère m'emmenait ici l'été quand nous venions à Liverpool. J'étais très jeune. Avant qu'elle tombe malade. Avant que Père me chasse.

— Ma Meggie adorait cet endroit, dit Bates en me rejoignant au bord de l'étang. On venait souvent ensemble quand elle était jeune. Elle voulait toujours nourrir les canards.

Il sortit un petit sac de papier de sa poche et l'ouvrit. Des miettes de pain. Il en lança une poignée sur l'eau et un canard colvert à la tête couleur émeraude nagea à toute vitesse pour venir les avaler avec son bec arrondi. Il en lança une autre poignée avec le geste d'un semeur. Il renifla :

— Même quand elle était enfant, elle avait bon cœur, oh ça oui. Elle s'inquiétait toujours pour tout le monde.

Bates ne se doutait pas à quel point il disait vrai. Je me demandai si je devais lui révéler qu'elle m'avait donné son gilet de sauvetage. Que j'étais tout près d'elle quand elle s'était noyée. Qu'elle s'était sacrifiée pour moi.

Il sortit un mouchoir de la taille d'une petite nappe et se moucha avec deux grands bruits de klaxon, puis il s'essuya rapidement les deux narines avant de le remettre dans sa poche.

— Vous ne m'avez jamais posé de questions sur... cette nuit-là. Voulez-vous savoir pour Meg?

J'hésitais. J'ignorais comment procéder. Et même si je devais lui raconter tout ça. J'observais la surface de l'eau, la façon dont les ondulations renvoyaient une image distordue.

Il haussa les épaules et me dit avec mélancolie :

— Ça ne me la ramènerait pas, hein?

— Non.

Il jeta le reste de pain sur la berge et chiffonna le sac avant de le remettre dans sa poche. Il se frotta les mains et s'éclaircit la gorge :

— Alors inutile de me remplir la tête avec des images de sa mort. Je préfère me souvenir de la façon dont elle vivait. C'est ça qu'elle aurait voulu, ma Meggie. Vous ne croyez pas, Mademoiselle?

— Oui.

Bates avait raison : c'est ce que tout le monde souhaiterait.

J'avais survécu grâce à Meg. Mais à quel prix? À quoi bon? C'est elle qui méritait d'être ici, pas moi. Non, les eaux ne m'avaient pas avalée cette nuit-là, mais je me noyais dans le sentiment de culpabilité du survivant.

Bates me laissa au parc. Je m'assis sur le banc qui donnait sur l'étang et la pelouse ondulante derrière. Il allait revenir une heure plus tard et, pour être honnête, je redoutais de me retrouver claquemurée dans la grande maison vide sans rien à faire d'autre qu'écouter le tic-tac de l'horloge. Deux jeunes garçons en short riaient en tirant un cerf-volant derrière eux. Le losange rouge rebondissait et s'affalait au sol. Le vent était tombé, mais pas leur plaisir. Je souris et tournai mon visage vers le soleil. Je fermai les yeux quelques instants.

Une ombre passa près de moi.

— Belle journée, n'est-ce pas ?

En ouvrant les paupières, je découvris Steele debout devant moi, un sourire au coin des lèvres.

— *C'était* une belle journée.

— Oh, allez ! Ne le prenez pas comme ça !

Il s'assit à côté de moi sans attendre mon invitation.

Je lui jetai un regard furibond. Je lui en voulais encore d'avoir joué avec moi, de me cacher ce qu'il savait sur Jim, même si j'étais réticente à raconter mon histoire.

— Vous n'avez rien de mieux à faire ?

— À vrai dire, non, répondit-il en croisant les bras et en étirant ses longues jambes.

— Alors vous me suivez maintenant ?

— Non, ma pension se trouve juste de l'autre côté de la rue. Je viens ici tout le temps.

Je levai les yeux au ciel :

— Allons donc. Je doute que vous soyez déjà…

— Wyatt ! crièrent les petits garçons en déboulant vers nous, les yeux brillants. Pourriez-vous nous tenir le cerf-volant encore une fois ?

Il me regarda d'un air suffisant :

— Vous disiez ?

Je serrai les mâchoires. Est-ce que je serais un jour libérée de cet homme insupportable ?

Le plus jeune des garçons remit le cerf-volant à Steele et tous trois partirent en courant. Comme s'il attendait ce moment, le vent se leva et ébouriffa Steele qui s'arrêta et se retourna. Avec son sourire niais et ses cheveux emmêlés, il ressemblait lui-même à un grand enfant. Il cria ses instructions aux garçons et souleva le cerf-volant au-dessus de sa tête.

— C'est bon les gars, à trois. Un, deux…

Au compte de trois, les garçons partirent en courant, suivis de Steele qui s'efforçait de garder le fil bien tendu. Il bougeait avec la puissance, l'élégance, l'assurance et le pas régulier d'un cheval pur-sang. La toile rouge enflait légèrement et quand le cerf-volant accrocha la brise, Steele le lança vers le haut et stoppa sa course pour lever le regard vers le ciel, une main sur la hanche et l'autre se protégeant du soleil. Je n'avais pas à voir ses yeux pour savoir qu'ils brillaient en regardant le cerf-volant descendre en piqué puis remonter, sa queue ondulant derrière, pendant que les garçons filaient vers la colline.

Steele me sourit à belles dents en regagnant le banc d'un pas nonchalant. Il flânait, en fait. Il flânait comme le cow-boy effronté qu'il était. Je lui dis d'un ton brusque :

— Ils ont demandé votre aide seulement parce que vous êtes grand.

Il sourit en reprenant sa place à côté de moi :

— La taille n'a rien à voir avec ça. C'est une question de technique.

— Qu'est-ce qu'il y a de difficile là-dedans ?

— Quoi ? Vous n'avez jamais lancé un cerf-volant ?

— Je n'en ai jamais éprouvé le besoin, dis-je en croisant les bras avec un air de défi.

Steele éclata de rire, un son chaleureux comme le soleil, mais il me brûla. Parce qu'il se foutait de moi.

— Quoi ? Qu'est-ce qu'il y a de si drôle ?

Il secoua la tête et se frotta la nuque en réprimant une envie de rire :

— Si vous n'en avez jamais éprouvé le besoin, Mademoiselle Ellen, vous ne savez pas ce que vous manquez.

Il se leva et siffla avec ses doigts en faisant un signe aux garçons. Ils arrivèrent quelques secondes plus tard. Steele sortit une petite boîte de son sac qu'il échangea contre le cerf-volant d'un des enfants, puis il se tourna vers moi.

— Je ne peux… Vous ne pouvez pas…

Il ignora mes protestations et m'entraîna sur la pelouse en me prenant le coude :

— Allez, venez essayer.

Après avoir gravi la moitié de la colline, je me débarrassai de lui et je tirai sur mon chemisier.

— Vous pensez que je ne suis pas capable ? Oui, je peux. N'importe quel imbécile peut faire voler un cerf-volant.

Je lui enlevai la bobine et je la déroulai, le sourire aux lèvres. Le fil se raidit. J'attendais sur la pente et lui se trouvait un peu plus haut. Une brise fraîche me caressait la nuque et agitait ma jupe. Je me tournai vers lui. La voix de Steele m'encourageait et mon cœur se mit à battre.

Un… deux… trois !

Je me mis à courir, les bras levés, en tenant la bobine de ficelle. Mon chapeau s'envola pendant que j'accélérais et mes cheveux s'échappèrent de mon chignon soigné, mais je m'en fichais. Le vent, le soleil, l'ivresse… Je me sentais petite fille, comme lorsque je montais Sugar dans les prés verdoyants à la maison.

La ficelle se raidit et je me tournai pour voir le diamant s'élever dans les airs. Je m'arrêtai pour regarder vers le ciel, médusée par la sensation de liberté. Le fil se déroulait rapidement.

Soudainement, je le sentis derrière moi, une main sur la mienne pour ralentir le dévidoir et de son bras puissant, autour de mes épaules, il tirait la ficelle, une fois, deux fois, juste assez pour que le cerf-volant s'élève plus haut.

Mon cœur battait fort. Il me dit en souriant avec chaleur :

— Le sentez-vous maintenant, Ellen ? Sentez-vous le besoin ?

TROISIÈME ENTREVUE

Juillet 1914
Manoir Strandview, Liverpool

Chapitre 27

Quelque chose s'éveilla en moi ce jour-là au parc. Des souvenirs, une énergie… Je ne saurais dire exactement quoi, mais c'est Steele qui provoqua cet état. Avant qu'il entre dans ma triste existence, les choses stagnaient, mais étaient claires. Par contre, au cours des jours précédents, j'avais découvert que ma peine était masquée par d'autres émotions. Embrouillée par l'espoir. À quelques reprises, je me suis même surprise à attendre avec impatience la prochaine interview. Notre prochaine rencontre. Et ce sentiment me perturbait encore plus.

Au début, je croyais être impatiente d'entendre parler de Jim, d'avoir enfin des réponses à mes questions, même si je savais dans mon cœur qu'elles n'allaient pas contribuer à mon mieux-être. Non, je n'avais pas hâte d'éprouver cette douleur.

Était-ce simplement le fait d'avoir quelqu'un avec qui discuter ? Le fait d'être écoutée ? D'être reconnue ?

Ou était-ce en raison de Steele lui-même ?

Je l'ignorais.

À l'approche de l'interview, je me coiffai et j'enfilai ma robe lavande. Pas à son intention, par contre. J'avais fini par en avoir assez du noir.

Le sac en bandoulière, il sembla hésiter lorsque je vins l'accueillir à la porte. J'aurais voulu savoir s'il avait pensé à moi au cours des deux jours précédents. À l'article à mon sujet, plutôt.

Il enleva son chapeau, et avant même que nous soyons sortis du hall, il bafouilla:

— Ellen, je vais vous demander quelque chose... et sentez-vous libre de refuser.

Il fit une pause, referma la porte d'entrée derrière lui et ajouta:

— J'y pense depuis le premier jour où je suis venu ici et... il faut que je vous pose la question.

Mon cœur s'accéléra. À cause de mon énervement? De la panique? J'ignorais ce qu'il voulait et, pire encore, ce que moi, je voulais. Steele regarda vers le haut de l'escalier:

— Pourriez-vous me montrer le cabinet de votre tante?

Je poussai un gros soupir, un soupir de soulagement.

— C'est que... je suis un grand amateur et j'aimerais voir l'endroit où elle a écrit toutes ses histoires.

— Bien sûr, suivez-moi, dis-je en souriant.

Nous gravîmes l'escalier recouvert de moquette et traversâmes le long corridor jusqu'à la tourelle la plus éloignée.

En entrant, Steele murmura avec admiration:

— Alors c'est ici que tout a été écrit...

Il fit lentement le tour de la pièce circulaire, s'arrêtant pour lire quelques titres au dos des centaines de livres rangés sur les étagères qui garnissaient les parois de la tourelle du plancher au plafond comme un mur de briques, avec une ouverture aménagée ici et là pour une fenêtre ou une porte. Tante Géraldine possédait des livres sur tous les sujets: de la flore et la faune du veldt d'Afrique du Sud jusqu'aux coutumes tribales et guerrières. Elle n'était jamais allée en Afrique, mais elle savait tout ce qu'il y avait à savoir sur ce continent.

Posé sur une carpette d'allure exotique, son grand bureau en acajou trônait au milieu de la pièce. Quand j'étais petite, je pensais qu'il s'agissait d'un tapis volant qui pouvait la transporter vers toutes ses aventures. Mais il était usé, élimé sur les bords, et ses couleurs étaient délavées. Sa machine à écrire noire se trouvait, comme toujours, au beau milieu de son pupitre. La plupart des lettres dorées sur les touches étaient effacées, ce qui ne me surprenait guère étant donné l'énergie avec laquelle elle tapait. J'étais même étonnée qu'elle n'ait jamais transpercé la surface en bois. C'était étrange de voir l'appareil silencieux, de savoir que plus aucun mot n'en sortirait.

Une pile d'une trentaine de pages dactylographiées posées à l'envers se trouvait à côté de la machine à écrire. Je caressai le relief des lettres. Comme des caractères en braille. C'était le dernier roman de tante Géraldine, celui qu'elle n'achèverait jamais.

Steele s'arrêta derrière la chaise de ma tante et posa ses mains sur le dossier, mais n'osa pas s'y asseoir, pas plus que moi je n'oserais m'installer sur le trône du roi d'Angleterre.

—Je n'arrive pas à croire que je me trouve dans le cabinet de G. B. Hardy !

Je n'avais jamais pensé revenir dans cette pièce. Il faut dire que je n'avais pas souvent eu l'autorisation d'y aller avant. J'avais toujours eu l'impression de m'ingérer dans la vie de ma tante, d'entrer sans permission dans son espace sacré. Et même si son esprit créatif m'intriguait, sa langue acérée et son œil perspicace m'avaient éloignée d'elle. Quand j'étais petite, je m'étais glissée quelques fois dans son bureau. Je m'installais sur le rebord de la fenêtre en baie pour l'observer travailler, pour regarder les passants dans la rue, pour m'inventer des histoires. Il y avait toujours la reine des fées – une belle jeune femme affublée de vêtements ternes, croulant sous le poids d'un panier de linge. Elle marchait dans la foule. Personne sauf moi ne soupçonnait sa force.

Je me détachai du pupitre et me tournai vers le rideau épais pour regarder la rue déserte à travers la fenêtre garnie d'un treillis.

Où était-elle, maintenant, la reine des fées ? Où était la petite fille ?

Tante Géraldine ne me laissa jamais voir qu'elle avait connaissance de mes allées et venues, mais je me souviens d'avoir trouvé un jour sur l'appui de la fenêtre un coussin rayé jaune à mon intention. Je fus surprise de le voir au même endroit, décoloré par le soleil. Mais ce qui m'étonna encore plus fut d'y voir une enveloppe portant mon nom écrit de sa main.

— Qu'est-ce que c'est ? demanda Steele.

— Rien.

Je glissai l'enveloppe dans ma poche. J'avais promis à Steele de lui raconter certains souvenirs, mais pas celui-là.

Je lui proposai de redescendre au salon. Je savais ce que je devais lui dire et c'était impossible dans la pièce où nous nous trouvions. Il y flottait un soupçon du parfum au lilas de tante Géraldine, comme si elle était encore assise à son bureau ou debout à fouiller dans sa bibliothèque. Je ne pouvais pas raconter cette histoire là-bas, dans cet endroit où je la sentais toute proche. Déjà, il avait été difficile de vivre cette épreuve avec elle.

De retour au salon, nous reprîmes nos places habituelles. Steele sourit en voyant que toutes les housses avaient été enlevées et les meubles, astiqués jusqu'à ce qu'ils brillent.

— Petit ménage de printemps ?

Je haussai les épaules :

— Lily et moi, on a rafraîchi la pièce un peu. Ça nous a donné quelque chose à faire. Et puis je me suis dit que lorsqu'on mettra la maison en vente, ça ne fera pas de tort qu'elle ne ressemble pas à un entrepôt poussiéreux.

— Oh, alors vous allez la vendre ?

— J'ignore ce qui va se passer. Les notaires n'ont pas fini d'analyser tous ses papiers. Ils ont dit que sa succession prendrait plus de temps à régler que la plupart à cause de sa carrière d'écrivain.

Je savais que je ne pourrais pas vivre là pour toujours, mais où pourrais-je aller ? J'avais peur en pensant à tout ça, mais ce n'était rien à côté de la crainte que j'éprouvais à ce moment : est-ce que j'allais vraiment lui raconter mon histoire ?

— Bon, au travail.

Steele ouvrit son calepin noir, le feuilleta et s'arrêta à une page vierge pour noter le dernier souvenir que j'hésitais tant à lui raconter et qui me fit rougir.

— Maintenant, Ellen, j'imagine que vous n'étiez pas là-bas pour vous documenter sur la vie d'une femme de chambre pour votre tante…

Il leva les yeux avec l'air d'attendre quelque chose.

Je ne voulais pas lui dire. Je ne voulais pas m'en souvenir. Quelle importance avait la raison de ma présence sur le navire ? Le fait de subir cette tragédie n'avait donc pas suffi ? Devait-il absolument me faire revivre tous mes deuils ?

Mais pour découvrir l'histoire de Jim, je devais entendre celle de Sampson. Et pour l'obtenir, je devais raconter la mienne. Je pris une grande inspiration :

— Ma tante ne m'a pas envoyée sur l'*Empress* pour un livre.

— Je m'en doutais bien, dit-il en souriant.

Mon regard erra autour de la pièce sans rien fixer de particulier.

— Alors, pourquoi vous êtes-vous embarquée sur l'*Empress* ?

Je fixai son regard en retenant mon souffle :

— À cause d'un bébé.

Steele haussa les sourcils. Ce n'était pas du tout ce qu'il attendait comme réponse et pourtant, c'était exactement ce qu'il voulait. Il se pencha vers moi, le regard inquisiteur :
— Le bébé de qui ?
Je révélai mon secret en deux petits mots :
— Le mien.

Chapitre 28

J'aurais pu prétendre que c'était la faute de ma tante parce qu'elle m'avait fait engager sur le navire ou celle de mon père qui m'avait chassée de sa maison, mais je dirais que ma vie fut ruinée le jour où Declan Moore entra dans la mienne deux ans plus tôt, à cheval, littéralement.

Grand, beau et puissant, il était l'homme rêvé de toutes les jeunes filles qui m'enviaient parce qu'il avait choisi de venir au domaine Hardy. Il devait acheter six attelages de chevaux pour l'entreprise de son père et tous les habitants du comté de Wicklow savaient que nous avions le meilleur élevage. Et de loin. En règle générale, je ne me mêlais pas des affaires de mon père, mais tandis que je montais Spirit, il me héla pour me présenter Declan Moore. Il voulait lui montrer mon cheval. Vanter sa beauté et sa silhouette puissante. Mon père fit le tour de ma jument en la caressant et en la décrivant avec fierté, et Declan l'approuva sans réserve. Lorsque nos regards se croisèrent, je compris que ce n'était pas Spirit qui avait attiré son attention. C'était plutôt moi.

J'avais seize ans. Jamais personne ne m'avait embrassée. Je venais tout juste d'aller à mon premier bal avec un garçon. Avec Michael Devitt, un grand balourd qui avait deux pieds gauches. Declan n'avait que trois ou quatre ans de plus que moi, mais je le considérais comme un homme, un homme qui me dit que j'étais belle. Je voulais attirer son attention et plus il jouait avec mes sentiments, plus je cherchais à le séduire, ignorant complètement les dangers de ce feu que j'attisais. Mon père vit peut-être ce qui se passait, mais il ne fit rien pour y mettre un terme. Il m'invita plutôt à me joindre à eux pour le souper et il nous encouragea à faire de l'équitation ensemble.

Père m'avait prise à part pour me dire :

— Emmène Declan galoper dans la prairie et donne-lui-en pour son argent. Cette affaire fera une grosse différence pour le domaine Hardy. Il doit constater de lui-même la qualité de ce que j'offre.

Je pensais qu'il parlait de ma pouliche, mais maintenant, je n'en suis plus très sûre. Une union entre Declan et moi aurait servi mes intérêts. Après tout, il était le fils du colonel Moore, propriétaire de l'une des entreprises de fiacres les plus prospères de Dublin, et moi, l'unique héritière des écuries et du domaine Hardy. Avec du recul, on pourrait croire que mon père m'avait envoyée courir avec ses chevaux pour appâter son client.

Quel père oserait se comporter ainsi avec sa fille de seize ans ?

Troublée par Declan qui savait, par expérience, comment éveiller mon engouement et apaiser mes inquiétudes, je semblais porter des œillères et je ne voyais que lui. Que son amour pour moi. Que notre avenir ensemble. Il me fit des promesses, me dit toutes les bonnes paroles qu'il fallait pour que je fasse les mauvaises choses. Il m'embrassa, me caressa, me rassura quand je voulus le repousser, me déshabilla dans le pré où nous étions allongés sur la couverture. Je lui dis d'arrêter, que nous devrions attendre, mais lorsque je me rendis compte que nous avions franchi une frontière, quand je constatai le danger de la situation, il était trop tard. Est-ce que c'est un viol si on suit un homme, si on l'embrasse, si on s'allonge à demi nue sous lui ?

La voix de Steele interrompit mon récit et me ramena au présent :

— Oui.

Je ne pouvais pas le regarder. Je n'arrivais pas à croire que je venais de lui raconter tout cela, mon sombre secret. Seigneur Dieu, est-ce qu'il allait être révélé dans son journal ?

— Il a fait quelque chose de mal, Ellen. Même si vous aviez été majeure, même si vous aviez été mariée, rien ne donne à un homme le droit de faire fi de votre refus.

Je le regardai, surprise du ton désinvolte de la conversation. Les gens ne parlaient pas de ce genre de choses, moins encore avec des personnes du sexe opposé. Mais il était, comme il le disait, un homme concentré sur les faits. Sur la vérité de l'histoire. Il ne portait aucun jugement, même lorsqu'il m'écoutait. Il poursuivit :

— Je suis prêt à parier qu'il n'a jamais signé d'entente.

— Non, dis-je en reniflant. Il est parti le lendemain. Alors, des semaines plus tard, comme mon père n'avait pas eu de ses nouvelles, il s'est rendu à Dublin. Il a appris que le benjamin du colonel Moore avait la réputation d'escroquer les éleveurs ou de réclamer des acomptes pour des contrats qu'il n'avait pas le droit de négocier. Son père l'avait renié six mois plus tôt et, aux dernières nouvelles, Declan se trouvait sur un paquebot à destination de l'Amérique.

Mon père fulmina durant des semaines contre le blanc-bec qui l'avait outrageusement roulé, et contre lui-même pour avoir eu la stupidité de se laisser embobiner par ce vaurien. Et au moment même où ses accès de colère semblaient se calmer, je compris pourquoi je me sentais si mal en point. Ce n'était ni mon cœur brisé de jeune fille ni mon sentiment de culpabilité envers mon père qui me faisaient souffrir : c'était la honte d'être enceinte. J'avais vécu assez longtemps au milieu d'un haras pour reconnaître les symptômes de la grossesse. Je portais l'enfant non désiré de Declan Moore. Je devais accoucher en juillet et, pire encore, je devais l'annoncer à mon père.

J'avais espéré trouver en lui un fragment de sympathie. N'avait-il pas, lui aussi, été dupé par Moore ? Mais tandis que je me tenais debout devant lui dans son cabinet, je compris dans son regard hargneux que le péché m'appartenait entièrement.

— Tu as jeté la honte sur notre famille ! Tu as sali le nom des Hardy !

Je baissai la tête sans rien dire. Il avait raison. Père avait toujours raison. Il continua en me pointant du doigt :

— Ta mère doit se retourner dans sa tombe en voyant que sa fille est une… une traînée !

Je tremblais sous ses injures. *Alors, c'est ça que je suis devenue.*

— Bonne chose qu'elle soit déjà morte parce que ça, ça l'aurait tuée !

Disait-il vrai ? Peut-être, mais je n'arrivais pas à me rappeler le visage de Maman. Sa colère avait consumé toute trace d'amour paternel en emportant le souvenir de ma mère.

Que pouvais-je dire ? Il avait raison. Même si j'avais su quoi penser à ce moment-là, je n'avais pas la permission de m'exprimer. Tout ce dont j'étais certaine, c'était que les choses ne feraient qu'empirer dès que mon état serait visible. Mon péché et sa honte enfleraient de jour en jour. Comment pouvais-je régler ce problème ?

Je m'abaissai sous son regard accusateur et son mépris. Il se tourna vers la fenêtre et me dit :

— Je n'arrive même plus à te regarder. Va-t'en.

Incertaine du sens de ses mots, je restai silencieuse quelques instants.

— Je suis désolée, Père. Je n'ai jamais voulu…

Il asséna son poing sur le bureau à côté de lui et cria :

— Sors de ma maison !

Ses paroles avaient probablement dépassé sa pensée.

— Mais où veux-tu que…

— Je m'en sacre ! Je m'en fiche où tu vas, mais tu n'es plus la bienvenue ici. Sors de ma vue !

Je compris qu'il était sérieux. Je ne me souviens plus de m'être précipitée dans ma chambre, d'avoir entassé quelques vêtements dans mon sac, ni d'avoir vidé ma tirelire. Je ne me rappelle pas vraiment le voyage en bateau jusqu'à Liverpool ni pourquoi je suis venue ici. Je n'avais pas vu tante Géraldine depuis des années, pas depuis la mort de ma mère. J'imagine que je n'avais nulle part où aller. Personne d'autre que tante Géraldine. Je ne me souviens pas très bien de ce qui s'est passé après avoir annoncé mon état à mon père, mais je n'oublierai jamais son expression lorsqu'elle m'aperçut sur le seuil de sa porte, mon sac à la main, complètement trempée après avoir marché depuis le quai sous la pluie de décembre. Je n'oublierai jamais son regard, sa déception quand je lui dis ce que ni l'une ni l'autre n'avions cru possible :

Je suis enceinte.

Chapitre 29

Si j'avais espéré recevoir un peu de sympathie de tante Géraldine, j'aurais été amèrement déçue.

Elle m'accueillit, elle me permit même de rester au lit des jours, ensevelie sous les couvertures, pour fuir la vérité. Mais au bout d'une semaine ou deux, elle en eut assez, j'imagine, et elle m'amena à l'hospice Magdalene de Liverpool, un édifice sinistre de quatre étages en pierre au toit d'ardoises. Une maison pour les filles en difficulté.

En fait, c'était tout sauf une maison.

C'était une résidence d'esclaves, une prison, dirigée par des religieuses. On trouvait de ces refuges en Angleterre et en Irlande. J'en avais entendu parler, mais jamais au grand jamais je n'aurais cru m'y retrouver un jour. Les hospices Magdalene cachaient des secrets de famille de toutes sortes. On y envoyait des victimes de viol, dont un grand nombre enceintes, tandis que d'autres étaient des filles simples d'esprit qui n'avaient pas d'enfant, mais en avaient l'intelligence. Quelques-unes y avaient même été enfermées, non pas parce qu'elles avaient les mœurs légères, mais parce que leur beauté éveillait le péché. Des filles à problèmes, c'est ce que nous étions, tout simplement. La honte de la famille, on pouvait plus facilement l'ignorer ou la nier quand elle se cachait derrière des murs de pierre.

J'imagine que nous ne méritions pas mieux.

Certaines filles, au ventre proéminent derrière leur tablier, étaient très avancées dans leur grossesse. Elles interrompaient leurs tâches de temps à autre pour redresser leur dos endolori, mais leur état fragile ne semblait pas préoccuper les sœurs. Chacune de nous devait mettre la main à la pâte : nettoyer les planchers des dortoirs et les couloirs à la brosse métallique ou préparer les repas, même si nous mangions à peine. Un peu de pain et de gruau, rien de plus. Et nous faisions toutes la lessive. Une foutue brassée après l'autre. Les gens de la haute société payaient pour faire laver leurs vêtements, mais nous n'en voyions pas un penny.

Cette époque fut horriblement difficile. Et solitaire, car nous n'avions pas le droit de parler, même si nous n'en avions pas vraiment envie. Nous ignorions comment s'appelaient nos compagnes d'infortune, puisque les religieuses nous désignaient par un nom qui n'était pas le nôtre. Elles nous dépouillaient de notre identité, nous admonestaient, nous couvraient de honte, certaines de l'efficacité de cette pénitence pour notre plus grand bien. Les journées étaient interminables, mais aussi les nuits passées sur une couchette dans le dortoir sombre. Nous pleurions en silence pour rentrer à la maison. Pour retrouver la vie que nous avions perdue.

Toutes les journées commençaient par la messe, puis nous faisions nos tâches en silence. Ensuite, nous étions escortées à la buanderie pour frotter le linge dans les éviers jusqu'à ce que nos jointures soient à vif, comme si nous devions laver nos fautes plutôt que la saleté d'un étranger. Nous devions prier. Frotter. Essorer. Empeser et repasser. Nous mourions de faim.

Et en dépit de tout, nos bébés grossissaient dans nos ventres.

Je me rappelle la nuit où je l'ai senti bouger pour la première fois, le léger frémissement tandis que j'étais allongée, immobile. Je posai ma main sur mon ventre et dans l'obscurité, je compris que ce n'était pas un péché. C'était un bébé. *Mon* bébé. À moi. Declan ignorait qu'il existait et il ne le saurait jamais. Cet enfant était tout ce qui me restait au monde.

Et moi, j'étais tout pour lui. Une lueur d'espoir jaillit en moi.

Les choses se mirent à changer par la suite. Ou peut-être était-ce moi qui me transformais. Le printemps passa et quand arriva l'été, je sus que j'étais prête à devenir mère, peu importe ce que cela signifiait. J'allais le faire. J'allais faire tout ce qu'il fallait pour mon enfant.

Même si j'avais grandi autour des écuries et que j'avais assisté à de nombreuses mises bas, mon accouchement me terrifia. Pendant que les douleurs me torturaient, je réclamais ma mère en pleurant. Je croyais que j'étais en train de mourir. La sage-femme ne me rassura pas le moins du monde, elle ne me réconforta pas, et après ce qui me sembla une éternité, ma fille naquit. Son cri violent remplit la pièce aux murs de pierre. Et mon cœur.

— Je peux la voir? demandai-je à la religieuse qui l'emmaillotait dans une couverture.

Elle se retourna sans rien dire et emporta mon bébé. J'entendis son uniforme balayer le plancher et l'écho des pleurs de mon enfant dans le couloir.

J'essayai de me lever, mais je n'avais plus une once de force :

— Mon bébé... Est-ce que je peux la tenir? S'il vous plaît, il faut que je la prenne dans mes bras.

Personne ne me répondit et on ne me permit jamais de la voir. Plus tard ce jour-là, tante Géraldine vint me rendre visite et prit place dans la chaise à côté de mon lit. Elle m'annonça que mon bébé était mort. Ses mots s'entrechoquèrent dans ma tête brûlante de fièvre comme un caillou dans une marmite, mais ils n'avaient aucun sens.

C'est impossible. Elle était vivante. Je l'ai entendue. Sa voix était si puissante!

Je me retournai, mais tante Géraldine avait disparu.

Quand la fièvre baissa et que j'eus repris mes esprits, je crus devenir folle. Beaucoup de jeunes femmes avaient leurs bébés dans les bras ou pendus à leurs jupes, mais pas toutes. Pas moi. Et plus je les voyais, plus je pensais perdre la tête comme ces filles aliénées qui fixaient l'évier d'eau sale sans bouger jusqu'à ce que l'une d'entre nous lui rappelle de continuer à frotter. Je me demandais si elles étaient arrivées à l'hospice dans cet état-là. Ou bien si elles étaient devenues cinglées depuis qu'elles y vivaient.

En novembre, quatre mois après la naissance de ma fille et près d'un an après m'avoir fait interner, tante Géraldine envoya Bates me chercher. En me ramenant au manoir, il bavardait comme si j'avais été en vacances durant de longs mois plutôt que d'avoir vécu un enfer. Sa petite-fille Meg, qui venait d'être engagée, m'accueillit à la porte et m'accompagna à ma chambre. Elle était aux petits soins pour moi, mais je ne voulais pas de sa pitié.

Même s'il n'était que midi, je me couchai et je m'enfouis sous les couvertures dans l'intention de ne plus jamais me relever. Toutefois, tante Géraldine avait d'autres plans pour moi : devenir femme de chambre à bord de l'*Empress of Ireland.*

Steele me tendit un mouchoir. Je ne m'étais pas rendu compte que j'avais pleuré. Ni qu'on avait frappé à la porte. Je lui demandai en m'essuyant les yeux :

— Iriez-vous répondre s'il vous plaît? Lily et Bates ne sont pas ici et je ne pense pas que je peux...

— Bien sûr.

Il se leva et sortit de la pièce. J'entendis sa voix étouffée et celle d'un autre homme.

Je n'avais raconté mon séjour à l'hospice Magdalene à personne. Ni à ma tante ni même à Meg. Je ne voulus jamais en parler et elles ne me posèrent jamais de questions. C'était mon épreuve et je devais porter seule cette honte infâme. Et même si mon récit m'avait épuisée, je me sentis plus légère après l'avoir partagé. Par contre, je n'avais pas eu l'intention de donner autant de détails. Je n'avais pas envisagé de lui en dire autant.

Et si mon histoire se retrouvait dans son article, étalée à la une de son journal deux semaines plus tard? Je n'aurais jamais dû me confier. En m'essuyant les yeux, je lui demandai :

— Qui était à la porte?

— Oh, seulement un autre reporter qui cherchait Ellie Ryan, m'apprit-il en levant les yeux au ciel. Ils sont vraiment acharnés, ces vautours, hein?

J'éclatai de rire à travers mes larmes. Je fus surprise de ma réaction, surprise de la gamme d'émotions que cet homme éveillait en moi. Si Wyatt Steele avait un talent, c'était bien celui-là.

Chapitre 30

Steele nous prépara du thé, ce qui me donna le temps de reprendre mes esprits. Il apporta le plateau dans le salon et le déposa sur la table basse. Je remplis nos tasses.

— Êtes-vous sûre de vouloir continuer maintenant ?

— Oui.

Pourquoi tarder ? La route avait été longue jusqu'ici et je tenais à me rendre au bout, à savoir ce qui était arrivé à Jim. Je me préparai à entendre la vérité.

Il hésita, ce qui me fit craindre d'avoir été manipulée pour que je dévoile mon histoire. Peut-être n'avait-il jamais rien eu de plus à m'apprendre que ce que renfermait le journal de Jim ? Il me dit :

— Je l'ai trouvé. En Irlande.

Un éclair d'espoir surgit en moi :

— Jim ?

— Non, Sampson, précisa-t-il en s'excusant presque. William Sampson, le chef mécanicien. J'avais essayé de l'interviewer quand il était à l'hôpital à Québec, mais les gardiens de sécurité ne laissaient entrer aucun journaliste. Sampson a travaillé sur toutes les traversées de l'*Empress of Ireland*. C'est un vieux loup de mer. Il doit avoir dans les quatre-vingts ans. Je me doutais bien qu'il avait une histoire à raconter.

Steele sortit un carnet différent et le feuilleta. Il lissa une page et me le tendit :

— Lisez. Je n'ai fait que transcrire ce qu'il me racontait, mot à mot. Le type est un conteur-né.

Je pris le calepin et, en lisant les mots du vieil homme, j'eus l'impression d'entendre sa voix.

*Pendant huit ans, j'ai navigué sur l'*Empress*. C'était un navire solide, un bon bateau, et pas autre chose, qu'on se le dise. Ça faisait à peu près neuf heures et trois quarts qu'on était partis de Québec, juste après la pointe au Père. Je venais de finir mon quart, j'étais à peine arrivé dans ma cabine en arrière de la salle des machines. Ce n'était pas un gros choc ni rien de ça, mais je l'ai senti dans mes os. Je savais qu'il avait été frappé. Et laissez-moi vous dire, il n'y a rien de plus terrifiant. Alors je me suis précipité vers la passerelle de manœuvre en criant aux hommes de fermer les portes des cloisons. Mais ça n'aurait servi à rien, ça, c'est sûr. Les gars l'avaient aperçue, l'eau. Un gros tourbillon qui venait de la chaufferie en arrière. Juste en voyant l'eau, on avait des frissons. Pas besoin de sentir comme elle était froide.*

J'ai descendu l'échelle, mais avant que mes pieds touchent le plancher, la porte étanche qui mène à la salle des chaudières s'est fermée avec un grand vacarme. Elle a pratiquement écrasé Farrow qui sortait. Il l'a évitée en se glissant en dessous. Il a été chanceux, notre Lucky Farrow. Il porte bien son nom.

J'ai pensé que fermer une porte étanche, c'était assez. C'est vrai que le bateau penchait pas mal à tribord, mais presque toute l'eau s'était écoulée dans la cale en dessous de nous. J'étais sûr qu'on n'était plus en danger. Après, j'ai vu la face de Farrow à côté de moi. Même s'il était tout noir à cause de la poussière de charbon, j'ai compris que ça allait mal. Très mal.

Il m'a dit : « Il est fendu au beau milieu. Du pont-abri jusqu'au double-fond. »

J'ai imploré Dieu que le reste de la coque soit solide, mais O'Donovan est arrivé en courant pour nous dire que les soutes à charbon et les chaufferies étaient toutes inondées. Imaginez, c'est grand comme l'église Saint-Patrick, ça! Cent soixante-quinze pieds. Et puis, les aiguilles de mes manomètres à vapeur ont toutes baissé en même temps, toutes à zéro. J'ai appelé le capitaine: «Pour l'amour de Dieu, essayez de l'échouer!» Il ne lui restait plus beaucoup de vapeur. Il fallait qu'il s'échoue sur la grève en Gaspésie parce qu'un bateau sans vapeur, il meurt dans l'eau.

Le capitaine m'a dit de faire de mon mieux. C'est ce que j'ai fait. J'ai fait tout ce que j'ai pu. On a tourné les manivelles quelques fois de plus, mais c'est aussi impossible de produire de la vapeur avec du charbon mouillé que de faire saigner une roche. Il n'y avait pas trente-six solutions. J'ai rappelé la passerelle de commandement pour leur annoncer la mauvaise nouvelle: «On n'a plus de vapeur.»

Les lumières ont faibli quand j'ai raccroché, les dynamos ralentissaient, l'Empress était en train de mourir et nous avec lui si on ne faisait rien tout de suite, vite. Il ne restait plus beaucoup de temps.

Plutôt que d'entendre le bruit des moteurs, je percevais un rugissement terrible, et une trombe d'eau s'est jetée sur nous. Une énorme vague. Alors on était là, au fond de la cale à huit niveaux plus bas, bien en dessous de la ligne de flottaison. Le bateau gîtait et l'eau entrait.

J'ai crié aux gars: «Sortez d'ici! Vous avez fait tout ce que vous pouviez. Sauvez votre peau!»

Je vous le dis: il n'y a pas d'ordre plus difficile à donner que celui-là, mais si on n'est pas assez fort pour lancer cet appel, on joue avec le destin de chaque jeune homme qui compte sur nous. Et on était une quarantaine en bas cette nuit-là: des mécaniciens, des chauffeurs, des soutiers et des graisseurs. Ils étaient tous restés bravement à leur poste. Ils se sont jetés sur les échelles et se sont hissés en haut. L'eau tourbillonnait déjà autour des barreaux les plus bas et elle grimpait vite, tellement vite que j'avais de la peine à monter plus rapidement.

Mon esprit est aussi vif qu'avant, mais ce n'est pas un secret de vous dire que mon vieux corps a déjà été plus vigoureux. Rendu à la deuxième plate-forme, je n'avais plus la force de grimper, mais il me restait encore beaucoup à faire. Et pendant que l'eau montait l'échelle derrière moi, tout ce que je pouvais faire, c'était de prendre mon souffle parce que j'étais sûr que mon cœur allait lâcher.

Je me suis dit : « Ça y est, Will. C'est comme ça que ça va finir. » Puis j'ai pensé à ma femme que je n'embrasserais plus jamais. Et à mes enfants.

Puis, il est arrivé à côté de moi : Lucky. Il m'a pris le bras pour me soulever et il m'a dit : « Allez, Chef, venez. Vous êtes capable. On va sortir d'ici. »

Je l'ai poussé et je lui ai dit : « Vas-y sans moi. Sauve-toi, mon gars, pendant qu'il reste du temps. C'est un ordre. » Mais il n'a pas voulu m'écouter.

« Excusez-moi, Monsieur, mais je ne peux pas. Je ne vous abandonne pas. » J'ai vu à son air qu'il était sérieux. Il avait assez de cœur pour nous deux, ce gars-là. J'avais vécu ma vie, une bonne et longue vie à part ça, mais il était hors de question que je le laisse perdre la sienne, pas si je pouvais faire autrement. C'est lui qui m'a donné la force de continuer.

On a fini par sortir de la chaufferie et on a grimpé les cinq étages. Quand on est arrivés au pont des embarcations, le paquebot avait roulé un bon quarante-cinq degrés. Et nous, comme tous les autres qui s'étaient rendus sur ce pont-là, on a dû s'accrocher à tout ce qu'on pouvait pour rester à bord. On s'agrippait comme des araignées au mur, on rampait tous sur le plancher croche jusqu'au bastingage qui s'est retrouvé au-dessus de nous. Presque tous les passagers étaient en pyjama et en chemise de nuit. J'imagine qu'ils venaient des ponts supérieurs, à gauche du bateau. C'est arrivé tellement vite que je ne pense pas que les autres ont eu le temps de sortir du lit avant que l'eau du fleuve les engloutisse. Et encore, se rendre sur le pont ne garantissait à personne qu'on allait survivre.

Quelques femmes et des enfants s'accrochaient à une grille près de moi. Je n'oublierai jamais la terreur dans leurs yeux. Mon Dieu. Et même quand j'ai vu leurs doigts lâcher, même quand j'ai tendu la main, ils sont tombés. Leurs corps ont glissé sur le pont et se sont fracassés sur le cabestan avant d'être projetés dans l'eau noire. C'était l'horreur.

Tout ce qui n'était pas solidement fixé s'est détaché quand l'Empress a gîté : le mât de charge, l'équipement, toutes sortes de trucs en métal et même quelques canots de sauvetage à bâbord. Ils pesaient deux tonnes chacun. Ils ont fait tout un carnage quand ils ont glissé sur le pont incliné comme un train fou. Lucky m'a enlevé de leur chemin juste à temps. Mais d'autres, beaucoup d'autres, n'ont pas eu cette chance-là. Ils étaient là un instant, puis ils ont disparu la minute d'après. Imaginez ça : être tué par un canot qui était censé vous sauver la vie. Il paraît que beaucoup de victimes qu'ils ont retrouvées étaient mortes de blessures et pas en se noyant. Et puis chacune de ces personnes avait une histoire que personne ne connaîtra jamais.

Une des dernières choses que je me rappelle sur le bateau, c'est un jeune homme qui a donné son gilet de sauvetage à sa mère. Léonard, son nom. Je n'oublierai jamais comment elle l'a appelé après qu'il a sauté dans l'eau. Je ne sais pas s'ils ont survécu. Je ne sais pas comment on a tous fait pour survivre.

Ensuite, l'Empress a chaviré. Ses deux grandes cheminées se sont écrasées dans l'eau et le choc nous a projetés dans l'obscurité, comme des petits pois qu'on lance avec une cuillère. Quand je suis remonté à la surface pour reprendre mon souffle, je me suis retrouvé attaché à l'épave par des câbles, un gros nœud qui m'entraînait au fond. Lucky m'a libéré. Je lui ai dit que je ne pouvais pas donner des coups de pied. Ma jambe, je pense qu'elle était cassée. Alors il m'a dit de me laisser flotter sur le dos pendant qu'il nous tirait tous les deux jusqu'au canot de sauvetage le plus proche. Honnêtement, je ne pensais pas qu'on allait s'en sortir, mais on l'a fait. Enfin, on a agrippé le plat-bord du canot, mais on n'était pas encore sauvés. On était loin d'être sauvés.

Un homme dans le bateau était hystérique. Il criait: «Vous allez tous nous noyer!» Il donnait de grands coups de rame comme si c'était une tapette à mouches. Il était notre seul espoir au milieu d'une nuée d'âmes désespérées qui tiraient et s'agitaient dans tous les sens.

J'imagine qu'on ne peut pas vraiment le blâmer d'essayer de sauver sa peau. On faisait la même chose nous aussi, hein? Et peut-être que sa femme était à bord. Ou son fils.

L'eau atteignait ma main et pénétrait dans le canot. Il a fallu que je le lâche. Lucky aussi, mais il n'a pas abandonné, pas encore. Il m'a éloigné de la meute de gens et il a nagé en me tirant derrière lui pendant un petit bout. Il a fini par me hisser sur une chaise transat qui flottait à côté. Je me suis écrasé dessus comme un tas de linge mouillé, complètement lessivé.

Au loin, j'ai vu les lumières d'un navire. J'ai dit: «Ils vont venir. Ils vont venir nous chercher.» Je faisais de la buée en parlant.

Lucky s'est débarrassé de son manteau et l'a mis sur moi. Il a dit: «On ne peut pas attendre.» Puis il s'est mis à nager en haletant.

Je me souviens du froid. De la douleur dans ma jambe. Des vagues qui frappaient le bois. Puis je me souviens de sa voix pendant qu'il me poussait vers la lumière.

«Tiens bon, tiens bon, Pa.»

Après ça, je me rappelle que je suis sur le pont du Storstad. Je tiens le manteau de Lucky bien serré dans ma main et une femme me fait une attelle.

Je ne l'ai jamais revu. Je n'ai jamais pu le remercier. Mais aujourd'hui, je suis assis et je vous raconte tout ça grâce à Lucky Farrow. C'est lui qui m'a sauvé la vie.

C'est moi qui suis le plus chanceux, avec ma jambe cassée.

Chapitre 31

Je regardais Steele, mais je n'arrivais pas à lui poser ma question.

— Quand il a appris que j'allais à Liverpool pour faire des recherches, Sampson m'a remis le manteau et m'a demandé de le rendre aux membres de la famille de Jim, de leur raconter son histoire et de leur exprimer sa gratitude.

Steele le sortit de son sac et me le tendit: un caban croisé en laine bleu marine. Le même que portaient les centaines d'hommes qui arpentaient le port de Liverpool, sauf que celui-là appartenait à Jim. Steele ajouta:

– J'ai trouvé le carnet dans une poche. Et j'ai compris en le voyant que Jim était l'homme dont vous m'aviez parlé dans le train.

Je caressai l'étoffe de laine grossière sans dire un mot. Steele passa ses notes en revue:

— Les Farrow habitent au 6, rue Gerrard. Je pensais m'y rendre demain.

— Laissez-moi aller le porter.

Je ne savais pas qui j'y trouverais. Sa mère? Sa femme? Mais j'étais rendue trop loin pour ne pas connaître la fin. Et, quelle que fût la personne qui m'ouvrirait la porte, elle méritait d'apprendre une mauvaise nouvelle par une femme qui l'aimait elle aussi. Pas par Steele.

Il hésita, pensant probablement à la belle occasion d'entrevue qu'il allait perdre. Je lui dis en haussant les sourcils :

— De toute façon, vous ne pouvez pas reprendre l'histoire de Jim dans votre article. C'était notre entente.

Il finit par accepter. Avec tout ce que je lui avais raconté au cours des jours précédents passés ensemble, il en avait plus que nécessaire pour rédiger son foutu papier. Jim était tellement privé et secret que je ne laisserais jamais Steele le transformer en titre de journal.

— Bon, alors j'imagine que c'est tout. Êtes-vous sûre que ça ira ?

Je hochai la tête.

— Je peux rester jusqu'au retour de Bates, si vous voulez.

— Je vais bien. Ça va aller.

Steele semblait incertain, démonté presque. Il n'était plus le journaliste arrogant qui m'avait harcelée dans le train, qui m'avait fait chanter avec le carnet d'un homme mort, qui était sur le point de vendre mon histoire, mes secrets, pour avoir la chance de se retrouver à la une de son journal, de décrocher une promotion et de devenir rédacteur en chef.

— Vous n'avez pas un papier à écrire, vous ?

Mon ton parut sévère, mais je voulais qu'il s'en aille. J'avais besoin de solitude pour vivre mon deuil.

— J'imagine que oui...

Nous avions respecté les modalités de notre entente, échangé nos histoires et pourtant, je me sentais plus vide. Je me demandai si c'était la même chose dans son cas.

Je suivis Steele jusqu'au vestibule, le manteau de Jim sur le bras. Il s'arrêta sur le seuil :

— Je suis désolé, Ellen.

Pour tout ce qu'il m'avait soutiré ? Pour tout ce qu'il était sur le point d'écrire ?

Ses yeux noirs étaient sincères.

— Je suis désolé pour tout ce que vous avez perdu.

Je murmurai, le menton tremblotant :

— Merci. Vous savez, vous êtes la seule personne qui m'ait jamais dit cela.

Je me rendis compte à ce moment-là seulement à quel point j'avais eu besoin d'entendre ces paroles.

Ne sachant pas ce qu'il devait dire ou faire, Steele hocha la tête et partit.

Je fermai la porte derrière lui et j'y appuyai ma tête. La dernière lueur du jour se déversait par le vasistas de la fenêtre pour dessiner un rectangle déformé sur le plancher de l'entrée. Je posai le pied dessus et j'accrochai le caban de Jim sur un cintre pour le suspendre au portemanteau vide. Les épaules larges m'arrivaient au niveau des yeux et j'eus l'impression que Jim lui-même était debout devant moi. Je l'avais imaginé chez moi des milliers de fois. À quoi il ressemblerait. Ce qu'il sentirait. Comment il me prendrait dans ses bras.

Je caressai le tissu rugueux et je mis mon visage sur le revers. Je fermai les yeux et pris une longue inspiration, mais son odeur avait disparu. Le souvenir de Jim avait été emporté il y a longtemps par les eaux du Saint-Laurent. J'effleurai les manches et le devant du manteau et je souffris encore plus de ne plus le sentir.

Ce n'est pas Jim. Il n'est pas ici.

Et il ne le sera jamais.

Je me vis à ce moment-là tenant un manteau dans l'entrée faiblement éclairée d'une maison qui ne m'appartenait pas, pleurant un amour perdu, un amour qui n'avait jamais vraiment été le mien. L'absurdité, l'injustice de la situation montèrent en moi. Un bouton se détacha et je l'examinai dans ma paume. Il avait survécu à l'horrible nuit, au choc des navires, à l'inondation de la salle des machines, à la bousculade des hommes. Il était resté accroché à ce manteau malgré le tumulte du naufrage et du sauvetage avant de tomber bêtement sous mon geste léger. C'est à ce moment qu'il céda.

Et moi aussi.

Je me mis à pleurer en pensant à Jim. À Meg. À tante Géraldine. À ma mère. Pour tout le temps que j'avais gaspillé. Pour tout ce que je ne leur avais pas dit. Que je les aimais. Que j'avais besoin d'eux. Qu'ils me manquaient terriblement. Je me mis à pleurer en pensant à ma fille. Pour le temps que nous n'eûmes jamais. Je cachai mon visage dans le revers du manteau et les larmes coulèrent enfin, tenaces comme le vent d'hiver, en mouillant le caban de Jim avec des vagues et des vagues de tristesse.

J'ignore combien de temps je restai là, mais lorsque je levai la tête, le jour était tombé. Dans l'obscurité du vestibule, je m'enveloppai du caban de Jim.

Nous n'étions que des coquilles vides.

Chapitre 32

Épuisée, je m'en fus à la cuisine pour me préparer du thé. D'aussi loin que je me souvienne, le thé nous sert à accueillir un visiteur, à souligner un événement ou à sympathiser. Dans n'importe quelle situation, même quand nous ne savions pas du tout quoi faire, la meilleure réaction avait toujours été de mettre de l'eau à bouillir.

On pourrait dire que les étapes de préparation du thé représentent une sorte de rituel: faire chauffer l'eau, infuser les feuilles, verser le liquide. Je mis du sucre et tapai la cuillère en argent deux fois sur le bord de la tasse. Même maintenant – avec la tasse chaude entre les mains, la vapeur odorante, le goût sucré et la chaleur du liquide qui irradiait tout mon corps au fur et à mesure que je l'avalais –, c'était beaucoup plus qu'une boisson, c'était une tasse de réconfort.

Appuyée au comptoir de la cuisine, je bus une autre gorgée et je soupirai. Je sentis un bruit de froissement dans ma poche et j'en sortis la lettre de tante Géraldine. Avec l'émoi causé par l'entrevue, les souvenirs de Declan et de ma fille, la lecture du récit des dernières heures de Jim et l'émotion ressentie en m'enveloppant dans son caban, j'avais complètement oublié l'enveloppe que j'avais trouvée sur le rebord de la fenêtre.

En l'ouvrant, je constatai avec surprise qu'elle ne l'avait pas dactylographiée. Tante Géraldine écrivait rarement à la main, à l'exception de nos listes de tâches, de longs inventaires d'ordres et d'attentes à l'intention de Bates, Meg et moi. Dieu sait combien elle m'en avait remis. Je reconnaîtrais son écriture enjolivée et penchée partout. Les mots soulignés deux fois pour insister. Même la mort n'avait pas réussi à l'empêcher de me donner des ordres. Je soupirai en commençant ma lecture.

Ma très chère Ellen,

Je ne m'attendais pas à cela. Ce n'était pas une liste, mais une lettre. C'était bien de sa main, mais les boucles et les traits semblaient plus petits. Pâles et tremblants.

Je ne sais pas par où commencer. Imagine: après avoir écrit tous ces mots, tous ces romans, je souffre de la hantise de la page blanche. Aujourd'hui, quand cela compte le plus.

Ce n'était pas la tante que je connaissais. Elle avait presque toujours su quoi dire et, dans le cas contraire, elle se taisait. Mon cœur battait la chamade. J'ignorais ce qui allait suivre.

Avant tout, j'aimerais te dire que tout ce que j'ai fait, je l'ai toujours fait pour ton bien. Crois-moi, je t'en prie. Je sais qu'aujourd'hui cela peut te sembler absurde. Tu me considères peut-être comme une vieille sorcière cruelle, et tu as probablement raison étant donné tout ce que je t'ai fait subir. Mais j'ai bel et bien un cœur et tu y as toujours occupé une place spéciale.

Je ne t'ai jamais dit que j'étais malade. Je ne voyais pas l'intérêt de t'accabler avec ça, mais le médecin m'a annoncé qu'il ne me reste que quelques semaines à vivre, tout au plus. J'avais espéré terminer ce fichu roman (tu sais à quel point je déteste les intrigues non résolues et j'ai laissé ce pauvre Garrett dans la pire des situations), mais plus que tout, j'aurais aimé régler les choses entre nous. Quand tu es partie ce matin, j'aurais dû me lever pour t'accompagner à la porte. J'aurais dû te dire tout cela en personne. Je te le devais. Mais je suis faible et âgée, Ellen. Je suis désolée. Je ne pouvais te faire mes adieux en sachant que ce seraient bel et bien les derniers.

Je t'ai observée de la fenêtre de mon cabinet, je t'ai vue marcher dans l'allée avec Meg, bras dessus bras dessous. J'étais triste de te regarder partir, mais tu souriais. Tu me semblais plus heureuse. Cela me rassurait de constater que tu avais changé.

Alors, j'avais eu de l'importance pour elle. Plus que je ne l'aurais cru. Je fus touchée de l'apprendre et je lui en étais reconnaissante de l'avoir dit, même si c'était par écrit, et trop tard.

Tu n'es plus cette fille qui s'était présentée à ma porte grelottante et désespérée. Tu n'es plus cette fille qui est revenue en furie de l'hospice en novembre dernier.

Tu n'es pas une victime.

Si seulement elle avait su que je suis aussi victime d'un naufrage et d'un cœur brisé.

Chacun découvre ses forces en bravant ces épreuves qui pourraient le tuer. Et s'il ne meurt pas aux mains de ces dragons, il en émerge plus fort.

Je t'ai obligée à affronter tes dragons, Ellen, même si moi je craignais de voir les miens. Cachée dans ma tour, j'ai écrit les aventures que je rêvais de vivre. Et même si je sais que je ne suis pas une chasseuse de lions comme Garrett Dean, j'aurais aimé avoir le courage d'aller en Afrique, de sentir le chaud soleil sur mes joues, de toucher la terre rouge de mes doigts, de mordre dans une mangue que j'aurais moi-même cueillie sans me préoccuper du jus qui coule sur mon menton. Des choses que j'ai lues. Des choses que j'ai imaginées. Des histoires que je n'ai jamais vécues.

*Oui, c'est vrai, j'ai pris des décisions à ta place, mais ce n'était pas à la légère. L'hospice Magdalene. L'*Empress of Ireland*. Après mûre réflexion, je t'ai plongée dans ces situations parce que je croyais que tu avais la force intérieure pour y faire face. Je savais que tu les surmonterais parce que tu as non seulement le cran de ton père, mais aussi l'esprit de ta mère. Son courage. Sa capacité à trouver une lueur d'espoir en plein brouillard. Tu as ta mère en toi. Et je suis désolée si je t'ai laissé croire le contraire.*

Je pensai à notre dispute le jour où elle m'avait annoncé que j'allais sur l'*Empress*. À la façon dont nous avions toutes les deux utilisé le souvenir de ma mère pour nous blesser. Maman aurait été triste d'assister à cette scène. Par contre, j'étais rassurée de constater que je portais son esprit en moi.

Tu te sentais peut-être comme un personnage que je manipulais et, à vrai dire, je l'ai fait jusqu'à un certain point. Mais je veux que tu saches que je n'écris pas ton histoire, Ellen. Pas plus que ton père ni les hommes que tu aimeras. Ce sera toi, et toi seule, qui l'écriras.

Pas plus que Steele non plus, pensai-je, frustrée de lui avoir dévoilé tant de choses à mon sujet. Qui sait ce qu'il en ferait, quels éléments il mentionnerait. Il avait le pouvoir de décider comment le monde me verrait dorénavant. Et je ne pouvais rien y faire. Notre entente m'avait tout coûté sans rien me donner en retour. J'avais obtenu quelques réponses, quelques détails, mais pas ce que je souhaitais réellement. Je n'avais pas eu Jim.

Venons-en aux choses sérieuses.

213

Mon notaire, maître Cronin, se chargera de régler la succession, mais il me reste une dernière chose à faire avant que mes forces m'abandonnent. Je veux te demander pardon, Ellen. Oui, je t'ai enlevé ta liberté lorsque je t'ai fait interner puis quand je t'ai envoyée sur ce paquebot. Mais je ne m'en excuse pas. Par contre, je n'aurais pas dû te prendre ton enfant.

Elle n'est pas morte, Ellen. Ta fille est bel et bien vivante.

Mon cœur battait à tout rompre. J'ai relu la dernière ligne pour être bien sûre.

Ta fille est bel et bien vivante.

Je l'ai tenue dans mes bras pendant quelques minutes le jour de sa naissance. Elle te ressemblait avec ses cheveux noirs épais et soyeux, ses poings minuscules prêts à se battre contre le monde. Ta mère en aurait peut-être décidé autrement, mais comme je n'ai jamais eu d'enfants, j'ai pris ce que je croyais être la meilleure décision. Je l'ai envoyée dans un orphelinat. Je voulais que vous puissiez toutes les deux repartir à neuf. Mon Dieu, tu n'étais toi-même qu'une enfant. Mais je me suis toujours demandé si j'avais fait le bon choix. Même aujourd'hui, je l'ignore.

Tu ne fais pas partie de son histoire et tu ne la connaîtras jamais. Tu dois donc lui en imaginer une qui te rassurera : elle est heureuse et en santé. Et elle est aimée.

J'hésitais à te révéler tout ça. Je craignais que cela empire les choses que tu le saches. Mais après avoir consacré ma longue vie à la fiction, j'ai fini par apprendre la valeur des faits. De la vérité. Cette vérité est difficile à dire et souvent difficile à entendre, mais elle est inscrite dans ta vie et tu mérites de la connaître.

Tu es devenue une femme forte, Ellen. Ton père ne le voit peut-être pas, mais moi, oui. Je suis fière de toi. Ta mère aussi le serait. Et même si tu as changé, tu es restée dans un certain sens la même petite Ellie qui se réfugiait sur l'appui de ma fenêtre, la tête pleine de rêves.

Écris ta propre histoire, Ellen, mais plus encore, vis-la, vis chacun de ses chapitres. Ne crains pas de tourner la page de nouvelles aventures. Il y aura certainement plus de dragons devant toi, mais en les affrontant, souviens-toi de ceux que tu as déjà terrassés. Sache que tu es beaucoup plus forte que tu ne le crois. Et dans de nombreuses années, quand tu auras mon âge, quand tu auras atteint la conclusion satisfaisante de ta vie, j'espère que tu n'auras aucun regret.

Avec beaucoup d'amour,
Tante Géraldine

En terminant ma lecture, j'étais arrivée dans un monde différent. Un monde plein d'espoir où vivait ma petite fille.

Les jours qui suivirent, ma tête bourdonnait. J'arrivais à peine à rassembler mes idées et à déterminer ce que j'allais faire en pensant à tout ce que j'avais appris.

J'avais une fille! Elle vivait, mais où? Tante Géraldine avait omis de mentionner à quel orphelinat elle l'avait confiée. Et même si je l'avais su, ma petite avait peut-être déjà été adoptée. Comment pourrais-je la trouver? Par où commencer?

Et puis il y avait Jim.

J'avais craint qu'il soit allé à la salle des machines après m'avoir laissée sur le pont et qu'il n'en soit jamais remonté, mais j'avais un regain d'espoir. Il restait une toute petite chance qu'il ait survécu, puisqu'il ne s'était pas noyé dans les entrailles du bateau. À moins qu'il se soit noyé après avoir sauvé William Sampson. Oserais-je espérer qu'il m'aimât en plus?

J'errais dans les pièces silencieuses, je m'asseyais à table, mais ne touchais pas à mon assiette. Je m'allongeais dans mon lit sans fermer l'œil. Pauvre Bates et pauvre Lily qui ne savaient pas quoi faire de moi. Même si j'avais détesté devoir conclure un marché avec Steele, je dus admettre qu'il me manquait. Surtout son esprit analytique. Il savait comment poser ces questions incisives. Il aurait certainement été capable de m'aider à réfléchir et à trouver des réponses en moi.

Pour les ajouter ensuite à son article.

Je me faisais des idées ! Steele avait abusé de moi. Il m'avait soutiré mon récit. Il n'allait pas revenir. Il se fichait de moi. Tout ce qui comptait désormais, c'était son article et le titre qu'il lui donnerait. Sa promotion. J'avais échangé mon histoire contre quoi au juste ? Davantage de questions ?

Je ne savais toujours pas où était Jim, s'il avait survécu ou péri, qui il aimait. Je n'avais aucune réponse, à vrai dire, seuls la transcription du récit de Sampson, un calepin et un caban.

Je le regardai sur le portemanteau dans l'entrée. Le bouton que j'avais laissé sur la table à côté de moi. Et la lettre de ma tante mourante.

Et maintenant ? Qu'est-ce que je fais ?

Chapitre 33

— *R*ue Gerrard, c'est ici. Et voici le numéro 6. Bates freina devant une rangée de maisons, une longue suite de façades en briques ponctuées par une porte, une fenêtre, une porte, une fenêtre, jusqu'au coin de la rue. Un mur bas suivait sur toute la longueur, percé çà et là de grilles en fer forgé coincées et à demi fermées par la rouille. L'espace entre ce mur et les maisons était en terre sans le moindre brin de gazon, encore moins de fleurs. À cause du coût de la vie et de la proximité de l'océan, tout dans ce quartier de la ville semblait fatigué et usé par les intempéries, même les passants. Un vieil homme nous fit les gros yeux en voyant notre automobile qui, de toute évidence, n'appartenait à aucun de ses voisins.

Bates se tourna vers moi en posant son bras sur le dos du siège avant :

— Vous ne voulez pas que je vous accompagne, vous êtes sûre, Mademoiselle ? C'est le quartier du port. Les gens ici ne sont pas très raffinés, si vous me pardonnez l'expression.

Celle que j'étais avant se serait recroquevillée dans l'automobile, mais après avoir vécu sur l'*Empress,* je les avais connus pour ce qu'ils étaient : des gens comme les autres. Bien sûr, les hommes avaient été endurcis par le travail et les temps difficiles. Robustes et déterminés. Grossiers comme l'étoffe du manteau que je tenais. Je connaissais ces étrangers parce qu'ils étaient des soutiers et des chauffeurs, comme Jim, des matelots et des stewards, comme Timothy. Je le rassurai en descendant de la voiture :

— Ça va bien aller. Attendez-moi ici, ce ne sera pas long.

Je franchis la grille et je rassemblai mon courage pour me diriger vers la maison. Il m'avait fallu quelques jours simplement pour me décider à y aller. Mais je ne savais pas du tout quoi dire. Y avait-il quelque chose à dire ? Peu importe si j'y trouvais sa mère (ce que j'espérais) ou sa femme, elle méritait de connaître son histoire. Probablement pas ce qui me concernait, mais au moins ce qu'il avait fait pour Sampson.

Je frappai à la porte, puis je joignis mes mains sous le manteau plié sur mon bras. J'avais remis le journal – et toutes les pages arrachées par Steele – dans la poche, en prenant soin de glisser entre les couvertures abîmées une copie du récit de Sampson. Je ne pouvais rien garder de tout cela. Le matin même, j'avais recousu le bouton, une tâche qui m'aida à ne pas penser à la lettre de tante Géraldine, à ma fille et aux interrogations douloureuses à son sujet : où se trouvait-elle, à quoi ressemblait-elle, comment se portait-elle ?

Une jeune femme de mon âge vint ouvrir. Des boucles de cheveux brun-roux s'échappaient de son foulard décoloré. Elle tenait sur sa hanche une fillette qui se retenait à elle avec ses jambes potelées. La petite me regardait timidement derrière sa couverture et j'eus le souffle coupé en remarquant ses boucles brunes et ses yeux bleu acier, comme ceux de Jim. Je pris mon souffle :

— Est-ce que… Est-ce que je suis chez Jim Farrow ?

J'espérais m'être trompée de maison, en sachant fort bien que ce n'était pas le cas.

La jeune femme me regarda avec curiosité :

— C'est bien ça. Je m'appelle Elizabeth.

— Et moi, c'est Penny Farrow, ajouta la fillette.

Mon cœur se noua. Alors c'était bien vrai.

— Mais il est…, continua Elizabeth.

Je l'interrompis :

— Je sais.

Je ne voulais pas qu'elle le dise. C'était déjà difficile pour elle de vivre avec sa mort. Et je ne voulus pas non plus lui voler le souvenir qu'elle avait de lui. Elle pourrait lire son journal elle-même et découvrir ce qu'il avait dans le cœur et dans la tête lors de sa dernière nuit.

— Je travaillais…

Je m'arrêtai en me rendant compte qu'elle ne pouvait pas croire que j'avais été femme de chambre avec mes beaux vêtements, mon chauffeur et mon automobile devant sa porte.

— J'étais sur l'*Empress*. On m'a demandé de vous remettre ceci. Nous avons pensé que vous le voudriez, que vous voudriez savoir.

Je lui donnai le caban et tout ce qu'il y avait dans les poches.

— Oh, merci.

Elle plaça le manteau dans le creux de son bras d'un air confus.

Je me sentais mal à l'aise sur le seuil de chez Jim. Elizabeth me regarda d'un air inquisiteur, puis ouvrit la porte plus grande et me demanda :

— Voulez-vous entrer prendre une tasse de thé ? Jimmy…

— Non, non. Merci, mais je ne peux pas rester.

Une partie de moi rêvait de s'asseoir à sa table, au cœur de sa maison. De toucher les objets qui comptaient le plus pour lui. D'entendre Elizabeth me parler de l'homme qu'elle avait connu. Mais je ne pouvais faire cela ni à elle ni à moi. Je regardai par-dessus son épaule pour avoir un dernier coup d'œil sur l'univers de Jim Farrow, puis je caressai la joue rebondie de la petite du revers de la main :

— Tu es jolie, toi !

Les yeux brillants, elle fit un grand sourire qui creusa des fossettes, comme Jim.

— Elle est le portrait tout craché de son père, hein ma choupette ? dit Elizabeth.

Elle ajouta d'une voix éteinte :

— Il est mort en mer.

Je hochai la tête, surprise qu'elle précise ce que nous savions toutes les deux. Mais le deuil nous fait parfois dire de drôles de choses. Elle avait peut-être éprouvé le besoin de le dire tout haut, comme lorsque je m'étais confiée à Steele. Peut-être était-ce la première fois. Pour changer de sujet, je demandai :

— Quel âge as-tu, Penny ?

Elle leva deux doigts. Un an de plus que ma fille.

À qui ressemblait-elle ?

Avait-elle mes yeux ?

Je ne savais même pas son nom.

Remarquant mon expression, Elizabeth me dit :

— Avez-vous des enfants, Madame ?

Je retirai ma main et me raclai la gorge. J'avais fait ce pour quoi j'étais venue. Inutile de m'attarder. Je la saluai d'un mensonge :

— Je suis heureuse d'avoir fait votre connaissance.

Elle me héla tandis que je regagnais la voiture :

— Vous ne m'avez pas dit votre nom !

— Ellen, Ellen… Ryan.

Je fus surprise de lui donner le pseudonyme que j'avais porté sur le paquebot, le nom de la femme de chambre qui aimait Jim. Celui de la fille que j'étais avant le naufrage de mon bateau, de ma vie et de mon amour.

Je me précipitai dans l'automobile et Bates s'éloigna sans tarder.

C'est ça, ce que tu voulais : être sûre, me dis-je en appuyant la tête sur la fenêtre. *Alors maintenant, tu sais.*

Par contre, la vérité m'avait blessée davantage que je le croyais possible. Elle avait surgi en plein brouillard, comme le *Storstad.* Elle m'avait transpercé le cœur et s'était enfoncée dans ma poitrine en laissant pénétrer la douleur en moi.

Il ne t'a jamais aimée. Peu importe ce que tu as pensé ressentir pour Jim ou ce que tu savais, rien n'était vrai. Ce n'était pas réel.

Quelle idiote...

Tout ce dont j'étais certaine, c'était que je ne voulais plus jamais me sentir comme cela. Et tandis que nous roulions sur la rue Gerrard devant la longue rangée de portes anonymes, nous éloignant progressivement du numéro 6, je me délestai de beaucoup de choses : le caban de Jim, son journal, son histoire. J'avais laissé tout ça derrière moi.

Et aussi Ellen Ryan, la fille que j'avais été.

Chapitre 34

ates me déposa au parc. Il me fallait prendre l'air. Il me fallait réfléchir. Il me fallait des réponses.

Je suivis machinalement l'allée qui traversait le pré verdoyant en tournant en rond, comme mes pensées. Je souhaitais que mon esprit s'épuise aussi rapidement que mon cœur. Incapable de faire un pas de plus, je quittai le sentier pour me diriger vers le banc près de l'étang, lorsqu'une voix interrompit mes réflexions morbides :

— Bon sang ! Vous avez fait plus de tours de piste qu'un cheval de course ! observa Steele.

Nonchalamment assis sur le banc, les chevilles croisées et les mains derrière la tête, il m'avait regardée tourner en rond autour de lui.

— Je viens d'aller porter le manteau, dis-je en m'écrasant essoufflée à côté de lui. En fait, je l'ai remis à la *mère de sa fille…*

Ça me faisait du bien d'en parler, même si c'était à Steele.

— Pour vrai ? Je l'ignorais. Désolé, honnêtement. J'aurais pu l'apporter moi-même…

— Je dois vous dire une autre chose.

Je pensais à mon enfant qui vivait… quelque part. Le lendemain, 8 juillet, ce devait être son premier anniversaire. J'avais déjà tellement manqué de petites choses. Je regardai Steele. Si quelqu'un pouvait la trouver, c'était bien lui.

Est-ce que je tenais vraiment à ce qu'il s'en mêle? Nous avions enfin terminé les entrevues sur l'*Empress* prévues par notre entente. Quelle était l'utilité de lui en dire davantage? Le connaissant, il voudrait probablement une photographie pour accompagner son article, un beau grand format de la mère et sa fille réunies.

Réunies.

À vrai dire, j'étais prête à faire n'importe quoi pour la retrouver. Et quel aurait été le problème de lui parler de la lettre de tante Géraldine? Il savait déjà le pire : que j'avais perdu ma virginité aux mains d'une crapule et ma dignité dans un refuge. Pourquoi ne pas lui révéler tout le reste?

— Ma fille est en vie. Elle est en vie ! Ma tante me l'a annoncé dans une lettre. Elle n'est pas morte, Steele !

C'était tellement fabuleux de pouvoir le dire que je dus le répéter.

— Vraiment? C'est formidable, Ellen ! Mais à voir votre expression, je commence à douter qu'il s'agisse d'une bonne nouvelle.

Je lui expliquai ce qu'avait écrit ma tante, qu'on avait pris le bébé pour l'amener je ne sais où. Je me tournai vers lui :

— Je sais que notre entente est terminée, mais s'il y a une personne capable de trouver des renseignements sur elle, c'est bien vous.

De la flatterie, bien entendu, qui, je l'espérais, pouvait le faire changer d'idée, mais mes propos étaient sincères. Steele était comme un chien de chasse. Ne m'avait-il pas retrouvée de l'autre côté de l'océan ? N'avait-il pas déterré des vérités que j'avais enfouies longtemps auparavant ? Il n'y avait pas moyen de tromper ce limier une fois qu'il suivait une piste.

Il leva les yeux au loin, perdu dans ses pensées. Il se demandait peut-être s'il avait le temps. Il avait probablement d'autres textes en plan, d'autres échéances à respecter.

Je fis miroiter l'éventualité d'une récompense :

— On pourrait proposer à ses parents adoptifs de vous laisser photographier la petite et moi ensemble, pour un article.

Je crus percevoir une lueur dans ses yeux. J'ajoutai :

— Imaginez le titre, Steele : « Une survivante du naufrage de l'*Empress* retrouve l'enfant qu'on lui a enlevée à la naissance ».

Je me fichais bien de voir mes fautes et mon visage étalés dans le journal si cela me permettait de retrouver ma fille. Je voulais simplement la tenir dans mes bras, une fois seulement. Savoir qu'elle allait bien.

Comme il ne réagissait pas, je crus qu'il en avait assez de mes histoires. Il voulait peut-être passer à autre chose. Il avait probablement d'autres femmes, et d'autres reportages, à pourchasser. Il s'adressa à moi le regard brillant :

— Cette nuit-là, quelle a été la dernière chose que vous a dite Meg avant de se noyer ?

— Je ne sais pas, dis-je en essayant de me rappeler. Quelque chose au sujet d'une promesse qu'elle avait faite à ma tante. De prendre soin de moi…

Steele m'orienta dans mes souvenirs :

— Elle a tenu cette promesse-là, mais quelle est celle qu'elle n'a pas tenue ?

Je fermai les yeux et retournai à ce moment horrible où elle était sur le point de s'enfoncer dans l'eau. Sa voix résonna dans mon esprit :

— Elle avait juré de ne jamais me dire la vérité. Et ensuite, elle a ajouté « Barnardo ».

J'ouvris les yeux et regardai Steele.

— Je parie que votre fille vit avec la famille Barnardo. Vous les connaissez?

Barnardo, bien sûr! Ce n'était pas le nom d'un passager ni d'une famille, comme le croyait Steele, mais il avait raison: mon enfant y était. Je n'avais pas fait le lien avant, trop troublée par la perte de mon amie. J'avais voulu oublier ses dernières paroles, mais dans son souffle ultime, elle m'avait révélé où on avait amené ma fille.

— Ce n'est pas une famille, c'est un orphelinat: celui du docteur Barnardo.

Je me souvins d'avoir vu une cinquantaine d'orphelins de Barnardo sur le quai de Liverpool qui attendaient de monter à bord de l'*Empress* avant l'une de nos traversées. Ce n'était pas leur jeune âge – ils avaient neuf ou dix ans – qui m'avait choquée. C'est plutôt l'étiquette blanche attachée à leur manteau, comme s'ils n'étaient que des bagages abandonnés sur le quai. Kate m'avait expliqué que des orphelins de Barnardo traversaient souvent l'Atlantique à bord de l'*Empress*.

— On les envoie travailler dans des fermes au Canada, expliquai-je à Steele.

— Comme des esclaves? On est en 1914, bon sang! On n'a pas aboli l'esclavage au dix-neuvième siècle? me dit-il avec incrédulité.

— En fait, ce sont plutôt des apprentis domestiques. Ils travaillent pour acquérir leur liberté. Mais je pense qu'on ne leur demande pas leur avis.

J'avais eu le cœur brisé en voyant les orphelins, mais ce n'était rien à côté de la douleur d'imaginer ma fille dans la même situation. Steele me dit:

— Laissez-moi faire. Donnez-moi quelques jours pour fouiller un peu. Je vais la retrouver.

Il me connaissait plus que quiconque, plus même que l'homme que j'avais aimé. À ce moment-là, je n'avais qu'un seul confident, qu'un seul ami au monde. C'était Wyatt Steele.

Mais je ne savais pas vraiment ce que je représentais pour lui.

Chapitre 35

Au bout d'une semaine, je n'avais toujours reçu aucune nouvelle de Steele. Bates me dit que j'allais user les tapis à force d'arpenter la maison dans tous les sens, mais je ne savais pas quoi faire d'autre.

J'entendis le bruit du heurtoir et je me précipitai dans le vestibule, croyant que c'était lui. Mais Lily prit une enveloppe et referma la porte. M'avait-il écrit? Il l'avait peut-être retrouvée. Le message n'était pas de Steele. C'était seulement une lettre de maître Cronin, le notaire de ma tante, qui souhaitait me rencontrer la semaine suivante.

Les heures se succédaient, interminables. Je faisais le guet sans arrêt, de l'aube au crépuscule, en attente de nouvelles de Steele. Il finit par me téléphoner:

— Je l'ai trouvée.

Quatre petits mots et tout changea. Toutes mes inquiétudes accumulées, mes craintes les plus inavouables, toute l'anxiété qui m'avait minée au cours des jours précédents se muèrent en larmes. Je n'arrivais pas à parler.

— J'ai fait jouer mes relations et nous avons rendez-vous demain avec madame Winters. Et votre fille. Elle y sera elle aussi.

Je serrai le téléphone à deux mains en hochant la tête sans dire un mot pendant que j'assimilais la vérité.

Ma fille est vivante et je sais où elle se trouve.

Je la verrai demain.

Ce renseignement que je cherchais depuis longtemps suscitait d'autres questions. À quoi ressemble-t-elle ? Que fera-t-elle quand elle me verra ? Est-ce qu'elle saura intuitivement que je suis sa mère ? Elle va reconnaître ma voix, peut-être ? Et si oui, croit-elle au fond de son petit cœur que je l'ai abandonnée ? Cette nuit-là, je fermai à peine l'œil.

Le lendemain matin, malgré les protestations de Bates, j'acceptai l'offre de Steele de nous conduire à l'orphelinat Barnardo. Et même si j'avais été tentée de m'asseoir à l'arrière pour lui faire comprendre son statut, celui d'un homme à mon service, je cédai et pris place à côté de lui. Il me taquina, me dit que c'était la première fois que j'occupais le siège avant. Il aurait dû se taire pour se concentrer sur la conduite. Il avait tellement de difficulté à passer les vitesses que nous avancions par à-coups.

— C'est quoi votre problème ? dit-il en enfonçant violemment la pédale de frein et en manœuvrant brusquement le bras de vitesse. Les vitesses, le volant, les conducteurs. Tout se trouve du mauvais côté.

Pas étonnant qu'il croie que tout le pays soit dans l'erreur.

— Je vous assure que nous sommes du bon côté. C'est peut-être vous qui conduisez mal.

Debout dans le jardin, Bates nous observait avec angoisse. Steele le salua de la main avec enthousiasme :

— Je ne pense pas que votre majordome soit rassuré de vous laisser seule avec moi.

— C'est le fait de vous confier son automobile qui l'inquiète ! dis-je en riant.

Nous roulâmes une demi-heure, puis Steele s'arrêta sur le côté d'une longue rue droite et coupa le moteur. Je regardai les collines où paissaient quelques vaches :

— Qu'est-ce que vous faites ? On n'est pas arrivés, non ?

— À vous. Si c'est la première fois que vous vous asseyez à l'avant, vous n'avez certainement jamais pris le volant.

— J'avoue que non, mais ce n'est vraiment pas le bon moment pour apprendre.

— Au contraire, c'est parfait. Essayez.

Il me lança les clés. Puis il sortit de l'automobile, il en fit le tour et ouvrit la porte du côté passager. Je lui ordonnai :

— Retournez à votre place !

Rien n'y fit : il me força à me glisser derrière le volant en enjambant le bras de vitesse.

— Vous m'avez dit que vous m'emmèneriez visiter ma fille.

— J'ai dit que je *trouverais* votre fille. Et j'ai réussi. Maintenant, c'est *vous* qui allez nous y emmener.

J'étais sûre qu'il blaguait :

— Mais je vais nous tuer ! Je ne conduirai pas.

Je voyais à son air qu'il n'allait pas céder, ce têtu de crétin. Eh bien, moi non plus je ne me laisserais pas faire :

— Je ne sais absolument pas conduire.

— Mais oui, dit-il en souriant. Où met-on la clé ?

— Je sais où je *voudrais* la mettre, murmurai-je en l'insérant dans le contact.

Il éclata de rire :

— Bel état d'esprit !

Steele m'expliqua toutes les étapes pour démarrer. Le moteur grinça quand je le fis tourner trop longtemps, mais finit par démarrer. Facile, mais ce n'était pas ça le problème : embrayage, frein, accélération. Trois pédales, ce n'est pas si compliqué. Suivant ses instructions, j'appuyai sur les pédales d'embrayage et de frein pendant que Steele manœuvrait le bras de changement de vitesse et le poussait vers le haut :

— Allons-y lentement, gardez-la en première. Ensuite, levez le pied du frein et relâchez l'embrayage.

En faisant cela, je sentis l'automobile avancer et, prise de panique, je freinai sec. À ma tentative suivante, je laissai la voiture avancer et nous roulâmes sur l'accotement en gravier.

— Très bien, dit-il en esquissant un sourire. Si on essayait sur la route maintenant?

Je tournai le volant en bois, trop loin pour commencer, mais je finis par rouler dans la bonne direction.

Je sais conduire!

— Maintenant, accélérez un peu, pas trop…

L'automobile bondit par en avant et je freinai avec un peu trop d'enthousiasme, projetant Steele contre le pare-brise. Je me tournai vers lui, le cœur battant. Qu'est-ce que j'étais en train de faire?

— Vous voyez bien? Je vous l'avais dit que je ne savais pas conduire. Et regardez-vous maintenant: vous saignez!

Il tâta sa lèvre fendue, passa sa langue derrière, puis fit un geste:

— Ce n'est rien.

— Je ne peux pas. C'est trop dangereux.

Je croisai les bras et nous restâmes immobiles au milieu de la route, le moteur tournant au ralenti.

— Dites-vous que c'est une aventure.

Je ne savais pas quels virages allaient suivre la route derrière la colline devant nous.

— C'est trop risqué, Steele. Je ne peux pas.

Il prit une longue inspiration:

— Ellen, toutes les aventures comportent des risques. On ne sait pas où on pourrait arriver et il faut prendre des décisions au fur et à mesure. C'est ça, vivre une aventure.

Je jetai un coup d'œil aux vaches dans le pré à ma droite qui nous observaient en ruminant, indifférentes au drame qui se déroulait sur la route. Steele reprit:

— On se blesse, on fait des erreurs, et après?

Je me tournai vers lui. Sa lèvre avait enflé comme s'il s'était fait piquer par une abeille, ce qui lui donnait un drôle de sourire de guingois:

— Je crois quand même que c'est pas mal plus amusant que de rester immobile, le moteur en marche au beau milieu de la route.

Je me rendis compte qu'il ne s'agissait pas de conduire une automobile, mais bien de prendre son destin en main. De faire des choix et d'avancer. Combien de fois avais-je laissé les autres me dire quel chemin choisir et de quelle façon le faire? J'avais toujours été une passagère, ma vie était à la merci des plans d'un autre.

Plus jamais.

Je pris le volant, le cœur fébrile:

— C'est bon, mais je me rends seulement jusqu'à l'entrée du village.

— Oh oui! me dit-il en éclatant de rire. J'aime l'aventure, mais je ne suis pas suicidaire!

Je conduisais avec beaucoup plus de facilité après avoir compris le principe. Comme prévu, Steele prit le volant juste avant le village. Après quelques rues, nous arrivâmes devant une grande maison de briques à trois étages. La pelouse et les jardins derrière la grille semblaient magnifiques et je me demandai si ceux qui y vivaient les voyaient du même œil. À l'entrée se trouvait le bureau de la réceptionniste. Steele se présenta:

— Wyatt Steele. Mademoiselle Hardy et moi avons rendez-vous avec madame Winters.

La dame nous fit pénétrer dans une autre pièce. Steele et moi nous sentions tous les deux comme des élèves indisciplinés envoyés chez la directrice.

Madame Winters entra et nous serra la main avant de prendre place derrière son bureau. Je voyais à sa coiffure stricte, à sa tenue irréprochable et à son assurance qu'elle était une femme pragmatique. Elle me faisait penser à ma patronne sur l'*Empress*, madame Jones. Toutes les feuilles et tous les stylos étaient bien alignés sur son sous-main. Comme si nous avions déjà entamé la conversation, elle me dit :

— Si j'ai bien compris, vous êtes la mère ?

Elle me jaugea d'un regard sévère, mais je ne perçus aucun jugement. Je hochai la tête.

— Cette situation est très inhabituelle, Monsieur Steele, mais les membres de notre conseil d'administration croient que, étant donné la notoriété de votre journal, ce genre d'article pourrait faire augmenter le soutien financier des bienfaiteurs. Si vous parlez de notre établissement sous un jour favorable, bien entendu.

Steele sourit :

— Absolument, j'ai déjà fait des recherches préliminaires sur le docteur Barnardo pour un encadré. C'était un homme admirable. Il a laissé tout un héritage.

Madame Winters lui tendit une feuille :

— J'ai les chiffres que vous vouliez. À sa mort, son œuvre philanthropique avait fondé quatre-vingt-seize résidences qui accueillaient plus de huit mille cinq cents enfants. Et nous en envoyons plus d'un millier par année au Canada comme domestiques et ouvriers agricoles. Je précise que nous demandons des nouvelles de nos orphelins tous les trois mois pour nous assurer qu'ils vont à l'école et sont traités comme des enfants de la famille.

Sa façon de s'exprimer ne me plut pas : et l'amour dans tout ça ? Elle ajouta en me fixant du regard :

— Selon nous, chaque enfant mérite d'avoir une chance, le meilleur départ possible dans la vie. Quel que soit son milieu.

Elle pensait que j'avais volontairement abandonné et rejeté mon bébé. Je répliquai :

— Je tiens à préciser que je croyais que ma fille était morte peu après sa naissance.

Elle joignit les mains :

— Tout ce qui compte maintenant, c'est que Faith aille bien. En fait, je dirais même qu'elle est florissante de santé.

Incrédule, je murmurai :

— Elle s'appelle… Elle s'appelle Faith ?

— C'est le nom qui a été inscrit quand elle a été amenée ici.

— C'était le prénom de ma mère.

Cela me rassura de constater que tante Géraldine lui avait tout de même légué ce prénom qui veut dire « foi » ou « confiance ».

Madame Winters prit sa plume et nota :

— « Nommée d'après la grand-mère maternelle. »

Elle déposa sa plume à l'endroit prévu et dit :

— C'est toujours bon d'avoir des détails comme celui-là. Ils signifient beaucoup pour eux quand ils grandissent.

Elle se leva et nous escorta vers la sortie :

— Je me suis dit que les jardins feraient un très beau décor pour votre photographie.

Chapitre 36

Les jardins étaient magnifiques. Les tulipes, les jonquilles et les roses étaient probablement écloses. J'imagine que la pelouse était soigneusement tondue et que les nuages flottaient mollement dans le ciel. J'imagine que madame Winters et Steele étaient là eux aussi. Mais moi, tout ce dont je me souviens, c'est d'elle. Ma fille.

Faith.

Elle avait les cheveux foncés comme moi, mais coupés au carré et ornés d'un ruban blanc sur le côté. Les rayons du soleil lui faisaient comme un halo. Elle portait une robe simple sous un cardigan fermé par un seul bouton, des chaussettes et des bottines blanches toutes raides pour l'aider à marcher. Elle trottait à petits pas sur ses jambes dodues en agrippant le doigt de la femme à côté d'elle. De l'autre main, Faith attrapa une rose à sa hauteur, déterminée à l'arracher. La femme la retint, mais Faith lâcha son doigt et fit quelques pas seule en titubant avant de s'écraser sur son derrière et de se mettre à ramper en direction de la plate-bande. Tout ce qu'elle faisait m'émerveillait. J'avais peine à respirer en me rendant compte que je voyais ma propre fille.

Faith.

Madame Winters réprimanda la femme :

— Oh, Anna, ne la laissez pas se tacher avec l'herbe ! Une petite orpheline toute crottée. Mon Dieu, qu'est-ce que les gens diraient ? Ce ne serait pas bon du tout pour notre réputation.

La dame prit Faith dans ses bras et la frotta, tandis que madame Winters me désignait une chaise de bois qu'une main invisible avait installée au milieu des massifs de fleurs :

— Veuillez vous asseoir, Mademoiselle Hardy.

Anna remit Faith sur ses pieds et la tourna vers moi. Elle avait les yeux noisette, comme ma maman, et je souris lorsque nous nous regardâmes pour la première fois. En fait, j'avais plutôt l'impression que je la revoyais. Faith rit de joie en se retrouvant debout et agita sa main libre. Je tendis lentement les bras vers elle, craignant qu'elle se recroqueville de timidité ou, pire encore, qu'elle se mette à pleurer. Je n'aurais pas pu le supporter. Au cours des jours précédents, quand j'avais imaginé notre rencontre, c'est le rejet que j'avais craint le plus. Mais le visage de Faith s'éclaira et manifesta une joie égale à la mienne. Elle lâcha la main d'Anna et fit trois ou quatre pas pour saisir la mienne.

— Bonjour Faith…

Les mots se coincèrent dans ma gorge, mais ni l'une ni l'autre n'avions besoin de les entendre. Je la soulevai et ses petits bras encerclèrent mon cou. Elle appuya sa tête sur mon épaule et je sentais ses doux cheveux contre mon visage. Je lui frottai le dos en inspirant son odeur. Je sentais son cœur battre contre le mien. Le cœur de ma fille.

Steele prit plus de photographies qu'il en aurait besoin. Je me doutais qu'il faisait exprès de prolonger la séance. Il demanda même à madame Winters et à Anna si elles avaient le temps de répondre à quelques questions supplémentaires. Puis, sachant très bien que je n'aurais aucune objection, il me dit :

— Est-ce que cela vous dérange si nous restons un peu plus longtemps, Ellen ?

Il dirigea ensuite les deux femmes vers le bureau pour me permettre de passer de précieux moments seule avec ma fille.

Faith et moi marchâmes autour des fleurs et jouâmes dans le gazon. Je l'observai explorer tout ce qui l'entourait, heureuse de partager son émerveillement et voyant tout avec ses yeux pour la première fois. Nous nous agenouillâmes lorsqu'elle pointa de son doigt dodu une chenille noir et orange. Je pris l'insecte et le laissai ramper sur son bras. Nous étions toutes deux hypnotisées par son corps qui se déplaçait en accordéon et les petites pattes qui bougeaient en cadence. Elle me regardait avec stupéfaction, les yeux brillants, et j'éclatai de rire en me demandant si ma mère avait éprouvé le même émerveillement à mon égard. En fait, je savais qu'elle s'était sentie comme je l'étais à cet instant.

Lorsque madame Winters revint une heure plus tard avec Anna et Steele, elle me rappela à l'ordre :

— Regardez dans quel état elle est !

Main dans la main, Faith et moi avions des taches de gazon aux genoux et les coudes sales, des traînées boueuses sur le visage et les ongles crasseux après avoir joué dans la terre.

Steele éclata de rire et prit une autre photographie de nous deux dans cet état, au grand déplaisir de madame Winters :

— Celle-là *ne doit pas* être publiée dans votre journal !

— Ne vous inquiétez pas, précisa-t-il en me souriant, elle est pour Ellen.

— On ne peut pas partir tout de suite ! On vient d'arriver ! dis-je en me rendant compte que je faisais moi-même des enfantillages.

Sans avoir besoin de regarder la montre-broche attachée à son corsage, madame Winters annonça :

— Il est midi.

— On ne pourrait pas rester encore un petit peu ?

— C'est l'heure du repas de Faith.

Anna s'avança et prit Faith sous les aisselles pour l'appuyer sur sa hanche. Je dus lâcher la petite main. Elle dit :

— Il faut rentrer. Ce sera bientôt l'heure de sa sieste.

Je me rendis compte qu'Anna n'était pas une bonne d'enfants employée à l'orphelinat, mais bien la femme qui élevait ma fille. J'eus de la peine à poser ma question :

— Est-ce que vous... Est-ce que vous avez adopté Faith ?

— Non, répondit Anna en souriant. Je suis sa nourrice.

En fait, elle était la seule mère que ma fille eût connue. Faith se frotta les yeux avec ses poings crottés et posa sa tête sur l'épaule de la femme. Cette scène éveilla en moi toutes sortes de sentiments : tendresse, jalousie, mais surtout rage. Rage que quelqu'un ait pris ce qui aurait dû m'appartenir. Peu importaient les intentions de ma tante, elle m'avait volé mon rôle de mère. Je voulus arracher Faith des bras d'Anna et m'enfuir avec elle aussi loin que je le pouvais.

Steele, qui lisait dans mes pensées aussi facilement que dans son journal, se plaça à côté de moi et me prit par le coude. Toujours aussi charmant, il dit :

— Merci, Mesdames, de m'avoir accordé votre temps.

Elles marmonnèrent une réponse en gloussant, mais je ne compris rien, puis Steele m'entraîna parce que je refusais de bouger. Comment aurais-je pu ? Comment aurais-je pu m'éloigner de ma fille, alors que je savais qu'elle existait, alors que je l'avais tenue dans mes bras ? On me l'avait arrachée une fois, et cela m'avait pratiquement tuée. Je ne pouvais pas les laisser recommencer.

Mais que pouvais-je faire d'autre ?

Steele me conduisit dans l'allée jusqu'à l'automobile où je m'assis, complètement engourdie.

Ce n'est pas vrai. Ça ne se peut pas.

Il fit le tour de la voiture, prit place derrière le volant et démarra.

— C'est bien ce que vous vouliez, n'est-ce pas ? La rencontrer et la tenir dans vos bras ?

— Oui, répondis-je avec tristesse.

— Elle vit dans une bonne maison, Ellen, dans une famille d'accueil avec trois autres enfants plus vieux. Je me suis informé parce que je me suis dit que ça vous intéresserait.

Je ne répondis rien.

— Les parents d'accueil ne sont pas tous aimables, mais Anna, oui. Vous avez vu qu'elle s'occupe bien de Faith. Cela ne vous suffit-il pas ?

— Non, dis-je en observant l'étrangère s'éloigner avec ma fille.

Peu importe ce qu'Anna lui offrait, Faith ne recevrait jamais l'affection d'une mère. Steele ne pouvait pas saisir ce que je comprenais à peine moi-même. Mais je l'avais senti dans le jardin, j'avais été gonflée de fierté et d'admiration devant ma fille, je voulais la protéger, j'éprouvais un amour qui me ferait faire n'importe quoi pour elle.

— Faith est ma fille *à moi*, Steele.

Nous nous éloignâmes en silence de l'orphelinat.

— Votre tante avait peut-être raison. La meilleure chose que vous puissiez faire pour elle, c'est probablement de la laisser partir.

Je refusais de lui donner raison. Je ne voulais pas qu'on me rappelle que je n'avais pas les moyens de faire vivre ma fille, ni de lui offrir un toit. J'avais rendez-vous avec le notaire de ma tante le lendemain. Et ensuite ?

— Donnez-lui la chance d'avoir une meilleure vie avec Anna ou une autre personne qui voudrait l'adopter. Elle ne s'ennuiera pas de vous. Elle ne se souviendra même pas de vous.

Heurtée par la vérité de ses propos, je répliquai brusquement :

— Je le sais, mais elle est ma fille, Steele. Comment pourrais-je l'oublier ?

Je venais à peine de la retrouver et je la perdais à nouveau.

Chapitre 37

Steele gara l'automobile et me raccompagna à la porte. Je me demandai si je le voyais pour la dernière fois. Il me tendit les clés :

— J'imagine que ça s'arrête ici.

— J'imagine.

Je n'avais pas recherché sa compagnie, et encore moins son amitié, pourtant, après avoir trouvé et perdu Faith à nouveau, je ne voulais plus laisser partir la seule personne qui me connaissait vraiment. Steele m'avait arraché mon histoire en marchandant et il la connaissait au complet. À vrai dire, il en faisait maintenant partie.

Quelle importance ? La semaine prochaine, quand l'article paraîtra dans son journal, le monde entier lira mon histoire.

J'avais tellement espéré des conclusions heureuses : que Jim ait survécu, que Meg revienne à la maison, que je trouve la paix après avoir rencontré ma fille. Mais on me les avait toutes refusées.

Et maintenant, Steele partait. Et je serais tout à fait seule. Il posa une main sur mon épaule. Même à ce moment, il savait ce que je pensais :

— Ça va aller, Ellen ?

— C'est seulement que j'en ai assez des adieux, dis-je en haussant les épaules.

— Alors, ne disons rien ce soir, dit-il en me soulevant le menton pour me faire sourire. J'ai quelques rendez-vous à Londres au cours des prochains jours pour mon article sur l'armée. Est-ce que je pourrais venir vous voir après?

Je hochai la tête:

— J'aimerais bien.

Après le départ de Steele, j'ouvris la porte et fus surprise par l'odeur de cigare. L'odeur de mon père. Elle me perturba comme le feu qui couve dans un tas de foin énerve une pouliche. Je voulus m'enfuir.

Tante Géraldine va être en colère, elle ne laisse jamais personne fumer dans la maison…

Et puis je me rappelai qu'elle était partie, que le manoir appartenait à mon père. Ou plutôt, qu'il serait bientôt à lui. Après tout, je détestais cette éventualité autant que l'idée de faire face à Père. J'entrai dans le salon et je le trouvai en train de lire le journal. Il ne se doutait pas que bientôt, il y lirait un article à mon sujet. La honte de la famille serait étalée à la une en gros caractères.

— Père?

Il baissa son journal et scruta ma tenue fripée et sale.

— Lily m'a dit que tu étais avec… un jeune homme.

Il avait déjà réécrit l'histoire. Il m'avait déjà jugée, avant même de m'accuser. Je ne l'avais pas vu depuis près de deux ans, et c'est comme ça qu'il m'accueillait?

Je ne fléchis pas. Je n'avais rien fait de mal.

— Oui, un reporter du *New York Times*.

Il ferma le journal d'un coup sec et le plia deux fois, le regard plein de mépris.

— Alors, on dirait bien que tu n'as pas encore appris ta leçon, hein?

Tante Géraldine avait raison. Je n'étais pas la même fille qu'il y a deux ans lorsque mon père m'avait mise à la porte. Et il se trompait : j'avais beaucoup appris. Je venais d'ailleurs de tirer une nouvelle leçon : je n'avais nullement besoin de son approbation. Même à ce moment, debout devant lui dans un état pitoyable, je me rendis compte que je me fichais de ce qu'il pensait.

Il n'avait pas daigné assister aux funérailles de sa propre tante. Il avait peut-être appris que j'étais sur l'*Empress* lors du naufrage, mais il n'avait pas écrit pour savoir si j'avais survécu ou non. Pas à moi, en tout cas.

— Que faites-vous ici, Père ?

Il prit une longue bouffée de son cigare, et le bout devint rougeoyant.

— Maître Cronin m'a conseillé de venir pour superviser le règlement de la succession.

Cet intérêt soudain maintenant qu'il était question d'argent lui ressemblait tellement ! Il était le seul neveu de tante Géraldine. Son unique héritier. Il ne faisait aucun doute qu'il recevrait tout !

— Ellen, j'ai décidé de te permettre de revenir à la maison. Mais je ne peux pas dire que je te pardonne.

Se complaisant visiblement dans sa bienveillance, il retira son cigare et le fixa. J'éclatai :

— Me pardonner, à moi ! Mais c'est vous qui m'avez laissée à la merci de ce… de cette crapule. J'avais seize ans !

Il me fixa d'un regard vide :

— Assez vieille pour faire preuve de jugement.

Je ne faiblis pas. Je n'étais plus une enfant.

— Vous m'avez utilisée comme appât, comme pot-de-vin pour vendre vos foutus chevaux !

J'ignore à quoi il s'attendait, mais certainement pas à ma réaction violente. Il se pétrifia sur place, écarlate, la bouche entrouverte sous sa grosse moustache blanche aux extrémités frisées. Même si j'avais exagéré, il y avait de toute évidence un fond de vérité.

— Je n'ai jamais… C'est grotesque !

Il bafouilla en cherchant sa propre vérité. Puis, il pointa vers moi son cigare coincé entre ses deux doigts :

— Tout ce que je fais ou que j'ai fait, c'est pour le bien de la ferme. Pour ta mère et toi.

Je croisai les bras. Même s'il en avait la conviction, ce n'était pas vrai. Pas selon moi. Avait-il seulement remarqué qu'il avait mentionné la ferme en premier lieu ? Est-ce qu'il s'écoutait parler ?

Les larmes me montèrent aux yeux quand je me reportai à ce moment où je m'étais sentie vraiment vulnérable, mais je n'allais pas craquer, pas maintenant :

— Je me suis présentée à vous alors que j'étais désespérée, Père, et vous… vous m'avez chassée.

Il se leva d'un coup et ouvrit ses mains comme un prêtre en prière :

— Quel choix est-ce que j'avais ?

Il croyait vraiment que c'était lui la victime, et non moi. Que sa fierté et son nom avaient souffert de mon comportement. Même maintenant, je n'étais pas une victime.

Nous restâmes tous les deux debout, silencieux.

Qu'y avait-il de plus à dire ? Il lira le reste dans le journal.

Comme s'il percevait mon assurance, il suivit une autre voie pour essayer de reprendre la maîtrise de la situation :

— Je ne suis pas venu ici pour me disputer avec toi. La vérité, c'est que le manoir sera vendu. Tu ne pourras plus demeurer ici. Tu n'as pas d'autre choix que de rentrer à la maison.

— Et qu'est-ce qui arrivera à ma fille, à ta petite-fille *à toi* ?

Je posai la question même si je connaissais la réponse. Il blêmit :

— Tante Géraldine a dit que le bébé était mort.

Ainsi, il avait gardé le contact avec elle.

Il fouilla le tapis du regard comme s'il pouvait y trouver une réponse.

— Oui, elle m'a dit la même chose, mais je vous assure que ma fille Faith, qui porte le même nom que Mère, est bel et bien en vie.

L'espoir osa renaître en moi. Il brillait de plus en plus au fur et à mesure que j'y faisais appel. Nous pouvions habiter à la ferme, Faith et moi. Je pourrais lui faire vivre l'enfance que j'avais connue. Je pourrais être la mère que j'avais perdue. Les chevaux, les jardins, les prés… Faith adorerait tout cela.

Incertaine, je regardai mon père pour essayer de le comprendre. Il n'oserait pas me chasser deux fois, non ? Je ne voulais pas quémander son aide parce que je ne voulais pas qu'il me rejette une fois de plus. Mais je pensais à Faith.

Il fallait que je pose la question pour son bien-être, même si j'hésitais à espérer quelque chose de lui :

— Si je rentre avec vous, est-ce que Faith peut venir avec moi ?

Cela aurait pu fonctionner. J'aurais pu retourner à l'orphelinat pour réclamer ma fille en disant que j'avais une maison et de l'argent pour l'élever dans le confort, que j'étais prête à être la mère dont elle avait besoin.

Tout cela aurait été possible s'il avait été le père dont j'avais besoin.

Il cligna des yeux une fois, puis deux. Un signe évident qu'il réfléchissait. J'avais vu cette réaction des milliers de fois quand il devait conclure une affaire. Il évaluait ses options, le niveau de risque et les coûts, et jaugeait l'homme devant lui. Au troisième clignement, je savais que son idée serait faite. Il s'engagerait d'une façon ou d'une autre, et comme un cheval avec des œillères, il ne verrait aucune autre voie. Aucun retour ne serait possible.

Si seulement Maman était ici. Elle avait toujours su comment le faire fléchir. Il était bien le chef de famille, mais elle était celle qui parvenait à le faire aller d'un côté ou de l'autre. Au fond de mon cœur, je savais qu'elle, elle nous aurait accueillies les bras ouverts.

Mais lui, le ferait-il ?

Mon père cligna des yeux à nouveau, sans remarquer la cendre grise qui tombait sur le tapis, sans éprouver d'amour pour sa fille qui se tenait devant lui pendant qu'il prenait sa décision.

— Absolument pas.

Chapitre 38

Mon père et moi prîmes place dans les bergères en cuir disposées de part et d'autre du bureau du notaire, maître Cronin, qui brassait les papiers de ma tante. Nous n'avions pas prononcé un mot depuis la veille. Que pouvions-nous dire de plus? Même à ce moment, pendant que Cronin remettait ses lunettes rondes sur son nez et marmonnait les dernières volontés de ma tante qui léguait ceci et cela à son neveu, je me hérissais à l'idée d'être là.

J'avais osé espérer que tante Géraldine avait modifié son testament à la fin de sa vie et qu'elle m'avait laissé la maison. Je n'y avais jamais pensé avant la nuit précédente, tandis que je cherchais le sommeil en craignant pour mon avenir et celui de ma fille. Elle avait peut-être constaté que j'avais mûri. Elle avait peut-être senti que je m'en étais montrée digne. Ce n'était pas probable, mais *possible*, du moins. Cronin continua d'un ton monotone:

— Et à mon neveu Joseph Patrick Hardy, je lègue le manoir Strandview…

Mon cœur cessa de battre.

— … et tout ce qu'il contient, notamment l'automobile, l'horloge ancienne…

246

Cronin poursuivit l'énumération de la longue liste. Mon père écoutait avec suffisance, comme s'il savourait sa victoire au poker.

Était-ce la raison de ma présence ici, pour assister à son triomphe? Pour qu'il puisse se complaire et prouver une bonne fois pour toutes qu'il détenait le pouvoir?

Parvenu au bas de la page, le notaire conclut:

— Enfin, à ma petite-nièce Ellen Géraldine Hardy, je lègue mon piano et mes propriétés littéraires.

Il tourna la dernière page et déposa le testament sur son bureau.

C'était tout. Elle m'avait donné un piano dont je ne jouais pas et des livres que je ne lirais jamais, une tourelle remplie du plancher au plafond de bouquins sur l'Afrique et d'exemplaires de ses romans. Formidable. Je ne pus en entendre davantage et je me levai:

— C'est tout?

— Euh… oui. Si vous le voulez bien, vous n'avez qu'à signer ici, dit Cronin, troublé.

Je fis ce qu'il m'avait demandé. Je tournai le dos aux deux hommes, quittai la pièce, descendis l'escalier et sortis dans la rue. Ne sachant quoi faire d'autre, je restai immobile sur le trottoir, indifférente aux passants qui me contournaient. J'avais besoin d'air, d'espace. J'avais besoin de réfléchir. Que devais-je faire?

En levant les yeux, je l'aperçus de l'autre côté de la rue qui me regardait, immobile au milieu de la foule pressée. Il portait une chemise blanche aux manches roulées, une casquette noire et un pantalon brun retenu par des bretelles. Il ne souriait pas, ne bougeait pas et ne m'envoya pas la main. Il me fixait, rien de plus. Moi aussi.

Mon cœur cessa de battre.

Jim?

C'était impossible, quoique…

Je fis un pas pour traverser la rue, mais dus m'arrêter pour laisser passer un camion de livraison de pain qui me bloqua la vue. Après, il avait disparu. Il n'était ni sur le trottoir ni dans les entrées des magasins. Je scrutai les visages des passants de l'autre côté de la rue, les étrangers sans visage qui se pressaient, mais Jim n'était nulle part.

Je me demandai si je l'avais vraiment vu.

Je pris ma tête à deux mains et me mis à sangloter. Je l'avais perdu deux fois. Une fois lorsqu'il avait quitté notre monde en se noyant, puis quand il avait quitté mon cœur, lorsque je tombai face à face avec sa femme et sa fille. N'avais-je pas assez souffert? Pourquoi mon esprit me jouait-il un tour aussi cruel en faisant apparaître son fantôme? En me faisant voir ce qui était invisible?

C'est comme la jambe du vieux Ian, pensai-je, me demandant si j'entendais la voix de la perspicacité ou de la folie.

Petite fille, j'étais fascinée par la prothèse artificielle d'Ian. Je l'observais nettoyer l'écurie, bouchonner les chevaux ou transporter les balles de foin et m'étonnais qu'il puisse travailler autant que n'importe quel homme valide. Un jour, à ma demande, il avait relevé son pantalon jusqu'au genou, défait les lanières de cuir et enlevé sa jambe de bois. Je fus à la fois intriguée et horrifiée de voir son moignon rose et lacéré dont la peau avait été repliée à l'extrémité. Je ne pouvais en détacher mon regard.

— Ma jambe, je la sens des fois. Les poils bougent sur mon tibia. Des fois, mon pied me pique ou bien je jure que je sens l'herbe qui me chatouille les orteils. Ces jours-là, je suis tellement persuadé que j'ai tous mes morceaux qu'il faut que je regarde en bas avec mes deux yeux pour me rappeler qu'elle est partie, ma jambe, que je l'ai perdue. Ils appellent ça le «membre fantôme».

Je ne comprenais pas à cette époque. En fait, je pensais qu'il avait peut-être reçu trop de ruades de jument sur la tête. Mais tout à l'heure, devant le bureau du notaire au beau milieu du chemin, alors que mon espoir était au plus bas, hantée par des amours et des jambes fantômes, je me demandai si je n'étais pas devenue folle.

Bates me prit par les épaules et fit de grands signes aux automobiles qui klaxonnaient.

— Mademoiselle Ellen ! Que faites-vous au milieu de la rue ? Seigneur, vous allez vous faire tuer.

Tandis qu'il me ramenait sur le trottoir, je levai les yeux à la recherche du fantôme d'un homme. J'étais certaine que Jim me surveillait, même si mes yeux me disaient autre chose.

Je comprends maintenant, Ian. Je sais ce que vous ressentez.

Parce que quand une partie de nous-mêmes est arrachée, notre esprit souhaite la retrouver d'un million de façons.

Chapitre 39

Mon père ne resta pas longtemps. Nous prenions nos repas à des heures différentes et nous nous évitions, ce qui n'était pas difficile dans une maison d'une telle taille. Je me réfugiais dans le cabinet et passais mes journées à la fenêtre à observer les promeneurs dans la rue. J'appréhendais le jour où Père remercierait Lily et Bates. Je ne voulais pas le voir planter l'écriteau «À vendre» dans le jardin. Avant son départ, il me rappela la seule option qui s'offrait à moi : retourner vivre avec lui, mais sans ma fille. Et à la condition de ne plus jamais parler d'elle. Était-ce vraiment un choix ? Sans se rendre compte qu'il me jetait à la rue, il m'expliqua :

— Je dois aller quelques semaines à Coventry pour affaires. Après, je reviendrai ici pour conclure la succession. Tu peux rester jusqu'à ce que la maison soit vendue, mais comme c'est une propriété de grande valeur, je ne crois pas qu'elle sera longtemps sur le marché. Deux semaines, trois tout au plus.

Je l'avais, mon échéance. Avant, j'aurais voulu me réfugier dans mon lit, m'enfouir sous les couvertures pour n'en jamais sortir. Mais j'avais mieux à faire. Je savais aussi que je méritais mieux.

Je faisais de longues promenades sur la plage pour réfléchir à mon avenir, mais les réponses me semblaient aussi distantes que la ligne d'horizon. J'y pensais en rangeant les centaines de livres que ma tante m'avait légués, ses «propriétés littéraires», dans des boîtes empilées près de la porte que Bates alla déposer à la bibliothèque municipale. Dans la couverture intérieure de chaque ouvrage, j'avais pris le temps d'écrire «Légué par G. B. Hardy» en me disant que ce don pourrait inspirer un lecteur à écrire ou même à visiter l'Afrique. Tante Géraldine aurait apprécié ce geste. Toutefois, je décidai de conserver les romans qu'elle avait rédigés. Et aussi sa machine à écrire. Je ne pus me résoudre à la donner à qui que ce soit. Des rangées et des rangées d'étagères vides m'encerclaient, vides comme mon existence. Elles semblaient se moquer de moi.

Et maintenant ? Que va-t-il arriver ?

Sans personne à qui faire plaisir ou à servir, ma situation se résumait à une question : *Qu'est-ce que je voulais,* moi ?

Mes pensées retournaient sans arrêt vers Faith. Je tenais à faire partie de sa vie, à la voir grandir. Même si je n'avais pas les moyens de la faire vivre, je pouvais lui donner de l'amour. Cela devait compter, non ?

Je n'avais pas vu Steele depuis quelques jours. Je ne le verrais peut-être jamais plus. Il avait eu ce qu'il voulait : mon histoire. Pourquoi reviendrait-il ?

Non, je ne pouvais compter ni sur ses conseils ni sur la liste de tâches de tante Géraldine. Ce n'est pas ce que je voulais de toute façon. Je ne pouvais attendre le retour du fantôme de Jim, même si je jurais avoir senti qu'il m'observait. Et surtout, je n'attendrais pas d'avoir pour seule option de retourner dans la ferme de mon père.

Je me glissai dans la cuisine et pris les clés de l'automobile suspendues au crochet. Elle ne m'appartenait pas, mais je ne faisais que l'emprunter. J'arriverais à la conduire en allant lentement.

Le trajet menant à l'orphelinat Barnardo me parut plus long ce jour-là et je me demandai même si j'allais dans la bonne direction. Je finis par reconnaître le long tronçon de route où Steele m'avait donné le volant. Je n'étais plus très loin. Au bout de quelques milles et de quelques virages, je roulai sur l'entrée en gravier. Faith n'y était pas, je le savais, mais cette fois, je n'étais pas venue voir ma fille.

Madame Winters accepterait-elle de me recevoir ? Et si oui, que se passerait-il ensuite ?

J'éteignis le moteur et restai dans la voiture quelques minutes.

Que pourrait-il arriver de pire ? J'essayai de me l'imaginer. *Elle pourrait rire de moi.*

Non, ce n'était pas le genre de madame Winters. D'ailleurs, je me demandais si elle souriait parfois.

Elle pourrait m'annoncer que je ne reverrais plus jamais ma fille.

C'est ce que je craignais le plus. Et ma peur se matérialiserait probablement si je ne faisais rien pour empêcher cette situation, pour la changer.

Je n'abandonnerai plus jamais Faith. La première fois, je n'en avais pas eu le choix. Je l'ai, maintenant.

J'ouvris la portière et gravis l'allée. J'entrai et demandai à voir madame Winters. Nerveuse, je restai assise sur le bord d'une chaise dans la salle d'attente durant ce qui me parut des heures. Sans rendez-vous, je risquais de poiroter longtemps, mais je ne m'en irais pas avant de l'avoir vue. Je me l'étais juré.

Je ne savais pas où vivre ni comment m'organiser, mais je savais qui j'étais et ce que je souhaitais, et je devais le dire.

Madame Winters entra finalement. Je me levai et, la tête bien droite, je lui annonçai :

— Je m'appelle Ellen Hardy et je suis la mère de Faith.

— C'est au sujet de l'article dans le *New York Times* ?

— Non, je veux simplement revoir ma fille, dis-je d'une voix étranglée.

— Suivez-moi.

Elle m'emmena dans le bureau où Steele et moi l'avions rencontrée, mais elle n'était plus aussi sévère. Son attitude s'était adoucie.

Elle souleva la théière qui se trouvait sur la desserte et versa le liquide fumant dans deux tasses de porcelaine.

— Je dois admettre, Ellen, que je croyais que votre intérêt pour Faith se limitait à faire plaisir à monsieur Steele pour la photo. Elle a habité ici pendant un an et vous n'avez jamais essayé de communiquer avec nous. Vous n'avez jamais demandé de ses nouvelles.

— Ils me l'ont enlevée tout de suite après sa naissance. Je n'ai même pas pu la prendre dans mes bras, Madame Winters ! Et comme je vous l'ai déjà dit, ils m'ont affirmé qu'elle était morte. Et maintenant que je sais qu'elle est vivante, je dois faire partie de sa vie !

J'avais honte d'avoir cru à tous ces mensonges. Madame Winters m'observa quelques instants, puis alla au cœur du sujet :

— Avez-vous les moyens de l'élever ? Un travail ? Une maison ?

Je secouai la tête, inquiète de la voir adopter la ligne dure. C'était tout ou rien. Elle me tendit une tasse de thé.

— Je comprends. Vous n'êtes pas la première mère célibataire et, si je puis me permettre, vous ne serez pas la dernière. Beaucoup souhaitent être avec leurs petits et les circonstances les en empêchent. Il est difficile d'élever seul un enfant. Particulièrement pour une jeune femme comme vous.

Difficile ? Terrifiant, plutôt. Je déposai la tasse sur son pupitre en tremblant et fixai mes mains vides. *Alors, nous en sommes là. Elle va m'annoncer que je ne pourrai pas la revoir.*

— Mais ce n'est pas impossible.

Je levai les yeux vers elle. Elle fit une pause.

— J'imagine que vous n'avez jamais travaillé comme domestique ?

Je lui racontai mon expérience comme femme de chambre à bord de l'*Empress* et même mon séjour à l'hospice Magdalene, la mort de ma tante et l'ultimatum de mon père. Elle avala le tout en prenant une gorgée de thé et je me rendis compte qu'elle avait probablement entendu d'innombrables récits aussi tragiques que le mien. Que, pour elle, mon histoire ne comportait aucun des éléments de sensationnalisme que Steele recherchait. Ce n'était rien de plus que mes origines. Ce qui l'inquiétait, c'était ce qui allait se produire par la suite.

Après des semaines à revenir sur mon passé à la demande de Steele, je me sentais libérée et enfin prête à me tourner vers l'avenir. Elle me regarda avec compassion :

— Nous n'avons pas l'intention de séparer les mères de leurs enfants. En fait, je crois que cette relation est primordiale pour les deux. Le docteur Barnardo a élaboré un plan pour les femmes dans votre situation. Avec votre expérience, vous n'aurez aucune difficulté à vous faire embaucher par un employeur approuvé. D'ailleurs, ils sont nombreux dans la région de Liverpool. Et nous mettrons Faith en pension dans un foyer nourricier près de vous.

Soulagée, je hochai la tête : je vivais loin de l'orphelinat et je ne pouvais pas emprunter l'automobile à répétition, et aller jusque-là à pied pour rendre visite à Faith était simplement impossible.

— Elle habitera à distance de marche de votre employeur. Vous paierez la moitié des frais à même vos gages, et nos bienfaiteurs couvriront le reste : cinq shillings par semaine.

— Pourrais-je la voir ?

— Vous pourrez lui rendre visite quand vous aurez congé.

Je n'en croyais pas mes oreilles. Ce ne serait facile ni pour Faith ni pour moi : la déraciner de la maison d'Anna, la seule qu'elle avait connue, travailler de longues heures pour la voir à l'occasion. Mais c'était déjà quelque chose. C'était un bon début. Les yeux et le cœur remplis d'espoir, je lui dis :

— Merci, merci de faire tout cela.

— Nous ne sommes qu'un soutien, qu'un tuteur pour ceux qui en ont besoin.

Je sortis mon mouchoir, mais je n'osais pas m'essuyer les yeux. Pour la première fois depuis longtemps, je pleurais de joie et, sans éprouver de honte, je laissai mes larmes couler librement. Madame Winters se pencha et me serra la main :

— La façon dont votre rosier se développe, grandit et fleurit dépend entièrement de vous. Et j'espère qu'au bout d'un certain temps, Faith et vous n'aurez plus besoin de nous.

Chapitre 40

En moins d'une semaine, madame Winters avait trouvé à la fois une famille d'accueil pour Faith et un emploi pour moi. Je travaillais comme bonne chez les Morgan, une riche famille qui vivait de l'autre côté de la ville. C'était loin à pied à partir du manoir Strandview, mais qui sait combien de temps encore je pourrais habiter chez ma tante ? De toute façon, qui savait vraiment combien de temps nous allions vivre ? J'avais annoncé les intentions de mon père à Bates et à Lily. Je leur devais au moins ça. Connaissant Père, il les aurait congédiés sur-le-champ et sans ménagement dès son retour. Ils étaient consternés, mais pas surpris. Lily allait bien s'en tirer – une jeune fille comme elle n'aurait aucune difficulté à repartir de zéro –, mais la situation de Bates m'inquiétait. En pensant à mon passé, je me rendis compte qu'il était davantage un membre de ma famille que mon propre père. Lorsque je pleurai ma mère et, des années plus tard, ma fille, ce fut Bates qui me rassura, qui me dit que les choses iraient en s'améliorant. Ce fut lui qui vint me chercher à l'hospice et, plus tard, au port. Bates avait été mon rocher pendant les funérailles de tante Géraldine et tout ce qui avait suivi. Avec simplicité, fermeté et douceur, Bates avait toujours été présent pour moi. Comment pouvais-je laisser Père le jeter à la rue ? Mais comment l'en empêcher alors qu'il chassait sa propre fille ?

Quand j'étais enfant, j'avais rendu visite aux Morgan avec ma tante, mais je doutais qu'ils se souviennent de moi. À leurs yeux, je n'étais pas la nièce de G. B. Hardy, mais la bonne envoyée par Barnardo. Le colonel Morgan me considérait simplement comme un nouveau nom sur sa liste de paie, tandis que lady Morgan semblait beaucoup trop occupée à organiser ses réceptions et ses activités de bienfaisance pour me consacrer davantage qu'un rapide coup d'œil lorsque je me pointai pour l'entrevue. Elle avait parcouru la lettre de recommandation de madame Winters :

— Je leur ai dit que je vous engagerais comme bonne, mais vous ne pouvez pas habiter ici.

Elle ne se rappelait pas m'avoir déjà rencontrée, mais je me demandais s'il en était de même pour sa fille.

Charlotte Morgan avait toujours été snob. Peu importait qu'elle possédât une douzaine de robes signées par des couturiers, qu'elle eût un pianiste de concert comme professeur ou un père puissant qui fréquentait les milieux politiques les plus en vue. Ce qui comptait le plus pour Charlotte, c'était que tout le monde le sache. Je me souvins de l'avoir rencontrée une seule fois à l'âge de dix ans lorsque nous avions assisté à une activité de bienfaisance pour les œuvres caritatives de sa mère en Afrique. Ma tante y avait participé comme conférencière. Charlotte m'avait dit, en regardant ma robe que je trouvais parfaitement acceptable :

— Tu ne savais pas que c'était une sortie mondaine ?

À côté de sa tenue toute en volants et en rubans, la mienne semblait miteuse. Même mes cheveux étaient ternes et sans vie comparativement à sa coiffure dont chaque boucle formait une spirale dorée parfaite.

En lissant sa robe, elle m'expliqua :

— Mère l'a commandée à Paris spécialement pour aujourd'hui. Elle a coûté au moins six livres.

Ce prix exorbitant me frappa :

— Combien ?

— Presque sept livres, précisa-t-elle en se délectant de l'admiration des fillettes réunies autour de nous qui avaient une envie folle de palper l'étoffe.

— Mais tu as entendu ta mère ? Elle vient de dire dans son discours que six livres, c'était assez pour nourrir un village entier durant une semaine !

Les filles en eurent le souffle coupé. Tout à coup, la robe qu'elles enviaient ne leur sembla rien de plus que frivolité et gaspillage. Comme un feu de brousse, la couleur monta aux joues et au cou de Charlotte instantanément, couva sous son nouveau collier de perles et brûla jusqu'à ses lobes d'oreilles où pendaient les boucles assorties. Je ne restai pas longtemps cet après-midi-là. Ma tante fit une rapide allocution sur la culture africaine et nous excusa, comme elle en avait l'habitude. Elle voulait sans aucun doute regagner son cabinet le plus vite possible. Mais je sentis le regard haineux que Charlotte posait sur moi.

Je le sentais encore des années plus tard pendant que j'époussetais les trophées de chasse de son père. Je me demandais si elle me reconnaissait. Si elle se souvenait de moi. Et je me demandais quels seraient tous les moyens qu'elle utiliserait pour se venger et m'empoisonner l'existence.

Il me fallait cet emploi. Mon père allait m'expulser quelques jours plus tard et avec une fille à faire vivre, et une pension à verser quand j'aurai trouvé un lieu décent où habiter, j'avais suffisamment de préoccupations. Je n'avais pas une minute à perdre avec les folies d'une jeune écervelée. Alors, au cours de la première semaine, lorsque Charlotte me demanda de refaire son lit *comme il faut*, de repasser à nouveau ses jupes ou encore de payer la tasse qu'elle avait cassée parce que je l'avais déposée du mauvais côté de la table, je pensai à Faith, je serrai les dents et je fis ce qu'elle m'ordonnait.

Les paroles que Kate avait prononcées lors de ma première journée sur l'*Empress* me revenaient en tête : les filles de la haute société sont des chipies riches et gâtées qui ne parlent que de vêtements et de coiffure. C'est un stéréotype, bien sûr, mais Charlotte l'incarnait très bien. J'avais connu beaucoup de passagers de première classe sur l'*Empress* et j'avais aimé la plupart d'entre eux, mais Charlotte ne m'avait jamais plu. Pas à cause de son statut social, mais simplement parce qu'elle était une petite garce.

Les premières journées chez les Morgan furent interminables et le travail, difficile. Lundi, jour de congé, je sortais avec Faith pour l'après-midi. Notre première sortie seules toutes les deux.

Je frappai à la porte en serrant le bout de papier portant l'adresse dans mon poing. Les Buckley, la nouvelle famille d'accueil de Faith, vivaient près de la rue Gerrard à une heure à pied de chez les Morgan, mais le quartier semblait sur un autre continent. En entendant les mouettes sur la plage à proximité, je pensai à y emmener Faith pour lui montrer à lancer des cailloux, à explorer l'univers d'une flaque d'eau et à bâtir un royaume dans un tas de sable. Un garçon chétif d'environ cinq ans m'ouvrit la porte. Ses cheveux emmêlés surmontaient sa tête comme un nid d'oiseau. Il essuya son nez coulant du revers de la main en laissant une trace de morve sur sa joue sale.

— Daniel, enlève-toi de l'entrée ! Je t'ai dit mille fois de ne pas aller répondre !

Une femme maigre l'agrippa par le lobe et le tira à l'intérieur. Il cria et se tortilla, mais ne réussit pas à lui faire lâcher prise. Pas étonnant que les oreilles du pauvre petit soient écartées comme les portières d'une automobile ! Elle finit par le lâcher et le garçon disparut en courant dans le couloir. Elle hurla dans sa direction avant de lever les yeux vers moi comme si j'étais d'accord :

— Et dis à tes frères que j'attends encore mon bois. Vous êtes tous des paresseux ! Vous n'aurez pas de souper si le feu s'éteint !

Elle s'essuya les mains sur sa jupe et ajouta à mon intention :

— Je vous le dis, ces enfants-là vont me faire mourir !

Je craignis d'être à la bonne adresse…

— Je m'appelle Ellen… Ellen Hardy…

— Oh oui, la mère de Faith. C'est aujourd'hui ?

Elle se retourna et cria le nom d'un autre enfant avant de m'annoncer avec un sourire forcé, sans chaleur ni dents :

— Madame Winters a bien dit que vous alliez payer votre moitié à votre visite.

— Oh, oui.

Je lui remis l'argent. En me rendant là-bas, mon salaire en poche, j'étais fière de moi, de travailler si fort et de contribuer en partie aux soins de Faith. Mais ce court échange avec madame Buckley était sordide. J'avais l'impression de louer ma propre fille. Quelle portion de cette somme allait vraiment lui être consacrée ? Allait-elle lui permettre de remplir la casserole vide et de chauffer la cuisinière ? De laver ses vêtements sales ? Pendant que madame Buckley comptait les pièces de monnaie, je lui demandai :

— Combien d'enfants avez-vous, Madame ?

— Cinq garçons, plus quatre filles de Barnardo.

En constatant ma surprise, elle ajouta :

— Mais je les aime tous comme s'ils étaient les miens, c'est sûr.

Je pensais à sa façon d'« aimer » Daniel… Elle hurla en direction du corridor :

— Grouille-toi, Alice. On n'a pas toute la journée ! Puis tu dois aller faire mes commissions au marché.

Une fillette d'une dizaine d'années apparut à la porte, presque aussi crottée que le garçon et deux fois plus grande. Elle tenait Faith dans ses bras maigres.

Faith semblait aussi heureuse que la première fois, quoique plus sale, mais cela ne me dérangeait pas. Je ne l'avais pas empêchée de se maculer de terre et de gazon lorsque nous nous étions rencontrées. Toutefois, mon petit doigt me disait que ma fille ne s'était pas salie en jouant. Alors qu'Anna avait soigneusement coiffé Faith avec un beau ruban, madame Buckley ne s'était pas donné la peine de la peigner. Faith mâchouillait une mèche de cheveux en essayant d'arracher un bouton de la robe d'Alice. Au moins, elle avait mangé, comme l'indiquait le gruau séché sur sa tête et sa joue. Sa robe et son cardigan blancs avaient été remplacés par une robe de coton devenue grise par l'usure et les lavages.

— Alice, tu as oublié de lui laver la face !

Madame Buckley souleva le coin de son tablier, cracha dessus et essuya les joues de ma fille avec. Aussi dégoûtée que moi, Faith poussa un petit cri de protestation.

— Tiens, ma belle. C'est mieux comme ça, hein ?

Je n'étais mère que depuis très peu de temps, mais je sentais déjà le poids de la culpabilité. Comment avais-je pu retirer Faith des bons soins d'Anna ? Madame Buckley n'était probablement pas une mauvaise personne puisqu'elle avait été acceptée pour accueillir des enfants après une entrevue. La maison Barnardo avait certainement des normes. Mais à vrai dire, elle était aussi rude et usée que les vieux vêtements qu'elle lavait. J'avais dépensé presque tout mon salaire de la semaine pour offrir à Faith cette vie miséreuse et c'était malheureusement le mieux que je pouvais faire. Je me sentais coupable que Faith vive là, coupable de l'avoir enlevée à la seule famille qu'elle avait connue. Elle se languissait certainement d'elle, mais surtout, je me sentais coupable de ne pouvoir être la mère dont elle avait besoin.

Malgré tout, Faith sourit et me tendit les bras. Plus rien d'autre ne comptait.

Faith et moi passâmes notre premier après-midi ensemble à la plage. Un peu partout, des familles avaient étendu des couvertures et planté des parasols. Leurs pantalons roulés jusqu'aux genoux, des enfants pataugeaient dans l'eau en cherchant des coquillages ou remplissaient leurs seaux pour inonder les douves qu'ils venaient de creuser. J'observais les autres mères qui hélaient leurs enfants pour les rassembler autour de paniers d'osier débordant de sandwiches et de bouteilles de lait. Je m'étais présentée les mains vides. Je n'avais même pas prévu d'apporter une collation, un ballon ou une couverture. La joie de revoir Faith et de passer un peu de temps avec elle m'avait fait négliger tout le reste.

La prochaine fois. Je caressai sa tête en souriant à l'idée qu'il y aurait une prochaine fois, beaucoup de prochaines fois.

Je m'assis sur un banc pendant que Faith trottinait autour pour ramasser des cailloux qu'elle disposait en rangées sur le bois usé de la promenade.

J'ai ma fille. Et j'ai un emploi. De l'espoir… et de l'amour ?

Je jetai un coup d'œil sur mon banc où des amoureux avaient inscrit leurs initiales et je pensai à Jim. À nos noms gravés côte à côte et perdus à jamais dans les profondeurs boueuses du fleuve.

Je pensai à Steele, à son article qu'il avait certainement achevé. Son nom et le mien, imprimés sur la même page en noir sur blanc. Notre entente était terminée. Je ne le verrais probablement jamais plus, mais l'idée de lire ce texte me noua l'estomac.

L'amour de Jim. L'amitié de Steele. Des histoires qui auraient pu se matérialiser.

Chapitre 41

*A*u cours de la semaine suivante, je travaillai très fort pour les Morgan. J'essayai de les servir comme Meg m'avait servie : avec efficacité et discrétion en anticipant le moindre besoin. Je fus donc surprise lorsque Charlotte me fit remarquer les traces que j'avais laissées sur le miroir de l'entrée parce que j'étais sûre de l'avoir soigneusement frotté. Le lendemain, elle me tendit une combinaison tachée de boue.

— Tu l'as laissé tomber quand tu as enlevé la lessive de la corde à linge. Relave-la et fais attention la prochaine fois.

L'avais-je vraiment laissé tomber ? Je n'en étais pas sûre. Je dus admettre que j'étais souvent distraite par les souvenirs de Faith, par la crainte de perdre ma maison, par mes soucis. Je faisais l'impossible pour demeurer attentive, mais devant l'augmentation de ses récriminations, il devint évident que Charlotte faisait tout en son pouvoir pour me faire congédier.

Ironiquement, plus Charlotte se plaignait de moi à sa mère, plus lady Morgan prenait ma défense. Elle adorait m'interrompre au milieu de mes tâches pour m'exhiber devant ses invitées à l'heure du thé et leur expliquer à quel point je m'étais améliorée sous sa direction. Refusant de voir que j'étais déjà quelqu'un, elle claironnait :

— Je ferai quelque chose d'elle.

Pour elle, j'étais non seulement une bonne, mais une mission quelconque.

Elle insistait avec exagération pour prouver que j'étais une domestique exceptionnelle, alors que sa fille tenait absolument à démontrer le contraire.

— Ellen, viendrais-tu me coiffer? me dit Charlotte un matin.

Je trouvais louche qu'elle n'ait pas demandé à sa femme de chambre, mais j'obéis. Je frisai et fixai soigneusement chaque boucle pour qu'elle n'ait aucune raison de se plaindre. À mon grand étonnement, le résultat lui plut beaucoup, ce qui éveilla encore plus mes soupçons.

— Irais-tu chercher mon collier de perles?

Elle parlait comme une comédienne projetant sa voix avec puissance même si je me trouvais à côté d'elle. Je fouillai en vain sur la coiffeuse et dans la boîte à bijoux.

— Quoi? Il n'est pas là? Mais je le laisse toujours sur ma coiffeuse, proclama-t-elle avant même d'y avoir jeté un coup d'œil.

Elle me chassa d'un geste. Je venais de commencer l'époussetage lorsque lady Morgan me réclama dans son salon. Charlotte se tenait derrière le fauteuil de sa mère, comme d'habitude, mais cette fois, elle avait un air triomphant. Méchamment triomphant.

— Vous vouliez me voir, lady Morgan?

En croisant les bras, devant mon tablier, je sentis quelque chose dans ma poche. Je n'eus pas besoin de jeter un coup d'œil pour savoir qu'il s'agissait du collier que Charlotte y avait subtilement glissé pendant que je la coiffais. Ce collier qu'elle m'accusait de lui avoir volé.

Comme si je venais de remarquer sa présence dans la pièce et avant que lady Morgan m'interroge et que

Charlotte m'incrimine, je plongeai la main dans ma poche et lui tendis le bijou :

— Oh, Mademoiselle Charlotte. Je viens de trouver votre collier sous votre lit.

Son air rageur voulait tout dire.

— Tu vois, Charlotte ? Tu as toujours été tellement négligente.

Charlotte explosa, les yeux furibonds :

— Moi, négligente ? Ne voyez-vous donc pas qui elle est vraiment ? Savez-vous ce qu'elle a fait ? Ellen Hardy, la nièce de mademoiselle Hardy. Regardez ce qu'elle est devenue, la petite mademoiselle hautaine : servante *et mère célibataire* ! Tu ne réussis pas très bien à cacher ton vilain secret, Ellen. Surtout quand tu te pavanes avec le long de la promenade !

Ainsi elle m'espionnait... Mais je m'en fichais, je n'avais plus rien à cacher. Lady Morgan la réprimanda en utilisant des mots plutôt amers :

— Mais bien sûr, petite sotte, ne sois pas ridicule. Où penses-tu que je l'ai engagée ? C'est une des mères de Barnardo. Je ne peux pas organiser une activité de charité pour cet hospice sans en employer une, tu ne crois pas ?

Lady Morgan était une bienfaitrice de Barnardo et y consacrait indéniablement beaucoup de temps et d'argent. C'était un prix minime à payer pour entretenir sa réputation de femme généreuse, mais elle n'avait malheureusement pas appris que la compassion ne coûtait rien...

Je me mordis la lèvre lorsqu'elle me congédia. Charlotte me suivit et m'apostropha dans le couloir :

— Toi et ta petite bâtarde, vous êtes peut-être la cause préférée de ma mère ces temps-ci, mais ça ne durera pas et bientôt, vous serez à la rue. Il y a des centaines d'autres filles malheureuses qui frappent à notre porte pour quémander son attention.

— Comme toi ?

Ces mots étaient sortis sans que j'y réfléchisse. Ils me choquèrent autant que Charlotte. Je la laissai bouche bée.

J'avais encore mon emploi chez les Morgan, mais ce ne serait pas pour longtemps. Pas si Charlotte y pouvait quelque chose.

AOÛT 1914

Liverpool

Chapitre 42

Je vivais dans l'attente de mes après-midi passés avec Faith. Je pouvais endurer cent sermons de lady Morgan et autant de crises de Charlotte pour pouvoir passer quelques heures auprès de ma fille. Je ne savais pas ce qui se produirait si Charlotte parvenait à me faire congédier. Madame Winters me donnerait-elle une autre chance ? Je me fichais de perdre cet emploi, mais pas si cela risquait aussi de me faire perdre Faith.

Au bord de l'eau, Faith lançait des cailloux dans les vagues et se félicitait chaque fois qu'elle entendait un *plouc*. J'avais l'impression qu'elle ne se lasserait pas tant qu'elle trouverait des projectiles. Puis elle s'amusa à patauger dans les flaques. Ses petits orteils semblables à des cailloux roses s'enfonçaient dans le sable pendant que les vagues léchaient ses chevilles. Je me demandais si elle voyait l'océan pour la première fois.

J'avais craint de ne pas savoir comment être mère, mais la volonté de la protéger, de m'en occuper, de m'assurer qu'elle était heureuse et en santé me confirmait à quel point le rôle de mère me semblait naturel. L'aimer n'exigeait aucun effort.

– Faith, viens manger.

Elle trottina jusqu'à la couverture à carreaux que j'avais étalée sur la plage jonchée de cailloux. Je lui tendis un sandwich et elle se pencha pour prendre une bouchée rapide avant de repartir, les joues pleines, pour jouer dans l'eau. Lily nous avait préparé un pique-nique : des sandwiches au concombre, des pommes, du fromage et même de petites tartes à la confiture. C'était comme la Cène, parce qu'il s'agissait de la dernière journée de travail de Lily au manoir Strandview. Son départ m'attristait presque autant que le fait que je devrais moi aussi partir peu de temps après. Qui sait quand j'aurais les moyens d'offrir un tel festin ?

La maison n'était toujours pas vendue même si plusieurs acheteurs potentiels avaient manifesté leur intérêt. Mon père devait rentrer d'un jour à l'autre pour conclure la succession. Pour me mettre à la porte. Je n'avais encore aucune idée de l'endroit où j'irais vivre. Faith s'éloigna légèrement. Les rayons du soleil s'amusaient avec ses cheveux et les vagues tiraient l'ourlet de sa jupe. Le vent se leva et fit grossir les vagues.

— Ne va pas trop loin !

Au cours de la semaine précédente, j'avais visité quelques pensions, mais j'avais de la difficulté à en trouver une convenable à proximité de mon travail et de ma fille. Et je n'arrivais pas à envisager l'éventualité de perdre l'un ou l'autre dans un avenir proche.

Je me tournai pour me verser du thé que j'avais apporté dans une petite bouteille. J'en renversai partout et me brûlai la main et les cuisses. Surprise, je laissai tomber la tasse et la bouteille. La couverture et les triangles de sandwiches se retrouvèrent imbibés du liquide encore bouillant.

Je m'en voulus d'être aussi maladroite.

Tout à coup, un homme hurla « Attention ! ». Je levai les yeux et aperçus Faith, de l'eau jusqu'à la taille, sur le point d'être engloutie par une vague.

Je n'avais détaché mon regard qu'un instant. Quelques secondes seulement.

Mais les tragédies n'exigent guère plus pour survenir. Je le savais mieux que quiconque.

Le temps s'arrêta. Je vis chaque détail comme dans un film au ralenti. La vague menaçante qui s'abat sur Faith. Sa robe semblable à un gilet de sauvetage flottant sur l'eau. Son bras rose levé. Ses yeux écarquillés, son visage paniqué, qui disparaît dans la mer.

Comme Meg.

Les cailloux roulaient sous mes pieds tandis que je me ruais en trébuchant pour franchir la courte distance nous séparant. Ces quelques secondes me semblèrent durer une éternité.

Le ressac attira le petit corps de Faith plus loin et la fit culbuter. Elle n'était pas encore remontée à la surface. Un homme se jeta dans l'eau au moment où je l'atteignais. Il agrippa ma fille en même temps que moi. Il la souleva et, se détournant de moi, courut sur la grève et l'allongea sur le sol.

Sûre de l'avoir perdue, je criai son nom. Ses cheveux plaqués sur son visage me faisaient penser à des algues. Elle avait les yeux fermés, la peau grise et les lèvres bleues. Elle était inerte comme les cailloux sur lesquels elle reposait.

Je m'approchai pour l'attirer vers moi, mais l'homme étendit son bras pour me tenir à l'arrière tandis qu'il était penché sur elle pour écouter son cœur. Il se redressa et massa sa poitrine avec la paume, comme s'il s'agissait de pâte à pain. Je me demandai si son ventre allait se soulever à nouveau.

Mon Dieu, non ! Pas Faith, pas Faith elle aussi !

Je criai :

— Réveille-toi, mon amour. Allez, Faith, réveille-toi !

Après d'interminables secondes, elle cracha de l'eau en toussant. L'homme la souleva sur son épaule en tapotant son dos tandis qu'elle respirait avec effort.

— C'est bon, ma belle. Respire, lentement maintenant.

Je me plaçai derrière lui pour caresser le visage de Faith pendant qu'elle essayait de reprendre son souffle. Je suivais à son rythme.

— Prends une grande inspiration, chérie. C'est ça, continue.

Elle toussa à nouveau puis se mit à pleurer. Un son aussi joyeux à mes oreilles que son premier cri.

L'homme qui lui avait sauvé la vie se retourna pour me rendre ma fille et je vis son visage. Un visage que je n'allais jamais oublier. Celui de l'homme qui avait redonné vie à ma fille et me coupait le souffle.

Le visage de Jim Farrow.

Chapitre 43

Jim me prit la main et m'aida à remonter sur la plage en portant ma fille. J'avais l'impression d'avoir vu un fantôme. Mais quand il saisit la couverture pour me la jeter sur les épaules, ses bras et sa chaleur me ramenèrent à la réalité. J'enlevai la robe mouillée de Faith et l'emmaillotai bien serrée dans la couverture, comme si je voulais la protéger de tous les dangers du monde. Elle se dégagea et tendit une main vers les tartelettes à la confiture. Dieu merci, elle était ébranlée, mais elle allait bien.

Pas moi, par contre. Je l'enveloppai et me levai. Je tremblais à cause de mes vêtements trempés, mais aussi à cause du choc de l'avoir pratiquement perdue. Et du choc de ce que j'avais trouvé.

— Tu es vivant?

Quelle question ridicule... Il était debout devant moi. Mon étonnement, mon soulagement fut rapidement noyé par une vague de rage.

— Pourquoi tu ne me l'as pas dit? Pourquoi tu n'es pas venu me chercher? Pour l'amour de Dieu, Jim! Je pensais que tu étais mort!

Pourquoi serait-il parti à ma recherche? N'avait-il pas une femme et un enfant?

— J'ai essayé, Ellie…

Mon cœur se serra en entendant mon nom. Je pensais qu'il ne le dirait plus jamais.

— Je me suis présenté au manoir Strandview, mais l'homme m'a dit qu'Ellen Ryan ne travaillait plus là.

Je baissai les yeux. *Oh, Jim ! Je ne t'avais jamais dit mon vrai nom !*

— Est-ce que… est-ce que Faith est ta fille ?

Je me tus. Je ne lui avais pas raconté cette histoire non plus. Celle de la ferme, de Declan et de l'hospice Magdalene.

Je répondis « oui » piteusement. Je n'avais pas honte de ma fille, mais du fait que je l'avais cachée à l'homme qui signifiait le plus pour moi.

Les mâchoires serrées, visiblement fâché, il demanda :

— Et le père ?

Je regardai ma fille :

— Il n'est plus dans notre vie. Nous n'avons que nous deux.

Il se tut un moment :

— Je n'arrive pas à croire que tu m'aies caché ça.

Comment osait-il ? Je levai les yeux vers lui :

— Ne me juge pas, Jim. Toi aussi, tu en as des secrets, hein ? Toutes ces nuits passées au bastingage, toutes les choses que tu ne m'as jamais dites.

Il détourna le regard.

— J'ai lu ton journal.

Troublé, il passa une main dans ses cheveux :

— Tu as lu mon journal ? C'est personnel. Et puis comment tu as pu…

— C'est le journaliste qui a interviewé William Sampson qui me l'a remis. Il était dans ton caban, celui que j'ai rapporté chez toi, à ta *famille*.

Je fis une pause en espérant qu'il nierait, ce qu'il ne fit pas.

— Sais-tu comme ça a été difficile pour moi ? De lire à quel point elle hante tes rêves, à quel point elle te manque ? J'ai lu ce que tu as écrit la dernière nuit, juste avant que tu m'embrasses. Que tu avais décidé de tout lui dire et de lui demander d'être à toi.

Ma voix monta pendant que je déballais toute la douleur de cette trahison.

— Qui ça ? me dit-il, complètement ahuri.

Pourtant, il devait s'en souvenir. C'est lui qui avait écrit ça !

— La femme dans ton carnet. Celle qui a les longs cheveux noirs et le ruban rouge ?

Comment osait-il nier ? Il crut comprendre de qui il s'agissait :

— Ce n'est pas ce que tu penses, Ellie.

J'insistai :

— Sais-tu comment je me suis sentie quand elle m'a ouvert la porte avec ton enfant dans les bras ?

Ce souvenir me faisait encore mal. Je l'avais enfoui profondément, je pensais l'avoir dominé, mais je fus surprise de constater comme il était frais à ma mémoire.

— Veux-tu bien me dire de qui tu parles ?

— Je parle d'Elizabeth et de Penny.

Il fronça les sourcils en essayant de comprendre. Je n'osais croire que nous nous cachions encore toutes ces vérités.

— Tu sais bien, la *mère* de ton *enfant* ? Ta famille, Jim.

Comment osait-il encore le nier ?

— Tu veux dire Libby ? Penny et Libby ? Seigneur, Ellie, ce sont mes *sœurs* !

Je restai sans voix. Ce n'était pas du tout ce à quoi je m'attendais.

Était-ce possible ? Je n'osais y croire, faire confiance à quelqu'un à nouveau.

— Alors... À propos de qui tu écrivais ce soir-là ? Tu sais, la bague et ce que tu voulais lui révéler et puis...

— De toi! s'écria-t-il. Seigneur, Ellie, ça a toujours été toi!

Mon cœur s'emballa. Mon secret était impatient de se libérer. *Dis-lui, dis-lui maintenant ce que tu éprouves pour lui.* Il continua:

— Mais je ne te mérite pas, pas après ce que j'ai fait.

— Qu'est-ce que tu as fait?

Je voulais lui avouer que je tenais à lui, mais je savais qu'il devait d'abord être honnête. Nous y étions: le moment de vérité. Allait-il tout me raconter? Me confierait-il son secret?

— Dis-moi ce que tu as fait.

Il me regarda d'un air paniqué. Il ouvrit la bouche, puis s'effondra, vaincu par le poids de sa honte.

— Je ne peux pas, Ellie. Je ne peux pas en parler. Je suis désolé.

Il n'en dit pas plus. Il tourna les talons et s'éloigna, comme il l'avait fait à Québec. Peu importe à quel point il prétendait tenir à moi, il ne pouvait pas me raconter son histoire. Et à la différence de Steele, je ne pouvais rien lui donner qui saurait le persuader. Rien, sauf mon amour.

J'imagine que cela ne suffirait pas, que *moi* je ne suffirais pas.

Debout sur le sable, Faith à mes pieds, je regardai Jim Farrow s'en aller, encore une fois. La douleur était aussi vive que ce jour-là à Québec. Que cette nuit-là sur l'*Empress*.

En observant sa silhouette solitaire s'éloigner de moi sur la plage, je pensai: *Il a peut-être raison. C'est peut-être mieux comme ça, parce que si c'est ça, l'amour, je n'en veux pas.*

Ça fait trop mal.

J'étais épuisée après avoir ramené Faith chez les Buckley et parcouru à pied la longue distance jusqu'au manoir Strandview. Accablée, plutôt, par la journée que j'avais vécue. C'est probablement la raison pour laquelle la vue de l'écriteau « À vendre » planté dans le jardin me troubla à ce point.

Je détournai le regard en franchissant la grille, préférant me concentrer sur les roses. J'en pris une au creux de la main et admirai les pétales bordés de pêche qui encerclaient le cœur toujours clos. Je fermai les yeux et inspirai longuement son parfum en cherchant à le garder en moi. Mais c'était impossible, pas plus que d'empêcher les fleurs de faner. Je lâchai la rose et mon souffle en pensant au tuteur, au support dont parlait madame Winters.

À quoi bon un tuteur si tout le jardin est vendu malgré moi ? L'ultimatum de Père. La haine de Charlotte. La négligence de madame Buckley. Les secrets de Jim. L'article de Steele. Tout cela menaçait l'équilibre de l'existence que je travaillais tant à bâtir.

Bates vint me rejoindre près de la plate-bande. Nous restâmes silencieux quelques minutes, simplement pour admirer ce qui nous entourait : les hydrangées, les lupins, les pensées et les roses de toutes les couleurs. Dans un jardin qui appartiendrait bientôt à quelqu'un d'autre. Je soupirai :

— Est-ce que la vie est censée être si difficile, Bates ?

Il savait de quoi il était question. Il avait travaillé sans répit durant des dizaines d'années.

— Oh, il faut beaucoup trimer. Mais elle nous réserve bien des surprises aussi, n'est-ce pas ?

Je songeai à celles que j'avais eues au cours des dernières heures.

Il me regarda en souriant de ses yeux bleus :

— Avez-vous eu un pique-nique agréable avec votre fille ? Je parie qu'elle a adoré les tartelettes.

Je ris en me revoyant la pourchasser lorsqu'elle s'était débarrassée de la couverture pour s'élancer, toute nue et maculée de sable et de confiture. Elle avait déjà oublié l'expérience horrible qu'elle avait vécue dix minutes auparavant. Elle en avait toutefois tiré une leçon: elle s'était approchée avec prudence du bord de l'eau quand je voulus la laver, mais le traumatisme ne l'avait pas empêchée de patauger avec bonheur ni de s'empiffrer de dessert. Sa force me sidéra. Elle m'inspira.

— Vous auriez dû la voir, Bates: couverte de confiture de la tête aux pieds!

Il rit. Je pensai à toutes les épreuves que nous avions vécues, lui et moi.

— Merci. Pour… pour tout.

Il posa sa grosse main sur la mienne et la serra. Il prit une enveloppe dans sa poche et me la remit:

— Oh, j'avais presque oublié. Maître Cronin est venu vous porter ceci pendant votre absence.

Je crus qu'il s'agissait de paperasse pour le testament, mais j'y découvris un chèque. Avec un montant énorme. Je regardai Bates en état de choc:

— Mais qu'est-ce que c'est?

Il jeta un coup d'œil et sourit:

— Je pense que votre tante appelait cela des droits d'auteur. Moi, je dirais que c'est une belle surprise.

Chapitre 44

Je disputai Lily qui se penchait pour desservir mon assiette :

— Laisse, Lily, je peux m'en charger. J'ai travaillé assez longtemps comme bonne pour savoir que je ne suis pas meilleure qu'une autre !

J'avais pris l'habitude de prendre mes repas avec Bates et elle dans la cuisine. Ça me semblait tout à fait ridicule d'être seule dans la salle à manger et puis j'aimais bien les entendre plaisanter et s'activer autour de moi.

— Mais ça ne me dérange pas, Mademoiselle.

Je la corrigeai :

— Appelle-moi Ellie.

Elle sourit en jetant les restes d'œuf et de pain grillé dans la poubelle. Bates entra, le visage sévère, et me tendit le journal :

— Vous devriez lire ceci.

Mon estomac se noua. Il fallait bien qu'il paraisse un jour, cet article. Ce n'était qu'une question de temps. J'avais révélé mes secrets, avoué mes fautes, dévoilé mon âme à Steele. Et lui, à son tour, devait les exposer au monde entier. Ce titre de journal allait tout changer. Ce fut ce qui arriva, mais l'article ne me concernait pas. Et ce ne fut pas seulement mon petit monde à moi qui se transforma.

– LE 4 AOÛT 1914 –
LA GRANDE-BRETAGNE
DÉCLARE LA GUERRE

Lily et Bates me regardèrent lire l'article.

— Qu'est-ce que ça veut dire? dit Lily, l'air inquiet.

Avec une assurance que lui procurait sans aucun doute la sagesse de son âge, Bates hocha la tête:

— Ça veut dire que nous ferons ce que nous devons faire. Nous défendrons le bien, peu importe le prix.

Plus tard cet après-midi-là, j'étais assise au piano, Faith sur les genoux, prête à mener ma guerre personnelle. Prête à faire valoir mes droits. Faith tapait énergiquement sur les touches avec ses mains potelées. Après s'être amusée du vacarme qu'elle créait, elle commença à distinguer les notes individuelles, à les comprendre. J'enfonçais les touches une après l'autre, dans l'ordre, et elle enlevait mes mains pour pouvoir essayer elle-même.

Père entra dans la maison et réclama aussitôt un verre à Bates. Il était arrivé de Londres plus tôt dans la journée, de très mauvaise humeur, avant de ressortir pour affaires en ville. Il stoppa net quand il vit Faith sur mes genoux. Il la pointa du doigt comme s'il s'agissait d'un chien miteux de la ruelle:

— C'est qui, ça?

Je gardai mon calme, même si j'avais espéré qu'il s'adoucisse en apercevant sa petite-fille. Son unique petite-fille.

Je me levai, je déposai Faith sur le plancher et je lui remis son lapin en peluche. Je lui avais enfilé une robe rose toute neuve et noué un joli ruban blanc dans les cheveux. Pourtant, il la regarda comme si elle n'était rien de plus qu'une enfant de la rue. Je me rendis compte qu'il ne l'avait jamais vue, qu'il ne m'avait jamais vue non plus telle que j'étais. Cela ne me faisait plus souffrir, mais m'attristait. Pour lui, pour tout ce qu'il allait manquer.

Bastes apparut en tendant un verre à mon père, qui s'était assis dans un fauteuil. Père avala son whiskey d'un coup et tendit brusquement le verre en ordonnant :

— Dépêchez-vous, bon sang ! Vous n'allez pas vite pour quelqu'un qui a besoin d'une lettre de recommandation !

Bates répondit en remplissant son verre :

— Oh, en passant, Monsieur, ce ne sera pas nécessaire.

Il n'en dit pas plus et déposa la carafe sur le buffet. Mon père marmonna :

— Il est à peu près temps que le vieux bonhomme arrête de travailler. De toute façon, je ne l'ai jamais aimé.

Il se tourna vers moi en évitant délibérément de regarder Faith qui s'amusait à mes pieds. Je le fis languir, puis il ajouta :

— Ellen, tu m'as effrontément désobéi.

Je ne répliquai pas.

Il pointa un doigt rageur vers la petite, mais ne posa pas l'œil sur elle.

— Je t'ai dit que cette enfant n'était pas la bienvenue dans ma maison.

Sa haine semblait encore plus ridicule en présence de Faith, de son sourire, de sa gaieté. Elle se leva et trottina vers lui. Elle agrippa son genou et le regarda. Sa moustache la fascinait probablement, mais elle savait d'instinct qu'il refusait de l'accepter comme un membre de sa famille.

Il serra les mâchoires et évita son regard. Au bout de quelques secondes, je me penchai vers elle et lui tendis la main pour la ramener vers moi. En la posant sur mes genoux, je lui dis :

— Ta grand-mère t'aurait adorée. Tu as ses yeux, tu sais ?

Les mains nouées derrière le dos, Père se racla la gorge et regarda par la fenêtre en silence. Il se tourna rageusement vers moi et ouvrit enfin la bouche :

— Ellen, si tu me tiens tête, si tu insistes pour garder cette enfant, je n'aurai pas d'autre choix que de te chasser de ma maison.

Je caressai les cheveux doux de Faith, je respirai son parfum et l'embrassai :

— On a toujours le choix, Père. Moi, j'ai fait le mien.

Il me cracha :

— Espèce d'écervelée ! Te laisser dominer par ton cœur plutôt que par ta tête ! Tu ne penses pas à l'avenir ! Tu ne penses qu'au moment présent !

Je me levai pour lui faire face en soulevant Faith et en l'appuyant sur ma hanche :

— Le moment présent, c'est tout ce qui compte. Si j'ai appris une chose après tout ce que j'ai perdu, après tous mes deuils, après avoir failli mourir sur l'*Empress*, c'est que je veux vivre. Et aimer. Tu ne comprends donc pas ? L'important, ce n'est pas l'argent qu'on amasse.

Il hurla :

— Voyons donc, ma fille. *Tout* est une question d'argent. Quand est-ce que tu vas t'ouvrir les yeux ?

— Et *toi* ? Quand vas-tu les ouvrir, tes yeux ?

Je me plaçai dans son champ de vision pour qu'il puisse enfin voir le visage de Faith à côté du mien. Voir ses yeux qui étaient ceux de ma mère.

Mais il resta aveugle.

Il vit seulement la fille qui se rebiffait même quand il tentait de tenir les rênes.

— Tu connais mes exigences. Alors c'est vraiment ça que tu veux ? Que je te jette à la rue ?

— J'ai des projets et j'espérais que tu en ferais partie.

— Des projets ? Comme bonne chez les Morgan ? Tu penses que je ne sais pas ce que tu fais ? J'ai écrit au colonel pour lui dire que tu n'irais plus travailler pour lui. Ma fille ne travaillera pas comme domestique. Je ne l'accepte pas.

— Tu n'aurais pas dû te donner tout ce mal, dis-je avec rage devant son audace. J'ai remis ma démission hier.

Il sembla dérouté que je l'aie pris de court.

— Bon… Alors tu vas faire quoi, maintenant ? Tu vas retourner travailler comme vulgaire femme de chambre sur un navire ? Tu pourrais peut-être emmener clandestinement l'enfant ?

Ainsi, il savait que j'étais à bord de l'*Empress*. Ce n'était pas son regard accusateur qui me blessa. Peu m'importait qu'il me considérât comme une dame ou bien comme une ouvrière. Ce qui me faisait le plus de peine, c'est qu'il avait appris par les journaux l'horreur que j'avais vécue durant le naufrage, mais qu'il n'avait jamais tenté de me joindre. Pour la première fois, je me demandai s'il savait comment me parler. Il avait été aussi détaché, aussi froid quand j'avais perdu ma mère. Quelque chose changea en moi en le regardant. Il ne suscitait plus ni honte ni regret, mais plutôt de la pitié. Je le plaignais pour son aveuglement, son étroitesse d'esprit, pour tout ce qu'il avait manqué et tout ce qu'il ne vivrait pas. Il ne comprenait pas, vraiment pas. Il se croyait stoïque et fort, même à ce moment-là. Il n'avait jamais été à mes côtés quand j'avais le plus besoin de lui. Et je me rendis compte que moi, je n'avais plus besoin de lui.

— Le délai est passé. J'exige que tu mettes un terme à cette folie et que tu rentres. Que tu cesses de jouer à la bonne et à la mère. C'est fini.

Il fit une pause pour donner plus de poids à ses paroles :

— J'ai vendu le manoir.

— Oui, je sais, dis-je d'une voix calme.

Il s'attendait peut-être à ce que je cède ou que je l'implore. Du moins à ce que je pleure, comme l'aurait fait la fille que j'étais autrefois. Ma maîtrise le mettait encore plus en colère. Il rétorqua d'un air moqueur :

— Ne sois pas ridicule. Je sors à peine du bureau de Cronin. Ça s'est conclu ce matin. Comment pourrais-tu le savoir ?

— Parce que c'est moi qui l'ai acheté, Père.

J'avais apporté le chèque au cabinet du notaire le jour même où Bates me l'avait remis. J'étais sûre qu'il y avait une erreur.

— Non, me rassura Cronin. Aucune erreur. Vous avez bien hérité des propriétés littéraires de votre tante.

— Vous voulez parler des livres dans son bureau…

— Oui, bien sûr, mais aussi des redevances et des droits d'auteur de ses romans, expliqua-t-il.

Il m'indiqua la tablette derrière lui où je remarquai, pour la première fois, un exemplaire de chaque aventure de Garrett Dean.

— Des ouvrages signés. À eux seuls, ils valent une fortune pour un collectionneur. Mais je ne m'en déferai jamais. Presque cinquante romans publiés dans plusieurs pays et plusieurs langues. Et la plupart ont été des succès de librairie. Oui, on peut dire que c'est toute une œuvre. Je l'ai représentée pour chacun de ses contrats, conclut-il avec fierté.

— Que voulez-vous dire, Maître ?

Il repoussa ses lunettes sur son nez.

— Ce que je dis, Mademoiselle Hardy, c'est que votre tante était non seulement une romancière à succès, elle était aussi fortunée. Et vous l'êtes maintenant.

Je ne comprenais rien :

— Je croyais que mon père avait hérité de tous ses biens !

— Ses biens matériels, oui, mais votre tante vous a légué des biens beaucoup plus précieux et durables. Ses livres sont des classiques. Ils ne seront jamais épuisés et ils généreront toujours des droits d'auteur. Autrement dit, chaque exemplaire vendu vous rapporte de l'argent.

Il hocha la tête en direction de mon chèque.

— Vous pouvez vous attendre à recevoir un chèque comme celui-ci tous les six mois, sans compter les demandes récentes pour adapter ses romans en scénarios. L'intérêt du public a augmenté depuis sa mort. Imaginez-vous : un film basé sur un de ses livres, une aventure de Garrett Dean sur un grand écran au cinéma ! Oh, elle aurait adoré ça !

Le notaire hocha la tête en souriant tandis que je m'écrasais dans mon fauteuil :

— Je n'aurais jamais cru…

Alors c'était ça, ses propriétés littéraires. Un espoir et une promesse d'avenir. Pour moi et pour ma fille. Maître Cronin interrompit mes pensées :

— En fait, je suis content de vous voir ici. J'ai eu une offre pour la maison, légèrement inférieure au prix demandé. Je ne veux pas me mêler de ce qui ne me regarde pas, mais comme vous vivez là… Avez-vous pensé déposer une offre vous-même ?

— Vous voulez dire acheter le manoir Strandview ? Je pourrais ? Je veux dire… Est-ce que j'ai…

Je n'en croyais pas mes oreilles. Était-il sérieux ? Je lui présentai mon chèque comme une petite fille qui tend sa main remplie de pièces de monnaie dans un magasin de bonbons.

Amusé par ma naïveté, il me regarda par-dessus ses lunettes. Je ne connaissais ni le prix de vente de la maison ni la valeur réelle de mon héritage. Avec un sourire de grand-père, il m'expliqua :

— Mademoiselle Hardy, avec les redevances et les investissements, sans oublier les droits d'auteur que vous possédez maintenant, vous êtes suffisamment riche pour acheter dix propriétés comme le manoir Strandview.

Chapitre 45

— Sans blague ! Et c'est à ce moment-là que vous lui avez annoncé que vous aviez acheté le manoir ?

Steele hochait la tête pendant que je lui racontais les récents événements. Nous étions sur notre banc dans le parc. Même s'il ne devait plus jamais revenir s'y asseoir, ce serait toujours *notre* banc.

— Il n'avait aucune idée que les activités littéraires de ma tante valaient autant. Il pensait que c'était un simple passe-temps, et il trouvait en plus que c'était inapproprié pour une dame. Vous auriez dû voir son air, Steele ! Je n'avais jamais vu mon père à court de mots !

Qu'y avait-il à dire ? J'avais trouvé un moyen de conserver le manoir Strandview et ma fille. Tout ce que mon père pouvait m'enlever, c'était lui-même. Et c'est exactement ce qu'il fit. Encore heurtée par ses paroles, je racontai à Steele :

— Il m'a dit que je ne serais jamais la bienvenue dans sa maison. Et moi, j'ai répliqué qu'il serait toujours bien accueilli dans la nôtre.

— On ne sait jamais. Votre vieux papa pourrait bien vous surprendre un de ces jours.

J'en doutais, mais au moins, je ne regrettais rien. Je lui avais dit tout ce que je voulais. C'était à lui, maintenant, d'agir.

La seule personne au sujet de laquelle j'avais encore des regrets, c'était Jim. Je ne l'avais pas revu et je n'en avais pas entendu parler depuis le jour tragique à la plage, la semaine précédente. Je pensais sans cesse à lui, à ce qu'il avait dit, à tout ce que j'avais caché.

Les deux garçons, qui jouaient encore au cerf-volant, accoururent vers nous. Les cheveux en bataille, ils demandèrent à Steele :

— L'avez-vous apporté ?

Steele prit un journal plié dans le sac à ses pieds et en déchira une page. Le plus petit gémit :

— Ce n'est pas un bateau ! C'est juste une feuille de papier !

Le plus grand lui donna un coup de coude :

— Attends, Tommy. Vous allez nous faire un bateau, alors, Monsieur Wyatt ?

Steele étendit du papier journal sur le gravier à nos pieds et dit :

— Je vais faire mieux que ça, les gars. Je vais vous *montrer* comment en fabriquer un.

Tommy grogna. Apprendre ne faisait pas partie de ses plans. Il voulait le bateau tout de suite. Steele les regarda et leur expliqua :

— Comme ça, quand je serai parti, vous pourrez vous faire vos propres bateaux. Autant que vous en voulez.

Il leur expliqua patiemment chaque étape en pliant la feuille sous leurs yeux. Puis, comme par magie, apparut un petit navire.

— C'est un vrai bateau !

Tommy le lui arracha des mains et se rua vers l'étang. Steele s'adressa au plus vieux qui était toujours à côté de nous :

— Tu as bien compris, Harry? Tu vas te rappeler comment faire?

— Je ne suis pas sûr. Je pense que oui, dit l'enfant en se grattant la tête.

— Montre-moi.

Steele lui remit une autre feuille de papier journal et Harry répéta les étapes lentement. Le garçon, les mains noircies par l'encre, exhiba fièrement le résultat. Steele lui tapota l'épaule.

— Bravo, mon gars. Ça, c'est un beau petit navire. Va l'essayer.

Harry courut rejoindre Tommy qui déposait délicatement son bateau sur l'eau. Avec des bâtons, ils poussèrent les frêles embarcations qui, grâce à la brise légère, gagnèrent le milieu de l'étang sous les cris de joie des garçons. Je me moquai gentiment de Steele:

— Auteur, cerf-voliste, constructeur naval… Vous avez de nombreux talents.

— Je suis content que quelqu'un ait enfin trouvé un usage pour ces foutus articles. D'ailleurs, voici, dit-il en se penchant pour fouiller dans son sac.

Il me remit une chemise en carton.

— C'est l'article?

Mon cœur battait à tout rompre. Je ne voulais pas le lire. Je ne voulais pas savoir comment il avait transformé mon histoire, quel angle il lui avait donné, quelle accroche il avait trouvée, quels secrets sensationnels il avait révélés en noir sur blanc. J'ouvris la chemise, le cœur serré.

Mais il fallait que je voie, que je sache.

À l'intérieur, je ne trouvai pas l'article, mais plutôt une douzaine de photographies grand format. Sur la première, Faith et moi, le visage radieux, tendions les bras l'une vers l'autre dans le jardin de l'orphelinat Barnardo. Notre première rencontre. Steele avait su capter tous les sentiments de ce moment unique. J'étais émerveillée par tout ce qu'une photo pouvait exprimer.

— Une image vaut mille mots, dit Steele à côté de moi.

La deuxième me montrait avec ma fille sur mes genoux. Il y en avait plusieurs autres semblables. Il allait sûrement choisir l'une d'elles pour illustrer son article. Il y avait un autre cliché de Faith et moi après avoir joué. J'éclatai de rire en voyant nos mains et nos genoux couverts de boue, nos jupes fripées et nous deux, crottées et ravies, arborant le même sourire malicieux. Steele dit :

— Elle est votre portrait tout craché.

Je ne nous avais jamais vues ensemble, je n'avais jamais remarqué à quel point nous étions semblables.

Les deux dernières photographies avaient été prises au parc, le jour où j'avais appris à faire voler un cerf-volant. Sur la première, on me voyait courir de dos, le visage tourné, cheveux et jupes au vent pendant que je tenais la corde. Au loin, j'apercevais Steele qui lançait le cerf-volant.

— Mais qui a pris…

— J'avais prêté l'appareil à Harry. Pas mal, hein ?

J'observai à nouveau la photographie en riant.

— Vous voyez, Steele ? Je vous l'avais dit que j'étais capable.

J'eus le souffle coupé en voyant la photographie suivante, en me souvenant de ce moment. C'était un gros plan. Steele debout derrière moi m'aide à tirer sur la corde. J'ai les cheveux emportés par le vent, emportés par la joie de l'instant présent. Nos visages, levés vers le cerf-volant, sont pleins d'émerveillement et d'enthousiasme. Je n'avais même pas remarqué que le petit garçon tenait l'appareil.

— C'est superbe, dit Steele.

Elle semblait tellement intime sans l'être pourtant. Pas vraiment. Le cliché immortalisait l'exubérance enfantine de Steele et l'instant où j'avais retrouvé la mienne. La jeune fille que j'étais. La jeune femme que je suis toujours.

Sous la dernière photographie, je trouvai des petits carnets. Trois calepins en cuir couverts de l'écriture penchée de Steele. Ses notes. Dans les marges, il avait écrit des questions sous forme de mots seuls : *Collision ? Meg ? Barnardo ?* Certains étaient encerclés ou soulignés deux fois. Ces mots me faisaient l'effet de panneaux indicateurs le long du voyage que nous avions fait. Des indices qu'il avait récoltés pour m'aider à retrouver mon chemin durant un récit ardu.

Pourquoi me les remettait-il ? Je le regardai d'un air interrogateur.

Il se pencha et posa ses coudes sur ses genoux :

— C'est une histoire terriblement intéressante, surtout quand on peut ajouter héritière à la fin. Mais je ne la rédigerai pas.

Je regardai les calepins avant de lever les yeux vers lui :

— Mais… Je ne comprends pas. Vous n'avez pas besoin d'un article ?

— J'en ai un : un beau reportage sur le docteur Barnardo et ses orphelinats. J'ai même de superbes photos de madame Winters et de la maison. Il va paraître dans le *Times* et je l'ai aussi vendu au *London Illustrated News*. Madame Winters va l'adorer.

— Et le poste de rédacteur en chef ?

Il m'avait expliqué que l'article à mon sujet allait lui permettre d'avoir cette promotion.

— Être enchaîné à un pupitre pendant que tout le monde cherche des primeurs ? Ce n'est pas pour moi. Non, je leur ai déjà dit que ça ne m'intéressait pas.

Confuse, je feuilletais les pages. Il me dit, en hésitant :

— Tout y est. Chaque mot. La recherche aussi. Comprenez-moi bien : le monde a bien besoin de connaître votre histoire. Et Dieu sait que c'est toute une histoire. De luttes et de pertes. De survie et de persévérance. D'avoir trouvé Faith, l'espoir et l'amour. Un super titre, en passant. Mais je me suis rendu compte que ce n'est pas à moi de l'écrire, Ellen. C'est à vous.

Il me regarda avec son sourire un peu croche.

Je ne savais pas quoi dire. Je n'aurais jamais eu ma propre histoire sans lui. Même si je l'avais détesté au début, quand il me forçait à raconter ce que je croyais impossible à révéler, il m'avait aidée à trouver ma voix. À trouver ma fille. À me retrouver moi-même. Comme une sage-femme, il m'avait encouragée pendant que je souffrais en enfantant de ma vérité. À la fin, il me l'avait remise.

— Oh, j'ai un autre petit cadeau pour vous.

Il me tendit un paquet emballé de papier brun. J'y trouvai un cahier de musique. Je souris en lisant le titre : *Les grands succès de ragtime de Scott Joplin.*

— Et tenez-vous-le pour dit : un piano, ce n'est pas un meuble ! Vous feriez mieux de savoir jouer au moins un de ces morceaux la prochaine fois que je serai à Liverpool.

Je ris en le lui promettant.

— Quand reviendrez-vous par ici ?

— Ça dépend de la guerre, dit-il en haussant les épaules.

Le monde changeait. Ni lui ni moi ne savions ce que l'avenir nous réservait. Mais cette incertitude n'ébranlait pas Steele qui m'expliqua, les yeux brillants d'enthousiasme :

— Mon rédacteur en chef m'a demandé d'être le correspondant de guerre du journal. J'ai accepté. Ce n'est pas l'Afrique, Ellen, mais ce sera mon aventure à moi. Je pars pour le front demain.

— Mais c'est dangereux !

Nous le savions tous les deux. Tous les soldats aussi. Mais ils ne laisseraient pas la peur les arrêter. Ni Steele.

— Si j'ai survécu à votre leçon de conduite, j'imagine que je peux survivre à n'importe quoi.

Il se leva et prit son sac.

— Attendez, Steele. Moi aussi j'ai quelque chose pour vous.

Je lui tendis la grande enveloppe que j'avais apportée. Il en sortit une trentaine de pages dactylographiées et lut, les yeux écarquillés :

— « *Le parcours d'un héros, une aventure de Garrett Dean par G. B. Hardy* ».

Ébahi, il leva les yeux :

— Est-ce que c'est…

— Le dernier manuscrit de tante Géraldine.

La vénération qu'il lui manifestait me fit sourire. Si quelqu'un pouvait apprécier ce récit inachevé, c'était bien lui. Il me tendit la pile :

— Je ne peux pas le prendre.

— Je ne vous demande pas de le prendre, dis-je en posant ma main sur la sienne. Je vous demande de le terminer. Vous connaissez les personnages et le style de ma tante mieux que quiconque. Vous adorez les aventures. Seigneur, Steele, vous ressemblez même à Dean !

C'était lui maintenant qui était bouche bée.

— J'en ai parlé à Cronin : c'est ma responsabilité de gérer l'héritage littéraire de ma tante. Et je veux ce qu'il y a de mieux. Je vous veux, vous. Qui sait, dans cette aventure, Garrett pourrait être un correspondant de guerre. Prenez le temps qu'il vous faut, mais vous ferez bien d'avoir écrit au moins un chapitre quand vous reviendrez à Liverpool.

J'imaginais déjà les idées se bousculer dans sa tête.

— Je suis sans mots, ajouta-t-il, le souffle coupé.

— Dites oui !

Il sourit comme le petit Harry avec son bateau en papier :

— Vous n'avez aucune idée de ce que cela représente pour moi, d'avoir le privilège de raconter cette histoire.

Je me levai sur la pointe des pieds et l'embrassai sur la joue :

— Oui, Steele, je sais. Je sais exactement comment vous vous sentez.

Chapitre 46

Je me promenais nu-pieds sur la plage, en tenant mes chaussures d'une main et mes jupes de l'autre. Ce n'était probablement pas digne de la maîtresse du manoir Strandview, mais c'est exactement ce que ferait Ellie Hardy. C'est de cette façon que j'avais décidé de vivre ma vie : être fidèle à moi-même, maintenant que je me connaissais. Je me penchai pour ramasser une poignée de cailloux lisses. Je coinçai le bas de ma robe dans ma ceinture et marchai dans l'eau. Penchée sur le côté, je lançai mes cailloux en comptant les ricochets. *Six, sept, huit...* Ils créaient des cercles à chaque endroit où ils touchaient l'eau. Le truc pour faire des ricochets – et pour les histoires et la vie, à vrai dire —, c'est de continuer à avancer.

— Ah, je vois où elle a appris ça !

Je me retournai et aperçus Jim debout sur la plage. Mon cœur se serra en le voyant, en l'entendant, en le sentant si proche de moi. À la façon dont nous nous étions laissés, je doutais de le revoir un jour. Et pourtant, il était là.

Mais il ne souriait pas et ne me regardait pas dans les yeux. Il se contenta d'enlever ses chaussures, de remonter le bas de son pantalon et de venir me rejoindre dans l'eau après avoir ramassé quelques cailloux.

J'avais tant à lui dire. À lui demander. Il y avait tant de choses que je voulais savoir. Mes séances d'interview avec Steele m'avaient enseigné comment écouter, comment laisser les autres raconter leurs histoires. Et même si c'était très difficile, je permis au silence de s'installer entre nous et je lançai un autre caillou.

Jim grogna en lançant une pierre, puis une autre, avec force. Elles calaient dès qu'elles touchaient l'eau.

— Je n'y arrive pas.

— Penche-toi plus près de l'eau. Le secret, c'est dans le mouvement du poignet.

— Non, pas ça.

Il laissa tomber les cailloux et regagna la plage.

Ne sachant pas quoi faire, je le suivis et m'assis à côté de lui, silencieuse, pour lui laisser le temps de trouver les bons mots.

Je sentais qu'il avait besoin de ma permission pour se délester d'un lourd secret. Peu importe de quoi il s'agissait, je pouvais porter son fardeau. Je pouvais le prendre avec lui. Je pouvais l'alléger, comme Steele l'avait fait pour moi.

— Tu peux me parler, Jim. Tu peux me dire n'importe quoi.

Il prit une longue inspiration et me dit d'une voix basse, un soupir presque :

— Je ne sais pas quoi dire. Il est trop tard, de toute façon. Ce qui est fait est fait. Pourquoi revenir sur le passé ? Même si j'en parlais, ça ne changerait pas ce qui est arrivé.

De toute évidence, il ne pouvait s'empêcher de broyer du noir, de ruminer ce secret qui lui pesait. J'étais dans cet état lorsque Steele m'avait approchée la première fois. Mais il avait réussi à me l'extirper, et après mon pénible récit, je m'étais sentie purgée, soulagée. Pardonnée.

— C'est vrai, rien ne changera ce qui est arrivé, mais tu peux changer ce qui se passera ensuite.

Ses yeux scrutaient l'horizon, fouillaient ses sombres pensées. Au bout d'un moment, je lui tendis une perche, comme Steele l'aurait fait :

— Ça concerne ton père ?

Il enlaça ses genoux et enfouit ses pieds dans le sable.

— Oui. Je ne te l'ai jamais dit… Il travaillait sur le *Titanic*…

Il s'interrompit et me regarda un instant, hésitant à me dire la suite.

— Et moi aussi.

Sur le *Titanic* ? Je comprenais maintenant sa réticence à en parler. Son obsession pour les normes de sécurité à bord de l'*Empress*.

— Oh, Jim ! Ça a dû être terrible !

Son regard se perdit dans l'horizon, mais je savais où il était. Il revivait cette nuit-là.

— La fille dans mon journal, ce n'est pas ce que tu penses, Ellie. C'était seulement une enfant. Cinq ans, six peut-être.

Il regarda ses mains.

— Une passagère du *Titanic*. Une des centaines qui ont péri… à cause de moi.

— Qu'est-ce que tu veux dire ?

Je connaissais ce sentiment de honte des personnes qui ne parviennent pas à en sauver d'autres, cette culpabilité lorsqu'on survit, alors que d'autres non. Il exagérait sûrement.

Il haussa les épaules en serrant les mâchoires.

Je voulus l'inciter à en dire davantage :

— Étais-tu un chauffeur ?

Il secoua la tête et je vis passer l'ombre d'un sourire :

— Non, un chasseur. Mon Dieu que Pa était fier de me voir dans mon uniforme. Il disait que je serais steward en chef dans le temps de le dire.

Son sourire s'évanouit.

— Même quand le capitaine Smith a ordonné qu'on prépare les canots de sauvetage, je ne croyais pas qu'on était en danger. Pas vraiment. On disait qu'il était insubmersible, le *Titanic*. Mais j'avais entendu Murdoch annoncer que la salle des machines et presque toute la proue étaient inondées, et que le paquebot allait couler par l'avant. Compartiment par compartiment. Je savais qu'il allait sombrer parce que, dès que l'océan y aurait goûté, il allait l'attirer vers lui jusqu'à ce qu'il l'ait avalé au complet.

Je hochai la tête en me rappelant ce sentiment de choc, d'incrédulité et de terreur lorsque l'*Empress* avait été éperonné.

— J'ai trouvé Pa à son poste, au niveau inférieur près de l'escalier de la troisième classe. Lui d'un côté de la grille et une foule de passagers de troisième classe de l'autre. Certains portaient des gilets de sauvetage, mais la plupart, non. Mais qu'est-ce que ça allait changer avec la grille de métal noir fermée en haut de l'escalier? Ils se poussaient, écrasés les uns contre les autres. Je n'oublierai jamais leurs appels à l'aide. La terreur fait le même son dans toutes les langues.

Il fit une pause et je savais qu'il les entendait encore. Je les imaginais se jeter contre la grille, leurs bras et leurs mains tendus à travers les barreaux en implorant son père de les sauver.

— Je me suis précipité vers Pa et j'ai tiré la grille, expliqua-t-il en mimant le geste. Je me disais qu'à deux, on y arriverait peut-être. Mais elle n'a pas bougé. Quand Pa m'a poussé sur le côté, j'ai aperçu la clé suspendue à son cou. J'ai deviné qu'il les avait enfermés avant qu'il me dise «Ordre du capitaine», comme si ça justifiait ce geste. Je les regardais, tous ces gens, ces mères, ces enfants. Je lisais la terreur dans leur visage. Il y avait une petite fille de cinq ou six ans, en bas dans un coin, dans une chemise de nuit blanche. Elle avait une boucle rouge au bout de sa tresse. Mon Dieu, je ne l'oublierai jamais, la façon dont elle m'a tendu les bras.

Jim fit une pause puis se frotta les yeux, sans réussir à chasser cette image.

— J'ai imploré mon père de faire preuve de bon sens et de les laisser sortir, mais il n'a pas voulu m'écouter. Alors je me suis jeté sur lui pour prendre la clé. Je ne sais pas exactement comment c'est arrivé. On s'est battus. Il a dû se frapper la tête. Il est tombé dans la coursive qui commençait à être inondée, face contre terre, les bras en croix. Le sang coulait dans l'eau autour de sa tête.

Jim arrêta, le souffle lent. Je posai ma main sur son bras et je lui dis doucement :

— C'était un accident, Jim.

Mais il n'était pas avec moi. Il se trouvait encore là-bas, dans les entrailles du *Titanic* en train de sombrer.

— Il respirait, mais ni lui ni moi ne pourrions tenir encore longtemps si on ne sortait pas de là. J'ai transporté Pa vers l'escalier et j'ai grimpé quelques marches pendant que l'eau montait. Les passagers criaient. Mais qu'est-ce que j'aurais pu faire ? Je ne pouvais pas tous les sauver, alors j'ai enlevé la clé du cou de mon père, je l'ai lancée vers les mains des passagers et j'ai transporté Pa. Je ne suis pas resté pour voir si quelqu'un l'avait attrapée. Je m'en fichais s'ils survivaient ou pas. Tout ce qui comptait pour moi à ce moment-là, c'était de sauver mon père. Et au bout du compte, je n'ai même pas réussi.

Jim courba la tête sous le poids de sa culpabilité. Il l'avait transportée comme le poids du corps inerte de son père. Et il la portait encore. Depuis deux longues années.

Je ne m'étonnais pas de le voir accablé à ce point.

Chapitre 47

Je me rappelai soudain avoir entendu parler de cette histoire quelque part.

— Ils sont sortis, les passagers de troisième classe. Ils ont réussi à ouvrir la grille, Jim !

Il ne se laissa pas rassurer aussi facilement :

— Comment peux-tu savoir ça ?

— Je te jure que c'est vrai. Je l'ai lu dans un article au sujet du *Titanic*. Personne ne connaîtrait cette histoire de grille verrouillée si les passagers n'avaient pas survécu pour la raconter aux journalistes !

Je fis une pause pour lui permettre d'assimiler la vérité.

— Tu les as sauvés, Jim. Peut-être pas ton père, mais certains d'entre eux, au moins.

Au bout d'un moment, il dit en tremblant :

— C'est moi, Ellie, c'est moi qui aurais dû mourir.

J'imaginais sa douleur. N'avais-je pas éprouvé la même au sujet de Meg ? Je ne voyais plus les choses tout à fait de la même façon.

— Je le connais, ce sentiment de culpabilité. Moi aussi, j'ai voulu mourir. Je ne savais pas comment j'aurais pu vivre en paix avec moi-même, comment être heureuse en sachant que Meg ne connaîtrait jamais ça.

Je m'arrêtai quelques minutes pour réfléchir à tout ce que j'avais appris au cours des dix semaines qui s'étaient écoulées depuis le naufrage de l'*Empress*.

— Mais tu sais, une vie de regrets et de honte, ce n'est pas une vie. Ce n'est pas ce qu'ils auraient voulu pour nous. Pas Meg. Et ton père non plus.

Jim craignait de parler, mais il hocha la tête et je sus qu'il avait compris.

— C'était un accident, Jim. Un iceberg. Le *Storstad*. Les deux, c'était une erreur stupide qui s'est terminée en tragédie horrible. Mais les capitaines, les membres d'équipage, ton père, toi, moi... on a tous fait ce qu'on avait jugé le mieux à ce moment-là.

Je pensais à ma tante, à mon père, à tous ceux qui m'avaient blessée et je me rendis compte que je devais accepter également cette vérité pour ces situations:

— Nous devons leur pardonner. Et nous devons nous pardonner à nous-mêmes aussi.

— Mais c'est tellement... tellement injuste, dit Jim en hésitant.

— Tu as raison. C'est exactement ça, une tragédie: tragique. Mais si on pense constamment à l'absurdité de ces événements, si on se complaît dans notre peine et nos regrets, si on se laisse faire, on va couler dans les profondeurs et l'obscurité.

Il prit une longue inspiration puis relâcha un soupir. Je pouvais pratiquement voir le poids se soulever de ses épaules. Nous devions maintenant regarder droit devant. Avancer comme les cailloux qui font des ricochets sur l'eau.

— Jim, on a survécu tous les deux. On va perdre la tête si on se demande constamment pourquoi nous. Il faut plutôt se demander simplement *dans quel but*? Pour quelle raison on est en vie aujourd'hui et ici.

Il prenait de petites pierres, puis les rejetait l'une après l'autre. Quelque chose lui pesait encore. Je fis une nouvelle tentative.

— Tu sais, savoir ce qui s'est passé et ce que tu as fait sur le *Titanic* ne change pas ce que j'éprouve pour toi.

Il lança le dernier caillou et se tourna vers moi :

— Quelle importance ? Il est trop tard pour nous deux. Tu es avec lui maintenant et puis…

— Avec qui ?

Il me jeta un regard de côté :

— Je t'ai vue avec lui au parc. Celui qui était chez toi.

— Qui ? Steele ?

— Le jour où mon bateau a accosté, je suis allé te voir au manoir Strandview. C'est en pensant à toi que j'ai pu tenir le coup à l'hôpital à Québec. Ils m'ont dit là-bas que je criais ton nom constamment, même si je ne me souvenais plus du mien. Et puis ce bonhomme, Steele, répond à la porte et me dit que tu ne travailles plus là. Je me demandais comment j'allais te retrouver. Comment j'allais vivre sans toi.

— C'était toi ? On pensait que tu étais un journaliste ! C'est ce qu'il est, Jim : un reporter. Il écrit pour le *New York Times*. Il faisait une entrevue pour un article sur l'*Empress*.

— Il n'est pas le père de Faith ?

Je secouai la tête, mais cela ne le rassura pas.

— Je t'ai vue avec lui quelques fois, Ellie. Je ne semblais pas te manquer beaucoup…

Si seulement il savait !

— Bien sûr que tu me manquais ! Jim, il n'y a absolument rien entre Steele et moi.

Je dis cela comme pour me convaincre moi-même. Il me regarda d'un air accusateur :

— Vraiment ? Alors toi, tu embrasses tous les journalistes ?

Je voulus me défendre, répliquer à ses paroles de manière aussi hostile. Que savait-il ? Où était-il, lui, quand j'avais besoin de sa présence ? M'espionnait-il ? Plutôt que de parler, je tendis la main vers lui, tentant la chance, risquant la douleur de le voir se lever et me quitter à nouveau. J'en mourrais.

Mais Jim en valait la peine. Nous le méritions. Et je devais lui dire la vérité, il le fallait. Je le devais à moi aussi, alors peu importait ce qui allait se passer, je saurais au moins que je n'avais rien à cacher. Je saisis ses doigts :

— C'est toi que je veux, Jim. Tu es tout ce que je veux.

Son regard s'adoucit. J'avais trouvé ma voix et je sus que je ne garderais plus jamais le silence :

— Quand je t'ai perdu, quand j'ai cru que tu étais parti pour toujours, je me suis rendu compte à quel point… à quel point je t'aime. Je pensais que je t'avais perdu. Je pensais que j'avais perdu Faith. Ils m'ont même dit qu'elle était morte quand j'ai accouché. Et pourtant, on est tous là.

Je pris une longue inspiration. Mon cœur battait à tout rompre dans ma poitrine. Je m'agenouillai à côté de lui et lui pris la main :

— On a tous eu des pertes cruelles. Mais on a une deuxième chance. On devrait se concentrer là-dessus, ne pas la gaspiller. Je te veux dans ma vie, Jim, et dans celle de Faith.

Il savait comment je me sentais et ce que je voulais. C'était dorénavant à lui de choisir.

En me regardant, Jim lut la sincérité dans mes yeux. Et moi, je vis sa franchise. Plus de secrets, pas de honte. De l'acceptation. Et de l'amour.

— Ellie, mon Dieu, tu ne sais pas comme j'ai attendu longtemps pour t'entendre dire ça.

Il serra ma main, se pencha lentement et posa ses lèvres sur les miennes. Sa bouche chaude, cette sensation familière, me rassura. Comme si nous avions échangé des milliers de baisers auparavant, alors que ce n'était que la deuxième fois. À cet instant-là, nous avons échangé nos âmes, sachant que ce serait le premier baiser de l'éternité. Il murmura :

— Je t'aime, Ellie, je t'aime.

Je souris et je l'enlaçai en déposant ma tête sur sa poitrine. Il m'embrassa sur le front et je me sentis pleine d'espoir, en sécurité, rassurée par sa chaleur, son souffle, le battement de son cœur. Peu importait ce que nous réservait l'avenir, nous nous avions l'un l'autre. Nous avions notre amour pour nous faire traverser toutes les tempêtes. Rien d'autre ne comptait.

Ça avait dû être si difficile pour lui de me confier son secret, de risquer de me perdre. Et de me révéler ses craintes à propos de Steele. Je m'assis et je plongeai mon regard dans le sien à nouveau. Je voulais rassurer Jim. Steele et moi allions garder le contact pour le roman, comme amis, mais rien de plus. Le baiser sur la joue de Steele ne voulait rien dire.

— Je veux que tu saches que Steele s'en va bientôt. Quand tu nous as vus, on se faisait nos adieux. Il part à la guerre.

Jim eut un sourire triste qui alourdit mon cœur. Je devinais ce qu'il allait dire avant qu'il ouvre la bouche.

— Moi aussi. Je me suis enrôlé cette semaine.

UN JOUR NOUVEAU

Septembre 1914
Manoir Strandview, Liverpool

Chapitre 48

J e déposai ma truelle et plongeai mes deux mains dans la terre grasse et noire. Bates avait raison : le jardinage est apaisant. Il nous relie à ce qui nous entoure, il nous enracine, il évoque le temps qui s'écoule, la succession des mois. Jim était parti en août pour s'entraîner avec le King's Liverpool Regiment et je n'avais aucun moyen de connaître la date de son retour, la durée de son absence ni l'endroit où l'appellerait ensuite son devoir. Je ne pouvais changer le passé ni sauter dans l'avenir, pas plus que je ne pouvais bouleverser l'ordre des saisons. Je ne perdrais plus mon temps à compter les journées écoulées depuis mes deuils ni à attendre anxieusement des soucis futurs. J'avais enfin appris ce qu'était la vie, le moment présent, la sensation du soleil sur mes épaules et de la terre fraîche et humide entre mes doigts. Et le bonheur de semer de l'espoir pour les lendemains.

Je sortis le plant de son pot et le secouai pour dénuder ses racines chevelues. Au milieu des feuilles vertes se dressaient des douzaines de petites fleurs veloutées d'un violet éclatant dont les cinq pétales étaient boutonnés à la tige par un cœur jaune vif. Je le déposai délicatement dans le trou que j'avais creusé entre les rosiers.

— C'est l'emplacement idéal, me dit Bates qui descendait l'escalier avec Faith.

Elle courut vers moi et saisit la truelle pour taper la terre.

C'est Bates qui m'avait proposé d'embellir le jardin, comme tante Géraldine et Meg l'avaient fait avant moi. Il m'avait suggéré de planter des fleurs qui avaient un sens pour moi. Je les avais choisies simplement parce que j'aimais leur couleur. Quand Bates m'annonça qu'il s'agissait de pensées, je me dis qu'elles avaient trouvé leur place idéale, non seulement parce que je tenais à me souvenir toujours de ma mère, de tante Géraldine et de Meg, mais aussi parce que je me connaissais dorénavant et que je ne voulais plus jamais oublier qui j'étais.

Faith courut vers Bates en criant:

— Canards, canards!

Il lui tendit le petit sac de papier rempli de croûtes de pain qu'il avait ramassées au déjeuner. Il ouvrit la grille et me demanda:

— Êtes-vous sûre que vous ne voulez pas nous accompagner aujourd'hui?

Je leur envoyai un signe de ma main boueuse:

— Non, non, allez-y tout seuls. Je viendrai la prochaine fois.

Je me lavai les mains à l'évier de la cuisine. Je souris en apercevant mon anneau tout propre qui étincelait au soleil. Je ne l'avais pas enlevé depuis que Jim me l'avait mis au doigt le jour de son départ, plus d'un mois auparavant. C'était une bague de Claddagh en or, traditionnelle d'Irlande, où l'on voit deux mains tenant un cœur surmonté d'une couronne. C'était plus qu'un cadeau: une promesse d'amitié. De loyauté. D'amour.

— Veux-tu être mon amoureuse, Ellie?

Il m'avait posé cette question presque avec gêne en glissant la bague à ma main droite, la pointe du cœur tournée vers moi pour indiquer que le mien était pris.

— Toujours.

Il m'avait alors embrassée et nous nous fîmes de longs adieux. Qui ne furent pas les derniers. Même s'il était difficile de le laisser partir, de le regarder s'en aller, je savais que ce n'était que le commencement de notre histoire à nous.

Je gravis l'escalier jusqu'au cabinet de tante Géraldine. J'en avais fait le mien. C'était toujours à cet endroit que je me sentais le plus proche d'elle. J'avais déplacé le bureau et sa machine près de la fenêtre. Je m'y asseyais pour écrire à la plume de longues lettres à Jim. Nous correspondions plusieurs fois par semaine. Même Steele m'envoyait de temps à autre une carte postale où il me racontait des bouts de ses aventures, en me demandant si j'avais commencé la mienne.

Les rangées d'étagères étaient vides à l'exception du lierre en pot, des romans de ma tante, d'un portrait de ma mère et de la photographie encadrée prise lorsque Faith et moi nous étions rencontrées pour la première fois. Les étagères dénudées ne m'attristaient plus. Je savais que j'allais les remplir à mon rythme et y exposer mes objets préférés, des souvenirs de chaque nouvelle aventure. J'étais enthousiaste à l'idée de les vivre. De m'émerveiller. De rêver.

Assise au bureau, je regardais par la fenêtre en pensant à la reine des fées que je croyais être quand j'étais enfant et je me rendis compte que cette personne, c'était moi. Belle, forte et puissante.

J'enfonçai distraitement une touche usée de la machine à écrire. Le «clac» du caractère frappant le papier interrompit le silence en laissant un « E » noir sur la page blanche. J'aimais son apparence, le son de l'appareil, la capacité de créer quelque chose là où il n'y avait rien. Cette impression de faire ma marque.

J'enfonçai quatre autres touches : L … L … I … E.

Je levai les yeux vers le portrait de ma mère sur l'étagère. Je pensais souvent à elle, et encore plus depuis que j'avais moi-même un enfant. Pourtant, je ne connaissais pas l'histoire de Maman. Juste à côté se trouvait la photographie de Faith et moi.

Ma fille connaîtra-t-elle mon histoire à moi ?

Je plaçai la machine à écrire devant moi. J'appuyai sur le levier en métal, je remontai la feuille et me mis à dactylographier.

Nous écrivons notre vie avec les choix que nous faisons. Que cela nous plaise ou non, c'est cela qui deviendra notre histoire. Il y a des passages tristes, d'autres qui nous révulsent, d'autres encore qui sont tout simplement embarrassants. Mais les récits doivent être partagés, transmis et remémorés, même ceux qui nous terrifient ou nous font honte. Particulièrement ceux-là, je crois. Parce que si nous n'apprenons rien d'eux, nous les revivons encore et toujours. Nous restons coincés dans un chapitre de notre vie.

Et dans mon cœur, j'ai toujours su que mon histoire allait beaucoup plus loin que cela.

J'ai longtemps vécu une existence qui ne m'appartenait pas. J'avais laissé quelqu'un d'autre écrire ma vie. Je portais les vêtements que je devais porter. J'agissais comme je devais le faire. Je parlais comme on me l'avait enseigné. Je laissais les autres me dicter qui j'étais.

J'ai même permis à un beau jeune homme de m'écrire une nouvelle histoire : un roman d'amour. Il m'a dit que j'étais belle et séduisante. Je savais ce qu'il souhaitait que je sois et j'ai joué ce rôle quelque temps, jusqu'au point de devenir ce qu'il attendait de moi. Mais il ne voulait pas d'une jeune fille de seize ans, surtout si elle portait son enfant.

Non, personne n'aurait voulu de cette jeune femme-là.

Et même si je suis une fille et une nièce, une victime et une survivante; même si j'ai aimé, puis perdu et retrouvé cet amour. Même si je fus maîtresse, servante et mère célibataire, j'ai découvert que je suis plus que cela.

Je suis la reine des fées. Je tue des dragons. Je suis l'héroïne de mes propres aventures.

Oui, je suis tout cela, et plus encore. Je m'appelle Ellen Géraldine Hardy et voici mon histoire. Jusqu'ici.

Fin

Notes de l'auteure

L'*Empress of Ireland*

*P*eu de gens connaissent l'histoire du naufrage de l'*Empress of Ireland,* la pire catastrophe maritime survenue au Canada. Quelle qu'en soit la raison, elle semble s'être perdue dans le fleuve Saint-Laurent et dans les brumes du temps. Elle s'est peut-être produite trop rapidement après le naufrage du *Titanic,* une tragédie semblable survenue à peine deux ans plus tôt. Peut-être l'a-t-on oubliée parce que les passagers n'étaient pas des personnalités riches et célèbres de la haute société new-yorkaise. On s'entend toutefois pour dire qu'elle s'est perdue dans les grands titres annonçant le déclenchement de la Première Guerre mondiale dix semaines plus tard seulement. Quoi qu'il en soit, le récit de la collision de l'*Empress,* de son naufrage et des 1012 personnes qui ont sombré avec le navire s'est effacé de nos mémoires.

Cent ans plus tard, nous essayons de rassembler les fragments de cette histoire qui nous appartient. Nous devons nous en souvenir pour honorer à la fois les victimes et tous les survivants qui ont porté leur deuil en silence.

Ellen Hardy et Jim Farrow sont des personnages fictifs, mais j'espère que leur vie vous a paru vraisemblable. Pour raconter leurs expériences, je me suis basée sur des recherches de mon cru et sur des récits de survivants, tant passagers que membres d'équipage, en particulier *Quatorze minutes : le naufrage de l'Empress of Ireland* de James Croall et *Forgotten Empress : the Empress of Ireland Story* de David Zeni. J'offre ma plus sincère gratitude aux auteurs de ces ouvrages qui ont joué un rôle capital pour préserver l'histoire de l'*Empress of Ireland*. Le livre *Titanic Survivor : The Newly Discovered Memoirs of Violet Jessop* de John Maxtone-Graham m'a permis d'en savoir davantage sur le quotidien des femmes de chambre et sur celui d'une survivante. Après avoir consulté des centaines de récits de survivants du *Titanic,* je me suis demandé comment on pouvait survivre à une tragédie aussi horrible. La plupart des gens, il semble, n'en parlaient simplement pas. Beaucoup ont vécu des « moitiés de vie » sous le joug de la culpabilité d'avoir survécu alors que leurs proches avaient péri. Pourtant, Violet Jessop n'a jamais limité sa vie extraordinaire au statut de « survivante du *Titanic* » : elle ne s'est pas laissé contraindre par ses deuils ni par les étiquettes que lui ont données les autres.

Personne ne souhaite parler de ses douleurs. Personne ne pourchasse les deuils. Nous préférons ignorer les regrets et fermer les yeux sur les réalités trop crues. Comme Ellie, j'ai traversé les étapes du déni, de la rage, de la culpabilité, de la dépression puis, pour terminer, de l'acceptation. Je pensais écrire un roman sur la perte, sur des événements tragiques que certains préféraient ignorer. Mais il s'agit en réalité d'une histoire sur la foi, l'espoir et l'amour, car Ellie m'a enseigné une chose : la vie doit être davantage qu'une simple question de survie.

Je peux jouer le rôle de victime dans l'histoire de quelqu'un d'autre, mais je choisis d'être l'héroïne de mon propre récit.

Magdalene Asylums

Fondés au dix-huitième siècle, les hospices Magdalene ont existé en Grande-Bretagne et en Irlande jusqu'à la fin des années 1900. Conçues à l'origine pour donner du travail aux jeunes femmes marginalisées, ces établissements gérées par des religieuses se sont transformées au fil des ans en prisons, en lieux de pénitence.

Ces couvents disciplinaires accueillaient des prostituées, des mères célibataires, des femmes souffrant de problèmes divers et des victimes de viol. Des familles y faisaient aussi interner leurs filles qui aimaient trop flirter ou étaient trop attirantes. Elles restaient à l'hospice jusqu'à ce qu'un membre de leur famille se porte garant d'elles. Aujourd'hui, des groupes de défense comme Justice for Magdalenes tentent de faire valoir les droits des survivantes, de les soutenir et de leur donner une voix. Le dernier hospice Magdalene a fermé ses portes en Irlande le 25 septembre 1996 et un peu plus de six ans plus tard, soit le 19 février 2003, le premier ministre de ce pays, Enda Kenny, a présenté des excuses officielles aux victimes.

Barnardo's Homes

Même si on considérait à l'époque que la pauvreté était la conséquence honteuse de la paresse ou du vice, le docteur Thomas Barnardo croyait fermement que « chaque enfant mérite le meilleur départ qui soit dans la vie, peu importent ses origines ». À sa mort en 1905, son organisme de bienfaisance avait mis sur pied 96 résidences accueillant 8 500 enfants. À une époque où la plupart des œuvres de charité refusaient d'aider les mères non mariées, il avait innové en leur trouvant du travail en service domestique qui leur permettait de payer une portion des soins prodigués à leur petit. Au début du vingtième siècle, les maisons Barnardo envoyaient environ un millier d'orphelins par année au Canada pour qu'ils y soient instruits et formés. Les familles d'accueil recevaient, en échange, la somme hebdomadaire de cinq shillings par enfant. De nombreux « Home Children » se sont embarqués sur l'*Empress of Ireland* et sur son navire jumeau, l'*Empress of Britain*. Barnardo, l'organisme de charité pour jeunes le plus important de Grande-Bretagne, poursuit son œuvre pour les petits « maltraités, vulnérables, oubliés et négligés ».

Faits intéressants

E mmy la chatte a fait partie de l'équipage de l'*Empress of Ireland* durant deux ans, mais elle s'est enfuie du navire juste avant son dernier départ de Québec.

Au départ de Québec, 1 477 personnes se trouvaient à bord de l'*Empress*. Quelques heures plus tard, 1 012 d'entre elles perdaient la vie dans le naufrage : 840 passagers et 172 membres d'équipage.

Plus de passagers sont morts dans le naufrage de l'*Empress of Ireland* (840) que dans ceux du *Titanic* (832) ou du *Lusitania* (791).

Après avoir été frappé, le navire s'est rempli d'eau au rythme de 60 000 gallons (soit plus de 227 000 litres) à la seconde.

Une minute à peine après l'impact, l'inclinaison du paquebot était telle que les portes des cloisons étanches étaient coincées et n'ont pu être fermées.

La plupart des passagers de l'*Empress* n'ont eu que quelques minutes, et parfois quelques secondes, pour s'échapper de leur cabine. Ceux qui se trouvaient dans la section inférieure droite du paquebot sont fort probablement morts noyés dans leur sommeil.

L'*Empress* a sombré 9 heures et 43 minutes après avoir quitté Québec, et seulement 14 minutes après avoir été éperonné par le *Storstad*.

L'ingénieur en chef, l'Irlandais William Sampson, a fait 96 traversées sur l'*Empress*. Il a raconté le naufrage du point de vue de la salle des machines d'où il a pu s'échapper grâce à l'aide de ses jeunes collègues. Il a ensuite été secouru des flots par un canot de sauvetage.

Diplômé de l'Université McGill de Montréal, le docteur James Grant faisait sa deuxième traversée à titre de médecin de bord. Éjecté de son lit lorsque l'*Empress* a gîté, il a pu s'extraire du navire par un hublot. Son dévouement héroïque sur le *Storstad* a permis de sauver de nombreuses vies.

La surveillante Jones et les neuf femmes de chambre ont toutes péri, sauf une : Helena Hollis. Malgré ses efforts, elle n'a pas réussi à sauver sa consœur Ethel Dinwoodie qui s'est noyée, alourdie par le poids des deux manteaux qu'elle portait.

William Clarke, qui travaillait dans la chaufferie de l'*Empress,* a pu prendre place dans un canot de sauvetage. Il se trouvait aussi à bord du *Titanic* lorsqu'il avait sombré. On raconte également qu'un certain Frank « Lucky » Tower aurait survécu à trois catastrophes maritimes : les naufrages de l'*Empress,* du *Titanic* et du *Lusitania.*

Bien que les capitaines des deux navires en cause aient assuré avoir maintenu leur cap et se soient accusés mutuellement d'avoir changé de direction en plein brouillard, une enquête au cours de laquelle les commissaires ont entendu 61 témoins et posé plus de 9 000 questions a conclu que le *Storstad* était responsable de l'accident.

Sur les 170 membres de l'Armée du Salut qui voyageaient à bord, 22 ont survécu. Beaucoup sont morts en héros en allant secourir d'autres passagers et aucun des salutistes survivants ne portait de veste de sauvetage. Le congrès a eu lieu comme prévu à Londres, mais les organisateurs ont garni 148 chaises vides d'une écharpe blanche à leur mémoire.

Marié depuis une semaine, le chef de la fanfare de l'Armée du Salut, Thomas Greenaway, s'était résigné à couler avec le navire lorsqu'il avait cru que sa femme s'était noyée. Il a heureusement été sauvé tout comme son épouse. Le couple a pleuré de joie en se retrouvant sur le quai de Rimouski.

Gracie Hanagan venait d'avoir sept ans lorsqu'elle est montée à bord de l'*Empress of Ireland*. Seuls 4 enfants sur les 138 qui s'y trouvaient ont survécu. Gracie, la plus jeune, a été la dernière survivante. Elle a assisté aux cérémonies commémoratives organisées par l'Armée du Salut à Toronto jusqu'à sa mort en mai 1995 à l'âge de 89 ans moins un jour. Elle a raconté à quel point elle avait peur de dormir près des hublots où elle craignait que l'eau s'engouffre. Gracie n'a jamais surmonté sa hantise de l'eau, même dans son bain.

Remerciements

J'adresse mes plus vifs remerciements aux personnes suivantes :

Lynne Missen et l'équipe de Penguin Canada qui m'ont donné l'occasion d'explorer le récit du naufrage de l'*Empress of Ireland* et de le partager avec vous.

Marie Campbell pour ses encouragements et son soutien indéfectibles.

Je tiens à remercier ces experts pour leurs précieuses connaissances :

David Zeni et James Croall pour leur recherche méticuleuse et leurs récits détaillés.

M. John Willis, Ph. D., conservateur; Jonathan Wise, archiviste; Anneh Fletcher, bibliothécaire de référence; et Brigitte Lafond, superviseure en Gestion de l'information du Musée canadien de l'histoire à Gatineau. Merci de veiller à la préservation de notre patrimoine avec une telle fidélité.

Enfin, j'offre ma plus sincère gratitude à mes parents et amis :

Elizabeth Tevlin, critique extraordinaire, qui était toujours présente et a su, de multiples façons, m'aider à créer un Jim plein de vie et d'amour.

Kerri Chartrand, Alan Cranny, Peggy Cranny, Fiona Jackson et Tony Pignat qui se sont penchés sur les innombrables versions de mon manuscrit.

Mes enfants Liam et Marion qui me préparaient du thé aux moments appropriés et, particulièrement, qui m'ont rappelé ce qui compte le plus dans la vie.

Et plus particulièrement Granny pour sa foi et son courage inspirants. Elle me manque terriblement.

Je remercie chacun de vous non seulement pour votre participation aux histoires que j'écris, mais surtout pour le rôle considérable que vous jouez dans l'histoire que je vis.

EXTRAIT DE

Les brumes du Caire

DE ROSIE THOMAS

CHAPITRE UN

Je me rappelle.
Et même au moment où je prononce ces mots dans la pièce silencieuse et où j'entends ce murmure mourir dans la pénombre de la maison, je me rends compte que c'est faux.

Parce que non, je n'arrive pas à me rappeler.

Je suis âgée, et je commence à oublier des choses.

Parfois j'ai conscience que des parties entières de ma mémoire ont disparu, m'échappant et se dispersant hors de ma portée. Quand j'essaie de me souvenir d'un jour en particulier, ou d'une année entière, ou même de toute une décennie, si j'ai de la chance, je retrouve les faits nus, dépourvus de toute couleur. Mais la plupart du temps, rien ne me revient. Rien du tout.

Et quand je me rappelle où j'ai vécu, avec qui et pourquoi, si je tente de me remémorer comment c'était, l'essence de ma vie et ce qui me poussait à me lever chaque matin et rythmait mes journées, je n'y parviens pas. Les visages familiers, même les visages aimés, se sont désintégrés en silence ; leurs noms et les dates de précieuses initiations, de tendres anniversaires et d'événements autrefois si importants se sont effacés, se retrouvant enfouis loin de moi.

Cette disparition ressemble au désert lui-même. Le sable arrive des quatre coins de la terre et forme progressivement dunes et rides brunes, brouillant les structures les plus nettes, les plus imposantes, jusqu'à finalement les recouvrir.

Voilà ce qui m'arrive. Les sables du temps. (C'est un cliché, mais l'image n'en est pas moins exacte.)

J'ai quatre-vingt-deux ans. La mort ne m'effraie pas, et après tout elle ne doit pas être bien loin.

Je ne crains pas non plus l'oubli total, parce qu'être amnésique c'est vivre dans l'insouciance.

Ce dont j'ai peur, c'est des étapes intermédiaires. J'ai peur de la régression. Après l'indépendance de toute une vie – oui, une indépendance égoïste comme la qualifierait ma fille, à raison – je suis terrifiée à l'idée d'être à nouveau réduite à l'état d'enfant, à l'impuissance, aux océans de confusion d'où les moments de lucidité cruelle ressortent comme des hauts fonds.

Je n'ai pas envie que Mamdooh et Tata me nourrissent à la petite cuillère et m'empêchent de quitter mon fauteuil; mais je veux encore moins être confiée à des professionnels de santé qui me soumettront à des soins gériatriques bien intentionnés.

Je sais à quoi cela ressemblera. Je suis moi-même médecin et, même si je me rappelle bien peu de choses, j'en ai trop vu.

À présent Mamdooh arrive. Ses pantoufles en cuir bruissent doucement sur les planches de l'escalier des femmes. Mon audition, elle, n'a pas régressé. La porte s'ouvre en craquant, lourde sur ses gonds, et j'aperçois un coin du paravent troué qui masque la galerie du hall de réception. Une lumière brillant à travers l'écran parsème le sol et les murs d'étoiles et de croissants de lune.

« Bonsoir, M'ame Iris », dit Mamdooh avec douceur. Cette appellation respectueuse a été si élidée, si polie par l'usage qu'elle est devenue un surnom affectueux, *Mamris*. « Avez-vous un peu dormi ?

— Non. »

J'ai passé l'après-midi à réfléchir. À ressasser mes inquiétudes.

Mamdooh pose un plateau. Un verre de thé à la menthe, sucré et parfumé. Une serviette en lin, quelques pâtisseries triangulaires dont je n'ai pas envie. Je mange très peu désormais.

Le dôme couleur café du crâne chauve et brillant de Mamdooh est parsemé de taches plus foncées et de gros grains de beauté irréguliers. Dehors, sous le soleil intense, je sais qu'il porte toujours son tarbouche. Le voir le soulever des deux mains et le placer sur sa tête d'un geste ferme avant de sortir au marché, c'est être ramené au temps où le fez, ce chapeau rouge en forme de pot de fleurs était un élément essentiel de la tenue de tout domestique au Caire.

Mamdooh me tend mon verre de thé. Je le lui prends des mains, enfilant mes doigts dans les cerceaux usés du porte-verre en argent et avançant la tête pour respirer le doux parfum.

« Tata a fait un baklava, me dit-il, repoussant la serviette qui le couvrait pour m'encourager.

— Plus tard. Allez-y maintenant, Mamdooh. C'est vous qui devez manger. »

Mamdooh n'a rien mangé ni même bu une gorgée d'eau depuis le lever du soleil. C'est le Ramadan.

De nouveau seule, je bois mon thé en écoutant les rumeurs de la ville. La rue pavée que je vois de ma fenêtre est très étroite, à peine assez large pour laisser passer une voiture, et au-delà de l'angle de mur qui abrite ma porte d'entrée, il n'y a que les marches de la grande mosquée. La circulation qui se déverse de routes en béton et submerge la ville moderne comme un raz-de-marée n'est ici rien de plus qu'un grognement sourd. Les bruits qui m'entourent sont plutôt ceux de familles qui rient et s'exclament en préparant leur repas du soir et en se rassemblant pour manger dans la fraîcheur du crépuscule. J'entends un cliquetis de roues sur les pierres et un cri d'alarme tandis que passe une charrette tirée par un âne, puis quelques notes de musique tandis que s'ouvre et se referme une porte quelque part. Quand j'écoute cela, je me dis que je pourrais me trouver au Caire d'il y a soixante ans.

Certaines choses ne s'oublient jamais. Je me l'interdis. Sinon, que me resterait-il?

Je ferme les yeux. Le verre bascule entre mes doigts, renversant les dernières gouttes du liquide sur les coussins usés.

Soixante ans auparavant, des soldats arpentaient ces rues. Des nuées d'officiers britanniques, ainsi que des soldats néo-zélandais et australiens, français, canadiens, indiens et grecs, sud-africains et polonais, tous vêtus de leur tenue militaire poussiéreuse. Le Caire était un aimant brûlant pour les troupes qui s'y déversaient chaque fois que la guerre dans le désert les libérait brièvement, à la recherche de bars et de bordels. Tournant le dos à la perspective de mourir dans le sable, ils buvaient et s'adonnaient aux plaisirs de la chair avec toute l'énergie de la jeunesse, et la ville les absorbait avec sa propre indifférence consacrée.

Après tout, cette guerre n'était qu'une autre couche d'histoire parmi d'autres, ajoutant ses décombres et sa poussière à des milliers d'années de ruines. Il y a plus d'histoire enterrée le long de cette bande fertile de la vallée du Nil que n'importe où dans le monde.

L'un de ces soldats, à l'époque, était mon amant. Le seul homme que j'aie jamais aimé.

Le capitaine Alexander Napier Molyneux. Xan.

Il portait la même chemise et le même large short que tous les autres soldats, à la seule différence des insignes de rang et de régiment, mais Xan présentait un anonymat encore plus grand. Il n'était ni haut en couleur, ni mystérieux. On ne l'aurait pas remarqué au milieu d'une foule d'officiers au bar du Shepheard's Hotel, ni à l'une des soirées tapageuses auxquelles nous allions tous à Zamalek ou à Garden City, tout simplement parce qu'il n'avait rien d'extraordinaire.

Cette banalité était recherchée. Xan travaillait au plus profond du désert et c'était un de ses talents que de se fondre dans le décor, où qu'il se trouve. Il montait à cheval comme l'officier de cavalerie qu'il était vraiment, mais si on le voyait à dos de chameau avec un *keffieh* blanc autour de la tête, on le prenait facilement pour un Arabe. Au Gezira Club, il jouait au tennis et faisait l'idiot près de la piscine comme n'importe quel autre habitué des cocktails du Caire, mais ensuite il disparaissait pendant des jours, voire une semaine d'affilée, et même dans le milieu de la bonne société anglo-égyptienne, aucune nouvelle ni rumeur ne circulait quant à l'endroit où il avait pu se rendre. Il disparaissait dans le désert comme un lézard sous un rocher.

Je l'ai aimé dès le moment où j'ai posé les yeux sur lui. *Je me rappelle.*

Nouvelles routes, tours en béton et rues commerçantes ont effacé l'essentiel du Caire que nous connaissions alors mais, dans ma rêverie de ce soir, chaque détail – de la ville et de cette première soirée – me revient. Je l'ai revisitée des milliers de fois, tant et si bien qu'elle me semble plus réelle que ce que je vis aujourd'hui, à quatre-vingt-deux ans.

Au moins, cela, je ne l'ai pas perdu, Dieu merci, pas encore.

Voici comment je m'en souviens :

C'était une nuit étouffante, envahie par le parfum des tubéreuses.

Une vingtaine de petites tables rondes avaient été installées dans un jardin luxuriant, des lanternes pendaient des branches des manguiers et des mimosas et, derrière de hautes fenêtres, un groupe jouait dans une salle de bal lambrissée.

À vingt-deux ans, fraîchement sortie de l'austérité de la guerre londonienne, j'étais enivrée par ce Caire charmeur et les coupes de champagne.

En riant, mon amie Faria me conduisit vers une table où se trouvait un groupe d'hommes en tenue de soirée. Ils entouraient une bouteille de whisky et de nombreux verres, et la fumée de cigare faisait concurrence aux tubéreuses.

« Je vous présente Iris Black. Ne bougez pas, Jessie, je vous prie. »

Mais le jeune homme aux cheveux jaune pâle était déjà debout, le buste incliné tandis qu'il soulevait ma main vers ses lèvres. Sa moustache me chatouilla les doigts.

« Il m'est impossible de rester assis, murmura-t-il. Elle est trop belle. »

Dans ma tête, j'étais encore la dactylo londonienne qui se débrouillait avec un salaire de misère dans un appartement au sous-sol à South Kensington, mais mes quelques semaines au Caire m'avaient appris à ne pas regarder derrière mon épaule à la recherche de la belle femme dont il était question. Là, dans ce jardin exotique, la musique dans les oreilles et l'orchidée offerte par mon cavalier du soir épinglée au corsage de ma robe, je savais que c'était de moi qu'il s'agissait.

«Frederick James. Capitaine, 8ᵉ régiment de hussards», chuchota-t-il. Puis il me lâcha la main et se redressa. Il était mince, pas très grand. «Pour une raison que j'ignore, tout le monde m'appelle Jessie James.»

Il plia le bras et, l'espace d'une seconde, posa son poing légèrement serré sur le côté lisse de son complet.

Il y avait beaucoup de jeunes hommes assez mystérieux au Caire. J'avais plusieurs fois entendu les garçons de la Royal Air Force être qualifiés de *fées volantes*, mais Jessie James ne semblait pas vraiment faire partie de la même catégorie. Malgré ses cheveux et sa tenue impeccablement coupée, il avait l'air d'un dur. Son visage était brûlé par le soleil et une ombre dans ses yeux allait à l'encontre de son air enjoué.

«Enchantée, dis-je.

— Ah, elle est charmante notre Iris, gazouilla Faria. Une fille bien élevée, d'une famille de diplomates. Quand elle avait douze ans, vous savez, son père était chef de la Chancellerie, ici au Caire. C'est presque une citoyenne égyptienne.»

Faria était l'une de mes deux colocataires. Fille raffinée d'une famille anglo-égyptienne prospère, elle avait deux ans de plus que moi et m'avait prise sous son aile à peine quelques jours après mon arrivée. Elle était fiancée au fils d'un des associés de son père et se plaisait à dire à tout le monde que, comme elle était quasiment mariée, elle était la mieux placée pour nous chaperonner Sarah et moi. Dans le dos de chacun de nos interlocuteurs, elle nous lançait alors un clin d'œil appuyé. En fait, Ali était souvent absent, en voyage d'affaires à Alexandrie, Beyrouth ou Jérusalem, et c'est surtout à Faria qu'un chaperon aurait été utile.

Nous fûmes intégrées au groupe. On nous apporta des chaises et les officiers s'empressèrent de nous faire de la place autour de la table. J'acceptai un verre de whisky, tout en scrutant le jardin scintillant à la recherche de mon cavalier. Sandy Allardyce était un des jeunes employés de l'ambassade britannique. Il affirmait à qui voulait l'entendre qu'il mourait d'envie d'endosser l'uniforme, mais il était enchaîné à son bureau. Je supposais qu'il était mal à l'aise en compagnie de tant d'hommes qui combattaient pour de vrai, et qu'il gérait la situation en abusant de l'alcool. Une heure après notre arrivée, son visage rose était déjà devenu rouge.

« Alors comme ça, vous habitiez ici quand vous étiez enfant ? » me demanda l'un des officiers. L'homme assis à côté de lui alluma une cigarette et j'aperçus son visage, brièvement éclairé par la flamme de son briquet.

« Juste pendant les vacances. J'allais à l'école en Angleterre. »

Faria riait exagérément à une plaisanterie d'un autre homme, la tête en arrière pour révéler sa gorge satinée et ses boucles d'oreilles en perles et diamants qui se balançaient.

Jessie se pencha en avant pour attirer à nouveau mon attention. « Vous cherchez Sandy ? Je vous ai vu danser avec lui. » Il avait remarqué mon anxiété.

Reconnaissante, je répondis : « Oui. C'est lui qui m'a amenée ici. Je devrais aller le trouver. Il… » J'allais ajouter quelque chose à propos de l'orchidée, je tripotais déjà le bout cireux d'un des pétales.

C'est alors que l'homme à la cigarette déplaça sa chaise, et son visage se retrouva illuminé par une des lanternes. L'orchestre jouait fébrilement, et des applaudissements retentirent pour saluer la fin d'une danse. Je le regardai et oubliai la remarque que j'étais sur le point de faire, mais cela n'avait aucune importance. Les conversations des soirées du Caire étaient profondément superficielles.

Cet homme avait les yeux pétillants d'amusement. Il avait les cheveux noirs et la peau bronzée. Il aurait pu sembler mélancolique si son visage n'avait pas reflété une telle gaieté.

Il se pencha au-dessus de la table. Je vis sa bouche former un sourire. « Ne dansez pas avec Allardyce. Et si vous hésitez entre Jessie et moi – eh bien l'hésitation n'a même pas lieu d'être, n'est-ce pas ?

— Ale*xan*der. » Jessie fit la moue.

« Pas maintenant, mon cher », fit l'homme. Il recula ma chaise et je me levai, il plaça sa main sous mon bras.

« Xan Molyneux », dit-il calmement. Ensemble nous traversâmes la pelouse, sous les branches des arbres. L'herbe flétrie par la chaleur avait une odeur âcre, rien à voir avec un jardin anglais. Je ne m'étais jamais sentie aussi loin de chez moi, pourtant j'étais extrêmement heureuse et n'avais absolument pas le mal du pays.

« Je m'appelle Iris.

— Je sais. Faria vous a présentée. Est-ce une amie à vous ?

— Oui. Nous partageons le même appartement. Sarah Walker-Wilson habite aussi avec nous. J'imagine que vous la connaissez ? »

Évidemment qu'il la connaît, pensai-je. Tous les hommes du Caire adorent Sarah. En six semaines, depuis mon arrivée, elle n'a pas passé une seule soirée à la maison.

Xan inclina la tête jusqu'à ce que sa joue frôle la mienne.

« Les trois fleurs de Garden City », murmura-t-il. Garden City était le nom du quartier où nous habitions. Je ne savais pas très bien s'il plaisantait ou non.

Nous atteignîmes la piste de danse. L'expression de Xan était sereine et il fredonnait la mélodie quand il me prit entre ses bras. Il ne me demanda pas si la musique me plaisait, ou si je comptais me rendre à la fête de madame Diaz à Héliopolis le lendemain. Nous dansâmes, simplement. C'était un bon cavalier, mais pas le meilleur que j'aie eu. C'était plutôt que Xan consacrait toute son attention aux pas, à la musique et à ma personne, ce qui rendait singulier et presque magique le fait de tournoyer sur une piste bondée au son d'un orchestre égyptien. Le rire brillait sur son visage et le plaisir qu'il éprouvait de toute évidence à cet instant précis, isolé, irradiait de lui. Je sentais une grande énergie battre comme un pouls sous le tissu noir de sa veste, se transmettre à travers mes mains et mes bras et chanter entre nous, et un rythme complémentaire se mit à tambouriner en moi. Nous le sentions tous les deux et étions transportés, de plus en plus absorbés par la danse et notre partenaire. Nous nous regardions droit dans les yeux, sans dire un mot mais communiquant dans un langage que je n'avais encore jamais utilisé.

Sans opposition, cette première danse se prolongea en une deuxième, puis une troisième.

Je cessai d'être grisée par le champagne et le whisky pour être de plus en plus enivrée par l'excitation, la musique et la proximité de Xan Molyneux. Je vis le chef d'orchestre nous jeter un coup d'œil par-dessus son épaule, et d'autres couples nous regardaient aussi, mais je m'en fichais et Xan n'avait d'yeux que pour moi. Nous avions à peine échangé une dizaine de mots, mais j'avais déjà l'impression de le connaître, mieux que quiconque au Caire.

Je ressentais également la certitude limpide et absolue que, désormais, tout était et serait possible. Le bonheur et l'espoir se mêlèrent et atteignirent un point de tension presque insupportable, et je fus soudain prise de vertige. Tandis que Xan nous faisait tournoyer avec enthousiasme, je trébuchai et basculai sur mon haut talon droit. Un élancement de douleur se répandit de ma cheville jusqu'à mon genou, et je serais tombée s'il n'avait pas resserré son emprise autour de ma taille.

« Est-ce que ça va ? »

J'inspirai profondément et expirai lentement pour m'empêcher de hurler.

« Je me suis juste… tordu la cheville. » Les danseurs s'étaient attroupés autour de nous.

« Venez, je vais vous porter. » Il glissa son autre bras sous mes cuisses, prêt à me soulever de terre. C'est là que je vis Sandy. Il fendit la foule des danseurs, bouillonnant de colère, rouge, sa chemise menaçant d'éclater. Ses yeux semblaient rouler dans des directions opposées.

« Qu'est-ce que c'est que ça ? cria-t-il. Molyneux ! Tu… Qu'est-ce que tu fiches ?

— J'aide mademoiselle Black à rejoindre une chaise, répondit Xan d'un ton sec, en se redressant. Elle s'est tordu la cheville. »

Je fis un pas sur le côté et faillis tomber à la renverse, Xan se précipita à mon secours, et il s'en fallut de peu pour que nous ne chutions pas tous les deux. Tandis que nous luttions pour nous sortir d'un enchevêtrement de bras et de jambes, je le regardai en riant, malgré la douleur, et j'entendis Sandy pousser un beuglement blessé. Il se jeta sur Xan et l'attrapa par le col. Xan me lâcha et fit volte-face pour voir Sandy lui asséner un coup de poing sauvage dans la mâchoire.

« T'approche pas de ma petite amie », hurla Sandy, mais le fait d'avoir porté ce coup maladroit l'avait de toute évidence vidé de sa colère. Il scruta le cercle de curieux mais ne trouva personne prêt à lui prêter main-forte. Sa grosse tête rouge et luisante était rentrée dans ses épaules, suintant du whisky par tous les pores. Je regardais la scène tristement, en équilibre sur un pied, voulant dire tout bas – mais assez fort pour que Xan l'entende – que je n'étais pas du tout la petite amie de Sandy, et que sa réaction impulsive me faisait honte.

« Tu sais, Allardyce, j'ai vraiment pas envie de riposter », fit Xan d'une voix traînante. Il enfonça une main dans la poche de sa veste. Il paraissait amusé, absolument pas perturbé. « Cela créerait un vrai désordre.

— Ah ça oui, il a raison », intervint une autre voix. Jessie James était apparu, accompagné de Faria. Ses yeux vifs ne rataient aucun détail. Elle me tendit le bras et je m'y appuyai tandis que Sandy m'attrapait de l'autre côté. Sa main était chaude et moite, et de petites gouttes de sueur étincelantes ruisselaient de son front jusqu'à son col raide. Il avança brusquement la tête vers Xan et Jessie, mais battait déjà en retraite.

« Cela n'a rien de drôle.

— Est-ce que nous rions ? » demanda Jessie d'un air innocent.

Sandy se détourna d'eux et me marmonna : « Venez, allons boire un verre. Ça va aller. »

Faria fit claquer sa langue. « Non ça ne va pas aller du tout. Je vais ramener Iris à la maison. Vous ne voyez pas qu'elle souffre ? »

Le groupe se remit à jouer et les autres danseurs s'éloignèrent, n'étant plus intéressés.

La minute d'après, je boitais en direction du vestibule, soutenue d'un côté par Faria et affublée de Sandy de l'autre. Un lustre gigantesque parsemait nos têtes de diamants de lumière. Je ne voyais pas Xan et Jessie mais ressentais leur présence derrière notre procession disgracieuse. Lady Gibson Pasha se rua sur nous, les mains tendues comme pour m'attraper. Notre hôtesse portait un turban décoré d'or et une tenue rehaussée d'un col en émeraudes aussi grosses que des œufs.

«Ma chère, ma chère, ma pauvre. Vous devez mettre votre pied en l'air, il nous faut une poche de glace.»

Elle tapa dans ses mains, appelant un serviteur qui passait pour qu'il apporte de la glace. Je voulais rester près de Xan et m'éloigner de Sandy autant que possible. J'avais aussi très envie de me retrouver à la maison et de m'allonger dans une pièce sombre afin de démêler le chaos et l'émerveillement de la soirée.

«Ce n'est rien, je vous assure. Je suis vraiment désolée, Lady Gibson. C'est juste une entorse stupide.

— La voiture et le chauffeur de papa sont là, déclara Faria. Nous allons rentrer. Je vais m'assurer qu'on s'occupe d'Iris.»

Sandy inclina la tête avec ardeur. Il était tout pâle à présent. Un autre serviteur était apparu avec le petit boléro en duvet de cygne de Faria et le châle indien de ma mère, que je prenais quand je sortais le soir. Les instructions de Lady Gibson flottant derrière nous, nous sortîmes en boitillant. Le chauffeur d'Amman Pasha nous attendait au pied des marches du perron avec la grosse voiture noire. Il ouvrit la portière et m'aida à prendre place sur la banquette de cuir couleur crème. Sandy s'effondra à côté de moi, haletant et tirant sur les extrémités de son nœud papillon pour le défaire. Faria monta de l'autre côté.

La voiture se mit à rouler sur le gravier. Je tournai la tête pour voir par la vitre arrière et aperçus une dernière image de Xan et Jessie, côte à côte, en bas des marches, une tête blonde et une tête brune, qui nous regardaient nous éloigner. Je ne pouvais pas vraiment distinguer le visage de Xan, mais j'avais l'impression qu'il souriait encore.

«Bon sang», grogna Sandy. Il fit une boule de son nœud papillon et l'enfonça dans sa poche avant de laisser sa tête retomber contre les coussins de son siège.

«On va vous déposer à l'ambassade», lança Faria froidement avant de se pencher pour donner des indications au chauffeur en arabe. Nous traversâmes le pont de Boulaq et je vis les mosaïques irrégulières de lumières jaunes et blanches se refléter dans l'eau noire tandis que nous tournions vers le sud après la cathédrale.

Faria bâilla. «Oh zut. J'ai complètement oublié de dire au poète que nous partions. Que va-t-il donc penser?»

C'était une question qui n'appelait pas de réponse. Jeremy – connu comme le poète – était le plus fervent des admirateurs de Faria, un jeune homme mince et mélancolique qui travaillait pour le British Council. Ali étant en déplacement, c'était Jeremy qui l'avait accompagnée pour la soirée. Il penserait ce qu'il pensait sans doute toujours: que l'exquise et négligente Faria l'avait encore semé.

Sandy s'était endormi. J'entendais son souffle s'épaissir au fond de sa gorge. L'odeur de whisky et celle du parfum de Faria se mélangeaient à celle du cuir et de la puanteur caractéristique du Caire faite de kérosène, d'encens et de déjections animales. Faria sortit une cigarette turque de son sac, l'alluma de son briquet doré et inhala profondément. Je secouai la tête quand elle me la tendit. La douleur de ma cheville était intense et la légère nausée qu'elle engendrait aiguisait mes sens. Je laissai chaque tournant de la route s'imprimer dans mon esprit, la silhouette noire de chaque dôme contre le ciel un peu plus pâle, le profil crochu d'un vieux mendiant patiemment assis sur une marche. Chaque détail était significatif et précieux. Je voulais absorber la moindre impression et la conserver, car cette soirée était très importante, j'en étais persuadée.

Nous nous arrêtâmes près des portes de l'ambassade et secouâmes Sandy pour le réveiller. Il grogna à nouveau et marmonna des choses incohérentes en s'échouant sur la route. La voiture poursuivit son chemin. Au-dessus du bâtiment, derrière le mât d'où pendaient les plis mous du drapeau de l'Union, j'aperçus la cime des arbres gigantesques ombrageant les pelouses où l'on m'avait fait parader lors de réceptions dans mon enfance. J'aimais m'éclipser et contempler derrière l'ambassade le Nil vert olive, marqué par les voiles des bateaux.

Plus tard, allongée dans mon lit, les volets ouverts, je regardais le ciel. Ma cheville bandée palpitait, mais cela m'était égal qu'elle me tienne éveillée. Je n'arrivais à penser qu'à Xan, que Faria avait à peine remarqué et qui avait éveillé en moi un désir inconnu dès l'instant où j'avais posé les yeux sur lui. Des frissons de rire, d'envie et d'espoir me parcouraient tandis que j'étais couchée, collante de sueur, sous mon mince drap en coton. Au cours de cette première nuit sans sommeil, je ne doutai pas une seconde que Xan et moi nous reverrions. Je lui dirais que je n'étais pas la petite amie de Sandy Allardyce, que je ne l'avais jamais été, et nous nous déclarerions l'un à l'autre. Voilà exactement comment cela devait arriver.

Comme cela semble simple, innocent et joyeux.

Garden City se trouvait près du Nil, une enclave de rues courbées aux grandes maisons couleur café ou chocolat, et aux immeubles renfoncés dans des jardins à la végétation dense et mal entretenue. Notre appartement appartenait aux parents de Faria qui habitaient une vaste demeure non loin de là. Les parquets étaient couverts de gros meubles et chaque pièce disposait d'un ventilateur au plafond qui faisait paresseusement circuler l'air brûlant. Il y avait aussi de grands radiateurs métalliques qui parfois émettaient des bruits creux et secs et bavaient de l'eau rouillée. Faria ne remarquait jamais la chaleur et ses cheveux noirs restaient lisses et brillants au lieu de frisotter à cause de l'humidité comme les miens, mais elle avait peur d'avoir froid. Lorsqu'elle sortait le soir, elle drapait toujours ses épaules nues d'un petit boléro en plumes blanches ou d'une cape en velours soyeux.

Ma chambre était une boîte étroite et au plafond haut au fond d'un couloir loin de la partie centrale de l'appartement. Les meubles y étaient bien plus humbles et, de ma fenêtre, je voyais le jacaranda du jardin d'à côté. Je ne connaissais pas très bien Sarah et Faria, mais elles étaient d'une compagnie gaie et agréable, et j'étais contente d'habiter dans un endroit aussi confortable. Même l'emplacement était parfait car il se trouvait proche de là où je travaillais, au quartier général de l'armée britannique, tout près de Sharia Qasr el-Aini. J'étais l'assistante administrative d'un lieutenant-colonel des services secrets, du nom de Roderick Boyce, mais que tout le monde appelait Roddy Boy. Le colonel Boyce et mon père fréquentaient le même club à Londres et avaient chassé ensemble avant la guerre. Une lettre de mon père et un entretien au cours duquel mon patron potentiel s'était remémoré la fois où mon père était rentré dans une clôture sur sa grande jument brun-rouge avaient suffi à me faire obtenir le poste.

Le lendemain de ma rencontre avec Xan, je me levai tôt pour aller travailler, comme je le faisais chaque jour ordinaire depuis mon retour au Caire.

En milieu d'après-midi, la chaleur était étouffante et les rues se recroquevillaient sous les coups de marteau du soleil mais, à huit heures du matin, il faisait assez frais pour parcourir à pied les quelques rues qui séparaient l'appartement de mon bureau. Ce jour-là, avec ma cheville lourdement bandée, je dus prendre un taxi. Roddy Boy me regarda m'approcher de ma table à cloche-pied, soutenue par une canne du père de Faria.

«Oh ciel. Une partie de tennis? Une course à dos de chameau? Ou quelque chose de plus éprouvant?

— Un mauvais pas de danse, répondis-je.

— Ah. Bien sûr.» Roddy Boy choisit de croire que ma vie sociale était bien plus glamour et mouvementée qu'elle ne l'était en réalité. «Mais j'espère que votre blessure ne vous gênera pas pour taper à la machine…

— Non, absolument pas.» Je roulai un assemblage de formulaires de réquisition et de papier carbone dans ma machine à écrire et me forçai à me concentrer.

Quand enfin je revins à la maison, Mamdooh, le domestique égyptien qui veillait sur nous et sur l'appartement, m'accueillit de sa manière majestueuse: «Bonsoir, mademoiselle Iris. Ceci a été livré pour vous il y a une heure.»

Il me montrait un magnifique bouquet de lys, de gardénias et de tubéreuses. J'enfouis la tête dans les fleurs fraîches. Leur intense parfum ramena la nuit précédente avec encore plus d'éclat: la lumière des bougies, la musique, les cigares… et le visage de Xan. Mamdooh rayonnait. Il était heureux pour moi; en général, les bouquets étaient pour Sarah.

Je m'assis avec maladresse et ouvris l'enveloppe qui accompagnait les fleurs. Elle contenait une carte blanche toute simple avec les mots : *J'espère que votre cheville sera vite rétablie.* Signé *X.* Rien de plus.

Mamdooh était encore là dans sa *galabieh* blanche, attendant des détails. Faria se plaignait qu'il était trop familier, l'heure à laquelle elle rentrait, disait-elle, ne le regardait en aucune façon, mais j'appréciais cet homme imposant et ses larges sourires toujours accompagnés d'un regard malicieux. Mamdooh ne ratait rien. La mère de Faria en avait sans doute elle aussi conscience.

« C'est de la part d'un ami, dis-je.

— Bien sûr, mademoiselle. Je vais les mettre dans l'eau pour vous. »

L'appartement ressemblait souvent à la boutique d'un fleuriste. Sarah et Faria ne me demandèrent même pas qui était l'expéditeur.

J'admirais mes fleurs et patientais, mais une semaine, puis une autre, s'écoulèrent. Tout le mois de juin 1941 passa sans autres nouvelles de Xan.

Dans mon bureau au quartier général, devant la porte de mon patron, je tapais des rapports et communiquais des signaux à Roddy Boy, et je bavardais avec les officiers d'état-major qui lui rendaient des visites éclair. En tant que civile, je bénéficiais du niveau minimal d'habilitation mais, grâce à ma famille, on me faisait confiance et beaucoup des plans secrets qui entraient dans le bureau de Roddy Boy passaient d'abord par le mien.

Les troupes alliées, à part celles assiégées à Tobrouk, s'étaient retirées en Égypte et les Allemands se trouvaient à la frontière libyenne. Dans une tentative pour les déloger, lors d'une brève effervescence d'activité du quartier général pendant laquelle Roddy Boy dut renoncer à son habituel après-midi au Turf Club, l'opération Battleaxe fut lancée.

«On ne peut pas rivaliser avec leur maudite puissance de feu», grognait Roddy de derrière son bureau.

Presque cent de nos chars d'assaut succombèrent aux canons antichars allemands, leurs épaves fumantes abandonnées dans un épais nuage de poussière. Beaucoup de leurs occupants furent tués ou blessés.

À l'approche du mois de juillet, je commençai à accepter toutes les invitations qui me parvenaient. Je ne ratais plus un cocktail, un tournoi de tennis, un bal costumé ou une récitation de poésie au British Council, scrutant la foule dans l'espoir d'y apercevoir Xan. De même, je m'assoyais près de la piscine du Gezira Club tous les jours à l'heure du dîner, priant pour entendre de ses nouvelles.

Une seule fois, je rencontrai l'un des officiers qui étaient à sa table lors de la soirée de Lady Gibson Pasha.

«Xan? dit-il vaguement. Je ne sais pas. J'ai pas l'impression qu'il soit dans le coin.

Il avait tout simplement disparu, et Jessie James avec lui. Ma certitude pour nous deux déclina peu à peu. Peut-être avait-il été muté ailleurs. Peut-être était-il marié. Peut-être – était-ce possible? – préférait-il véritablement d'autres distractions.

Peut-être était-il mort.

Je gardais mes craintes pour moi. Ce que je ressentais me semblait trop important mais aussi trop équivoque, trop fragile, pour être partagé avec Sarah et Faria.

«Tu es très sociable ces jours-ci, me lança Faria un sourcil levé.

— C'est aussi facile de sortir que de rester à la maison.» Je haussai les épaules.

Puis, à la fin de la première semaine de juillet, un soir où la chaleur était telle que c'était un effort de s'habiller pour sortir, ou même de bouger, le téléphone sonna dans l'entrée et j'entendis Mamdooh répondre. Sa grosse tête ronde apparut dans l'embrasure de la porte.

« Pour vous, mademoiselle.

— Allô ? dis-je dans le combiné.

— C'est Xan. Puis-je venir vous voir ? »

Je posai la tête contre la porte, des picotements de plaisir et de soulagement se bousculant le long de ma colonne vertébrale. Je parvins à répondre : « Oui. Maintenant ?

— Tout de suite.

— Oui, répétai-je. Oui, je vous en prie, venez. »

Voilà comment c'était.

*
* *

J'ouvre les yeux dans la pièce sombre et silencieuse. Il y a du thé renversé sur les coussins, des taches collantes sur mes vêtements. Je suis à présent submergée par le sommeil, trop fatiguée pour me redresser et m'arranger. Cela n'a pas d'importance. Qui le verra, à part Mamdooh et Tata ?

Dormir. Rêver. Toujours ces rêves.

*
* *

Merde. Bordel de merde, se dit Ruby en apercevant ce qui se trouvait derrière les portes. C'est à *ça* que ça ressemble ?

Il faisait sombre dehors. Derrière une barrière se trouvait une nuée de têtes, de bras qui s'agitaient et de visages qui criaient, durement éclairés et ombragés par des néons blanchâtres au plafond. L'aéroport était climatisé, mais elle sentit déjà la chaleur se précipiter vers elle à travers les portes quand celles-ci s'ouvrirent avant de se refermer. La foule des passagers qui venaient de débarquer la poussait en avant, accrochant son sac à dos avec leurs propres bagages, la ballottant de droite à gauche. Les portes s'ouvrirent à nouveau, et cette fois elle faisait partie du flot d'individus qu'elles vomirent.

De l'air chaud, humide, s'engouffra dans ses poumons. De la sueur se mit immédiatement à la picoter sous les bras et à la racine des cheveux.

Un chœur de hurlements s'éleva autour d'elle. Des mains lui attrapaient les bras, essayaient de la décharger de son sac.

« M'ame ! Taxi, très bien, pas cher.

— Hôtel, m'ame. Bel hôtel.

— Ça suffit ! cria Ruby. Fichez-moi la paix. »

Elle n'avait pas prévu cet assaut. Inquiète, elle se débattit pour se libérer des mains qui l'agrippaient, mais une douzaine d'autres paires les remplacèrent, essayant de la propulser dans des directions différentes.

« Taxi, ici ! M'ame, je vais vous montrer. »

Elle remarqua un attroupement de voitures klaxonnant au-delà de la foule immédiate, une bande de palmiers aux feuilles irrégulières ressortant sur un ciel vaguement poivré d'étoiles, un serpent de phares le long d'une route en hauteur. Le bruit et la chaleur étaient insupportables. Ruby lança un regard noir en direction de la marée de visages basanés, de moustaches et de bouches ouvertes. À l'arrière de la foule se trouvait un visage plus jeune qui la regardait d'un air implorant.

Elle se libéra un bras et le montra du doigt.

« Vous. Taxi ? »

Instantanément, il plongea dans la mêlée, lui saisit le poignet d'une main et son sac à dos de l'autre. Ruby gardait son petit sac en nylon tout contre elle. Ils s'enfuirent ensemble à travers la masse et émergèrent de l'autre côté dans un espace moins bondé.

«Venez», lança l'homme d'une voix forte, désignant un endroit derrière les toits d'une centaine de taxis noirs et blancs bruyants. Un autobus plein à craquer rugit devant eux, les ratant de quelques centimètres à peine.

Le véhicule du chauffeur était garé sous l'un des palmiers. Deux enfants en haillons y étaient adossés. Le jeune homme leur donna une pièce, lança le sac à dos de Ruby dans le coffre et lui ouvrit la portière. Soulagée, elle s'effondra sur la banquette arrière. Les ressorts avaient cédé et le rembourrage en mousse sale sortait par une fissure de la housse en plastique marron. L'intérieur de la voiture avait une forte odeur de cigarette et de désodorisant bon marché.

Le chauffeur enclencha la première vitesse et ils partirent en avant dans un grondement, puis s'arrêtèrent presque immédiatement dans un embouteillage pour rejoindre la route de sortie. Bien qu'il fasse nuit, la chaleur était intense. Ruby n'avait encore jamais rencontré ce phénomène. Elle ferma les yeux, remarquant que même ses paupières étaient collantes de transpiration, puis se força à les rouvrir. Il ne fallait pas qu'elle déconnecte, pas encore. Le chauffeur lui lança un sourire par-dessus son épaule. Par contraste avec sa peau brune, ses dents semblaient aussi blanches que dans un dessin animé. Il avait l'air jeune en effet, pas tellement plus vieux qu'elle.

«Vous allez où?»

Elle déplia la feuille de papier qu'elle avait gardée dans la poche de son jean tout au long du voyage et lut l'adresse à voix haute.

«Pourquoi vous allez là? Je connais hôtel bien, très propre, pas cher. Je vous emmène là à la place.

— On va là où je vous ai dit, insista Ruby. Pas de discussion. Compris ? »

Cela parut l'amuser. Il rit et tapa son volant des deux mains.

La circulation reprit lentement. Il y avait des routes partout, les sections élevées éclairées au sodium follement perchées au-dessus d'intersections complexes, toutes entourées de tours grises en béton et surplombées de panneaux publicitaires géants. Les visages d'énormes femmes aux sourcils noirs et aux cils épais affichaient un air rêveur au-dessus des lampes. Chaque mètre de route était obstrué de voitures, de camions et de gros autobus bleus tous plus bruyants les uns que les autres. Les panneaux routiers étaient écrits dans un langage codé de points et de gribouillis.

Ruby se détendait sur son siège défoncé et observait tout. Son visage était inexpressif mais, en son for intérieur, elle luttait pour maintenir l'attitude de défi qui la soutenait depuis qu'elle avait quitté la maison. Maintenant qu'elle était là pour de vrai, elle se rendait compte qu'elle avait à peine réfléchi à sa destination. Partir au loin et y rester, voilà le but qu'elle s'était fixé. Mais, à présent, toutes sortes d'autres problèmes se dressaient, se concurrençant les uns les autres pour obtenir son attention. Elle ne savait pas comment gérer cet endroit, pas du tout. Et personne ne savait où elle était; personne ne l'attendait à son arrivée. C'était loin d'être la première fois de sa vie qu'elle se retrouvait dans cette situation, mais jamais dans un environnement si étranger.

Elle se sentait très loin de chez elle, mais elle roula cette pensée en boule et la poussa sur le côté.

« Combien ? » demanda-t-elle. Elle avait changé le reste de son argent en livres égyptiennes au bureau de l'aéroport. Cela représentait une liasse épaisse et rassurante, et c'est pour cela qu'elle avait décidé de se permettre un taxi. L'idée d'essayer de trouver un autobus l'avait épuisée d'avance.

Le chauffeur donna un grand coup de volant pour dépasser une charrette tirée par un âne chargée de casseroles et de bols en étain, qui avançait laborieusement le long de la voie intérieure de l'autoroute. Il lui lança un autre sourire.

«Ah, l'argent, pas de problème. Vous venez d'où?

— De Londres.

— Très bel endroit. David Beckham.

— Ouais. Ou pas. Enfin on s'en fout.»

Au moins ils avançaient maintenant, vraisemblablement vers le centre-ville, quoique cela puisse signifier. Les aéroports étaient toujours à des kilomètres, en banlieue, pas vrai?

«Je m'appelle Nafouz.

— Hmm.»

Il y eut une pause. Nafouz tendit la main sous le tableau de bord et sortit un paquet de Marlboro, à moitié tourné vers elle. Ruby hésita. Elle avait fini son paquet à elle et mourait d'envie d'une cigarette.

«Merci.» Elle l'alluma avec son propre briquet, ignorant celui du jeune homme.

«Vous avec petit ami au Caire?»

Ruby pouffa d'un rire railleur. «C'est la première fois que je mets les pieds ici.

— Je serai petit ami.»

Elle l'avait à peine regardé, à part pour remarquer ses dents, mais à présent elle voyait les faux plis sur le col de sa chemise blanche et la façon dont l'intérieur de sa veste en cuir noir salissait le tissu en formant des côtes crochues. Ses cheveux noirs étaient longs, peignés en arrière pour dégager son visage. Pas mal du tout.

Elle leva le menton. Ça, au moins, c'était un territoire familier.

« Dans. Tes. Rêves », prononça-t-elle distinctement.

Le rire ravi de Nafouz emplit la voiture. Il tambourina sur le volant comme s'il s'agissait de la blague la plus drôle qu'il ait jamais entendue.

« Je rêve toujours. Pas cher de rêver. Coûte rien du tout.

— Contente-toi de regarder la route, OK ? »

Elle se blottit dans son coin pour fumer et regarder l'étendue sauvage. Elle avait déjà été à l'étranger, bien sûr, avec Lesley et Andrew, dans des endroits comme la Toscane, Kos ou la vallée de la Loire (où elle s'était ennuyée à mourir), mais elle n'avait jamais rien vu de tel que ce bordel fumant de béton et de métal. Plus ils s'approchaient de ce qui devait être le centre-ville, plus les embouteillages augmentaient. Au cours de ces longues périodes stationnaires, elle observait les rues en contrebas. Des hommes fumaient, assis à des tables en étain devant de minuscules boutiques. Des rayons de lumière s'échappaient de portes ouvertes, illuminant des femmes voilées de noir qui, installées sur des marches en pierre, surveillaient des enfants gambadant autour d'elles. Des cageots de légumes globulaires et luisants, des tours tordues de cannettes de boisson gazeuse, une épaisse couche de déchets dans les caniveaux, et des chiens reniflant joyeusement le tout. Des hommes qui vendaient des choses sur des plateaux criaient au coin des rues quand d'autres, âgés et courbés, poussaient des charrettes à bras au milieu de la circulation. Partout des néons clignotaient et les klaxons retentissaient continuellement.

« C'est un endroit super agité », dit-elle enfin, souhaitant rendre le tout plus petit et moins menaçant au moyen d'une phrase désinvolte.

Nafouz haussa les épaules. « C'est qui amis ici ? »

Soit il était trop curieux, soit il s'inquiétait pour elle. Aucune des deux hypothèses ne plaisait à Ruby.

« J'ai de la famille », répondit-elle d'un ton dissuasif.

À présent ils serpentaient dans de plus petites rues, laissant derrière eux les artères principales. Elle leva les yeux et vit des dômes et de hautes tours fines collées sur le ciel bleu marine. La rue était si étroite que seule une voiture à la fois pouvait passer. Les femmes assises sur les marches levèrent la tête et fixèrent le taxi. Juste devant eux se dressait un grand dôme, coupant un arc de ciel, et un trio de flèches minces s'élevait sur le côté.

Nafouz s'arrêta quand il ne put aller plus loin. La rue s'était transformée en ruelle pavée qui partait en épingle à cheveux juste devant eux. Un pilier en pierre bloquait le passage. Dans l'angle d'un mur nu et pâle se trouvait une porte précédée de quelques marches.

« C'est là », annonça Nafouz.

Ruby examina la porte. Elle vit juste qu'elle était peinte en bleu, de la vieille peinture qui s'était effritée pour exposer le bois fendillé par le soleil. Elle n'avait pas du tout réfléchi à ce à quoi elle s'attendait, mais ce n'était pas ça qui l'inquiétait en ce moment. Rien ne la renseignait sur qui pouvait se trouver à l'intérieur.

Elle fit appel à sa détermination.

« OK. Combien tu veux ? » Elle ouvrit son petit sac en nylon, et son baladeur, ses écouteurs, une pomme et des tubes de maquillage roulèrent sur le siège.

« Cinquante livres.

— *Cinquante* ? Tu me prends pour une idiote ou quoi ? Je vais te donner vingt. » Elle ouvrit son portefeuille et en sortit des billets crasseux et déchirés.

« De l'aéroport, c'est cinquante. » Nafouz ne souriait plus.

«Va te faire voir, OK?» Ruby rassembla ses affaires et bondit hors de la voiture, mais le chauffeur fut plus rapide. Il courut à l'arrière du véhicule pour maintenir le coffre fermé, empêchant Ruby de récupérer son sac à dos. Ils se regardèrent d'un air de défiance, à quelques centimètres l'un de l'autre.

«Vingt-cinq, dit Ruby.

— Cinquante.

— Donne-moi mon sac!» Elle lui donna un coup de pied dans le tibia de toutes ses forces. Malheureusement, elle portait seulement des sandales.

Nafouz cria. «M'ame, m'ame, t'es pas gentil.

— Ah non? Maintenant donne-moi mon sac.

— D'abord tu payes.» Mais Nafouz se radoucissait peu à peu. Cette résistance de la part d'une touriste lui inspirait un certain respect. En général ils cédaient simplement et lui tendaient l'argent. «Trente, concéda-t-il.

— Merde.» Mais elle soupira et sortit un autre billet de son sac, qu'elle froissa et lança sur la manche de sa veste en cuir. Nafouz avait retrouvé le sourire. Trente livres égyptiennes, c'était le tarif normal pour une course depuis l'aéroport.

Ruby saisit son sac à dos et le hissa sur son épaule. Les fils de ses écouteurs pendouillant et le contenu de son autre sac serré dans ses bras, elle monta les marches en pierre d'un pas décidé, sans un regard en arrière. Elle entendit Nafouz faire marche arrière, puis repartir à toute vitesse dans un crissement de pneus.

Dès qu'il se fut éloigné, elle regretta la perte de cette relation, aussi brève qu'elle ait été. Peut-être aurait-elle dû lui demander d'attendre. Et s'il n'y avait personne? Et si l'adresse était fausse? Où irait-elle, dans cette ville où elle n'arrivait même pas à lire les panneaux?

Puis elle leva la tête et se redressa.

Il n'y avait pas de sonnette, pas de heurtoir, rien. Elle frappa sur la peinture boursouflée. Une odeur d'urine séchée concurrençait les autres puanteurs dans la ruelle.

Aucun bruit ne lui parvenait de l'intérieur.

Ruby serra le poing et martela encore plus fort. Un poème qu'ils avaient tous dû apprendre à l'école lui trottait dans la tête et, sans réfléchir, elle hurla les mots en rythme avec ses coups : « Y a-t-il quelqu'un qui m'entend ? demanda le Voyageur. »

La porte s'ouvrit soudain dans un craquement, révélant une tranche de pénombre de quelques centimètres. Ruby fut si surprise que sa voix se transforma en couinement. Elle ne voyait qu'un gros homme dans une robe blanche.

Elle finit par articuler : « Je m'appelle Ruby Sawyer. »

Après un bref regard, l'homme essayait déjà de refermer la porte. Ruby lança son pied en avant pour le placer dans la fente. Pour la deuxième fois, elle regretta de ne pas porter de vraies chaussures. Elle répéta son nom, plus fort cette fois-ci, mais de toute évidence cela ne suffisait pas.

Elle ajouta d'une voix puissante : « Je suis venue voir ma grand-mère. Laissez-moi entrer, s'il vous plaît. »

La résistance diminua un peu. Immédiatement, elle appuya son épaule contre la porte et poussa. Celle-ci s'ouvrit et Ruby tomba en avant dans le fracas de ses affaires éparpillées. Le visage de l'homme était une lune pourpre de désapprobation. Il fronça les sourcils, mais l'aida tout de même à se relever.

Ruby regarda autour d'elle. Elle eut d'abord l'impression d'être entrée dans une église. Le sol était en pierre, les murs lambrissés sentaient le moisi, et une lumière pâle brillait faiblement dans un réceptacle en verre suspendu au plafond par des chaînes. Une odeur d'encens aussi, et d'une sorte de cuisine épicée.

« Madame se repose », fit l'homme avec froideur.

La meilleure option était sans aucun doute de se montrer conciliante.

«Je ne veux pas la déranger. Ni elle, ni personne. Je suis désolée si j'ai fait du bruit. Mais, vous savez…» L'homme ne l'aida en aucune façon. Il continuait de la fixer impassiblement. «Je… J'ai fait tout le voyage depuis Londres. Ma mère, vous voyez… Hum, ma mère est la fille de Madame. Vous savez?»

Il y eut un autre silence. Qu'il le sache ou non, la relation de parenté ne semblait pas l'impressionner. Mais il finit par pousser un profond soupir. «Suivez-moi, s'il vous plaît. Laissez ça ici.» Il montra ses sacs du doigt. Elle les abandonna avec plaisir.

Il la mena sous une voûte et la fit traverser une pièce nue. Derrière une lourde porte se trouvait un escalier en bois, fermé. Les lumières étaient très faibles, de simples ampoules nues dans l'angle des murs, atténuées par des grilles métalliques. Ils montèrent les marches et longèrent un couloir lambrissé. C'était une grande maison, pensait Ruby, mais elle était vide et poussiéreuse, et tous les escaliers, les recoins et les paravents la rendaient mystérieuse. Un endroit d'ombres et de murmures. Il y faisait bien plus frais que dehors. Un léger frisson lui parcourut l'échine.

L'homme s'arrêta devant une porte fermée. Il pencha la tête et écouta. Elle remarqua que son visage s'était adouci et qu'il semblait préoccupé. Il n'y avait pas de bruit, alors il souleva un loquet et ouvrit doucement la porte. Une flamme brûlait dans une goutte de verre rouge et, sous une fenêtre aux volets fermés, se trouvait un divan recouvert de coussins. Dans un petit fauteuil matelassé avec un repose-pieds capitonné était installée une très vieille dame, les yeux fermés. Un verre renversé gisait sur le tapis.

Ruby fit un pas en avant et elle ouvrit les yeux.

*
* *

Un rêve? Quelqu'un que je connaissais était enseveli sous le sable pendant que je regardais ailleurs?

J'ai peur de ces fantômes qui surgissent du passé. J'en ai peur parce que je ne parviens pas à les situer…

La peur me met en colère.

«Mamdooh, qui est-ce? Qu'est-ce qui vous prend? Ne laissez pas les gens entrer ici comme si c'était une bibliothèque municipale. Allez-vous-en.»

La femme, l'apparition, que sais-je, ne bouge pas.

Mamdooh s'agenouille, ramasse le verre, le remet sur le plateau. Je vois les taches sur son vieux crâne chauve. Je regrette immédiatement le ton de ma voix. Je suis désorientée. Je tends vers lui une main tremblante. «Pardonnez-moi. Qui est-ce?»

La femme – très jeune, avec un drôle d'aspect – s'approche.

«Ruby.

— Qui?

— Ta petite-fille. La fille de Lesley.

— Sûrement pas.»

La fille de Lesley? Un souvenir refait surface. Une enfant pâle, plutôt grassouillette, vêtue d'un kilt en laine, des barrettes dans les cheveux. Silencieuse, et pourtant rebelle. Est-ce que je me souviens bien?

«Mais si. Tu es Granny Iris, la mère de ma mère, Granny du Caire. La dernière fois que je t'ai vue, j'avais dix ans. Tu étais venue pour des vacances.»

Je suis *fatiguée*. L'effort de mémoire est trop intense. Pauvre Lesley, pensais-je.

«Sait-elle que tu es là?»

L'enfant cligne des yeux. Maintenant que je la regarde, je vois qu'elle est en effet à peine plus qu'une enfant. Elle s'efforce de paraître plus âgée, avec le visage peinturluré et d'extraordinaires anneaux et boulons en métal enfoncés dans le nez et les oreilles, ainsi qu'avec dix centimètres d'abdomen pâle révélés entre les deux parties de son déguisement, mais je lui donnerais dix-huit ou dix-neuf ans.

« Ta *mère*. Est-elle au courant ?

— En fait, non. »

Elle me répond d'un air impassible mais, à ma grande surprise, la façon dont elle prononce ces mots me donne envie de sourire. Mamdooh se tient près de moi, comme une montagne protectrice.

« M'ame Iris, il est tard, proteste-t-il.

— Je sais bien. » J'ajoute en direction de l'enfant : « Je ne sais pas pourquoi tu es là, mademoiselle. Tu vas retourner directement là d'où tu viens. Ce soir je suis fatiguée, mais je te parlerai demain matin.

— Dois-je vous envoyer Tata ? me demande Mamdooh.

— Non. » Je ne veux pas être déshabillée et mise au lit. Je ne veux pas révéler à l'enfant que cela se produit parfois. « Demandez-lui juste de faire un lit pour, pour… tu as dit que tu t'appelais comment ?

— Ruby. »

Un nom de prostituée, ce qui correspond assez bien à son apparence. Que pensait Lesley ?

« Un lit et à souper, si elle a faim. Merci Mamdooh. Bonne nuit Ruby. »

La fille me lance un sourire. Sans son regard mauvais, elle paraît encore plus jeune.

Je me dirige vers ma propre chambre. Quand enfin je suis allongée avec les rideaux blancs tirés autour du lit, évidemment l'envie de dormir me quitte. Je reste là à fixer les plis de mousseline lumineux, je vois des visages et j'entends des voix.

*
* *

Désapprouvant majestueusement, Mamdooh reconduisit Ruby en bas des escaliers. Une petite femme âgée, d'un mètre cinquante environ, avec un châle blanc drapé autour de sa tête et de son cou, apparut dans le hall. Elle parla rapidement à Mamdooh.

«Vous voudriez à manger? demanda ce dernier d'un air sévère.

— Non, merci beaucoup. J'ai soupé dans l'avion.

— Suivez Tata alors.»

Ruby hissa à nouveau son sac sur son épaule et suivit la vieille dame dans la cage d'escalier fermée, puis le long de galeries sombres, jusqu'à une petite pièce avec un divan sous une fenêtre voûtée. Tata, si c'était bien son nom, lui indiqua une salle de bains non loin de là. Il y avait une citerne au plafond avec une chaîne, et la cuvette était décorée de feuillage bleu et blanc. Le vieux pommeau de douche était aussi large qu'une assiette, la canalisation recouverte de lattes de bois, et sur une chaise peinte en bleu se trouvaient quelques serviettes pliées.

«Merci, dit Ruby.

— *Ahlan wa sahlan*», murmura Tata.

À son départ, Ruby se déshabilla et jeta ses vêtements par terre. Elle se glissa directement sous le drap mince et empesé, et s'endormit instantanément, sans rêver de rien.

Des romans qui vous transportent, des livres qui racontent des histoires, de belles histoires de femmes. Des livres qui rendent heureuse !

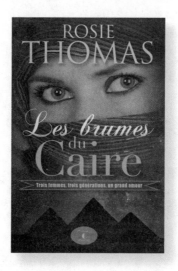

L'arrivée de Ruby, une adolescente troublée, provoque un tourbillon dans la maison d'Iris Black, sa grand-mère de 82 ans. Fuyant la relation tendue qu'elle entretient avec sa mère, Ruby a quitté l'Angleterre pour trouver refuge au Caire, chez cette vieille dame qu'elle n'a pas vue depuis une éternité. Un lien étonnant s'établit alors entre elles tandis que ressurgit, chez l'aînée, des souvenirs de l'Égypte pendant la Seconde Guerre mondiale. Et celui d'une histoire d'amour dont elle ne s'est jamais remise… Somptueuse évocation de la fragilité de la vie, ce roman explore l'amour sous toutes ses formes et son pouvoir exceptionnel de transformer les choses.

En vente partout où l'on vend des livres et sur
www.saint-jeanediteur.com

Collection **C** CHARLESTON

Des romans qui vous transportent, des livres qui racontent des histoires, de belles histoires de femmes. Des livres qui rendent heureuse !

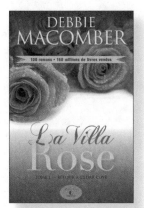  

Après la mort tragique de son mari, Jo Marie décide de changer de vie, et achète la Villa Rose, un gîte situé sur la côte Ouest des États-Unis, dans la petite ville de Cedar Cove. Derrière les portes de la jolie demeure, des personnages marqués par les épreuves trouveront l'amour, le pardon et la possibilité d'un nouveau départ.

Romans chaleureux et bouleversants sur les destinées humaines, ces deux premiers tomes d'une toute nouvelle série à succès mettent en lumière la grande fragilité de l'âme, mais aussi l'immense force qui sommeille à l'intérieur de chacun de nous.

En vente partout où l'on vend des livres et sur
www.saint-jeanediteur.com